Letzte Ausfahrt Hiddensee

Burkhard Wetekam

LETZTE AUSFAHRT HIDDENSEE

HINSTORFF

»Letzte Ausfahrt Hiddensee« ist eine fiktive Geschichte. Ähnlichkeiten zu real existierenden Personen, Gegebenheiten und Institutionen sind rein zufällig und nicht beabsichtigt.

TAG 1

Ich habe Irina gesehen.

Ein schöner, einfacher Satz, dachte Tom. Nur vier Wörter. Und dabei absolut vollständig, mit Subjekt, Prädikat und allem, was ein Satz so braucht. Und trotzdem ein Satz, bei dem sich ihm alle Nackenhaare aufstellten.

Ich habe Irina gesehen.

Die Stimme im Telefon gehörte unverkennbar Milan. Diesen Sound erkannte Tom auch nach mehreren Jahren Funkstille. Milan hätte Synchronsprecher mit Spezialisierung auf Mafiafilme werden können. Nicht diese dummen Actionstreifen, sondern die von der etwas subtileren Art. Geschichten von Mordgesellen, die ihre Aufträge eiskalt erfüllen, dabei aber auf einer verzweifelten Jagd nach Liebe und innerem Frieden sind, den sie jedoch niemals erreichen können, egal, über wie viele Leichen sie in ihren maßgeschneiderten und blitzblank geputzten Lederschuhen hinwegsteigen. Für solche Typen hatte Milan die passende Stimme. Aber nach allem, was Tom wusste, nicht das dazugehörige Strafregister.

Ich habe Irina gesehen.

Tom musste sich konzentrieren. Dieser Satz war so einfach, so klar, und doch so unmöglich. Er fühlte sich an wie ein Stromschlag aus einer falsch verkabelten Steckdose. In seinem Ohr hallte er nach, mit jedem Detail: Bei den ersten beiden Wörtern hatte Milans Stimme noch etwas gebebt, vor Irinas Namen, in der Mitte des Satzes, hatte er kurz abgesetzt, eine winzige Pause gemacht, als sei er noch immer verwundert über das, was er da wahrgenommen zu haben glaubte. Das Wort gesehen klang dann fest und entschlossen. Tom spürte, dass Milan sich Mühe gab, seinem Satz bei aller Aufgeregtheit am Ende doch noch Stabilität zu verleihen. Er wollte Toms Zweifel von vornherein ersticken.

Denn Milan konnte Irina nicht gesehen haben – das war vollkommen unmöglich. Trotzdem wies Tom die Worte nicht sofort zurück. Er zögerte. Wartete eine halbe Sekunde, eine ganze Sekunde, ließ sie in ihrer Unmöglichkeit verklingen, bis sie in dem virtuellen, von einem technischen Zirpen durchdrungenen Raum verschwunden waren.

»Wo bist du jetzt?«, fragte er. »Von wo rufst du an?«

»Hiddensee. Ich war oberhalb von Kloster, an der Steilküste. Da habe ich sie gesehen. Es war … es ist Irina.«

Tom sog die Luft ein. Auf der schmalen Holztreppe, auf halbem Weg zwischen Erdgeschoss und Obergeschoss, hatte ihn der Anruf von Milan erreicht, noch vor dem Frühstück. Irgendwo in diesem Halbdunkel, in dem es nach Farbe und abgeschlagenem Putz roch, musste er damit klarkommen, dass ihn Milan nach wer weiß wie vielen Jahren anrief und ihm ohne jede Vorwarnung erzählte, er habe Irina gesehen. Er war schon dabei, die staubgeschwängerte Luft sinnlos auszuatmen, aber dann verwendete er sie doch für das, was er sofort hätte sagen sollen. »Du musst dich getäuscht haben. Irina ist tot. Und das weißt du genau, Milan.«

Jetzt war es Milan, der erstmal nicht antwortete. Das Zirpen im virtuellen Raum zwischen ihnen steigerte sich zu einem garstigen Schnattern und brach dann plötzlich ab. Die Stille war schwer zu ertragen. Milan schien kein Problem damit zu haben. »Es wäre schön, wenn du herkommen könntest«, sagte er schließlich. »Ich rufe nachher nochmal an.«

Tom wusste im ersten Moment nicht, worüber Clara erschrak, als er das Wohnzimmer betrat. Er hatte die Tür sachte geöffnet und ging mit ruhigen Schritten in die Mitte des Raumes. Genauer gesagt, knapp neben die Mitte, denn die war besetzt von einem kunstvollen und mit Folie abgedeckten Stapel aus Möbeln. Der Putzstaub hing hier schwer in der Luft, er spürte ein unangenehmes Kratzen im Hals. Clara hatte den gröbsten Dreck aufgefegt. Jetzt saß sie auf der dritten Stufe einer Trittleiter und starrte ihn an. Als sie nach seiner Hand griff, verstand Tom, dass sie sich über nichts anderes als über ihn erschrocken hatte.
»Du siehst aus, als wäre dir ein Geist erschienen.«
»So könnte man das nennen«, sagte er leise. »Der Geist war allerdings am Telefon.«
»Hat er einen Namen?«
»Milan Mikitsch.«
Clara nickte, halb erstaunt, halb wissend. »Ist das nicht der, der nie auf E-Mails oder Anrufe reagiert?«
Auf unverfängliche Nachrichten, Geburtstagsgrüße oder allgemeine Fragen zum Befinden antwortete Milan tatsächlich nicht. Das schien ihn nicht zu interessieren. Und er ging

auch grundsätzlich nicht ans Telefon, sondern überließ es seiner Mailbox, gute Freunde von damals mit einer kurzen Botschaft seiner Mafiasynchronstimme abzuspeisen. Aber jetzt hatte er sich ganz von selbst gemeldet, mit einer Nachricht, die keine Nachricht war, sondern ein Hirngespinst. Milans Botschaft stand im Raum wie der *weiße Elefant*, auf den alle immer warten, der aber nie kommt, und wenn doch, dann ganz anders als erwartet, als unsichtbares Virus oder als Diktator mit Atomraketen in der Hosentasche.

»Ich muss dahin fahren«, sagte Tom und strich sich durchs Haar. Es fühlte sich rau an, als ob der Putzstaub dabei war, ihn von oben her in eine Skulptur zu verwandeln. Zuerst die zerzauste Frisur und danach den Rest.

»Wohin?«, fragte Clara.

»Nach Hiddensee. Da ist Milan gerade. Und er behauptet, er habe Irina gesehen, in Kloster, an der Steilküste.«

Clara zog eine Schnute. »Du denkst hoffentlich daran, dass wir hier noch etwas vorhaben?« Sie ließ ihren Arm kreisen, wies auf kahle Wände und die in Plastikfolie gehüllten Möbel.

»Sicher, ja, aber ich glaube wirklich, ich muss dahin. Milan war mal mein bester Freund.«

»Und wer bin ich so? Also, mal ganz nebenbei gefragt?«

Tom lächelte. Er ging zu Clara, beugte sich vor und tupfte einen Kuss auf ihre Lippen. »Du bist die wichtigste und einzige Frau in meinem Leben.«

Claras Augenbrauen bogen sich ein wenig, aber sehr ausdrucksvoll nach oben, es war dieser Gesichtsausdruck, mit dem ein Mensch verfolgt, wie eine vertraute Person sich auf dünnes Eis begibt.

»Du kannst doch erstmal mit ihm telefonieren.«

»Er will nachher nochmal anrufen.«

»Frag ihn, ob er nicht zu uns kommen will. Dann könnt ihr in Ruhe über das sprechen, was er glaubt, gesehen zu haben.«

Tom zuckte mit den Achseln. »Ja, vielleicht.«

»Und wer ist Irina? Ist das die Frau, die …?«

Er hatte sich wieder umgedreht und betrachtete einen der neuen Kabelkanäle, den die Elektriker in die Wand gemeißelt hatten, von der Decke bis knapp über dem Boden, wo er im rechten Winkel abzweigte und zu einer Steckdose führte.

»Ja, genau die ist es.«

Elektriker sind im Allgemeinen nicht sehr tolerant. Jedenfalls nicht, wenn es um Kabel geht, die in Würde alt und brüchig geworden sind. Und was die Nichteinhaltung von Sicherheitsvorschriften angeht, reagieren Elektriker regelrecht allergisch. Man muss das akzeptieren, dachte Tom. Eigentlich muss man es sogar begrüßen. Aber wenn man in den eigenen vier Wänden erlebt, wie Elektriker ihre Intoleranz gegenüber zweiadrigen Kabeln ausleben, dann ist das nicht amüsant.

Vor drei Wochen hatten sie einen dieser Fachleute angerufen. Die Deckenlampe im Wohnzimmer war defekt. Es lag nicht an der LED, es lag auch nicht an der Sicherung. Die Wandlampe und alle Steckdosen hatten noch Strom. Nur die

Deckenlampe hatte sich nach einem kurzen, verzweifelten Flackern in eine ewige Nacht verabschiedet. Der Elektriker brachte gleich seinen Bruder mit. Die beiden hatten drüben in Barth einen kleinen Betrieb aufgemacht. Sie schienen alles gemeinsam zu machen. Einer schraubte die Lampe ab, der andere zupfte am Kabelende, das aus der Decke hervorlugte, der überreizte Hauptnerv des Gebäudes. Putz rieselte auf den Parkettboden. Einer der Elektriker lachte laut auf, der andere hob die Hände über den Kopf. Dann zupfte er nochmal am Kabel und ein größeres Stück Putz fiel zu Boden. »… müsste man alles stilllegen hier«, murmelte der eine Elektriker. »… ist wahrscheinlich im ganzen Haus so«, mutmaßte sein Bruder durch die Zähne.
Tom, der das Geschehen verfolgte, war kurz davor, die Show abzubrechen. Aber er wartete noch, bis die beiden auch die Wandlampe abgeschraubt und das dortige Kabel inspiziert hatten. Später einigten sie sich darauf, dass nicht alles sofort stillgelegt, sondern die Elektrik nach und nach erneuert werden sollte, zuerst im Wohnzimmer, anschließend in der Küche. Um Kosten zu sparen, wollten Tom und Clara möglichst viel selbst machen. Sie wollten auch die neuen Kabelkanäle zuspachteln. Nach einigem Zögern gestatteten ihnen die Elektriker, diese verantwortungsvolle Aufgabe zu übernehmen.
Jetzt lagen die Kabelkanäle wie unversorgte Wunden offen vor ihnen.
Und Tom hatte schon wieder Milan am Telefon. »Du musst unbedingt kommen«, sagte die Stimme aus dem Mafiafilm.

Milan war mindestens so unerbittlich wie ein Elektriker.
»Ich bleibe auf jeden Fall hier und suche nach Irina.«
Er war nicht davon abzubringen. Und von der Idee, erstmal die Insel zu verlassen und in Ruhe alles zu besprechen, hielt er gar nichts. »Sie läuft jetzt hier rum, deshalb muss ich auch jetzt nach ihr suchen. Du denkst, ich bin bekloppt, oder?«
»Das habe ich nicht gesagt.«
»Dann beweg dich her und wir suchen zusammen. Irina ist hier. Ich spüre das.«
»Es ist gerade schwierig.«
»Dann suche ich eben allein.«
Später saßen Tom und Clara in der Küche, vor sich zwei Becher mit Kaffee. Man musste dankbar sein für jeden Becher Kaffee, der sich herstellen ließ, ohne dass dabei das Haus abbrannte. Diesen Eindruck hatten jedenfalls die beiden Elektriker vermittelt. Tom hatte einige Nächte lang unruhig geschlafen, aber mittlerweile kam er damit klar, auf einem Vulkan zu leben, der jederzeit ausbrechen konnte.
Clara riss ihn aus seinen Gedanken.
»Was ist damals eigentlich passiert?«
Er räusperte sich. Der Putzstaub kratzte noch immer im Hals. »Es war im Sommer nach dem Abitur. Milan hatte zusammen mit Irina und Hendrik eine Radtour Richtung Ostsee unternommen.«
»Wer ist Hendrik?«
»Auch einer aus unserem Abschlussjahrgang. Ich hatte nicht viel mit ihm zu tun. Er ist Wirtschaftsprüfer oder so etwas.«
»Gut, und dann sind sie nach Hiddensee gefahren?«

»Eigentlich waren sie auf Rügen, auf einem Campingplatz. Nach Hiddensee haben sie eine Tagestour unternommen. Man kommt von Schaprode aus ja schnell mit der Fähre hin. Als sie nachmittags zurückfahren wollten, war Irina nicht mehr da.«
»Nicht mehr da? Waren die denn nicht zusammen auf der Insel unterwegs?«
Tom erinnerte sich, dass ihm die Sache damals auch merkwürdig vorgekommen war. Er kratzte sich am Kopf, ein Kalkkrümel landete im Kaffee. »Irina wollte sich nach dem Mittagessen wohl noch etwas angucken, ich glaube, die Dünenheide. Die beiden Jungs hat das nicht so interessiert, die saßen so lange in Vitte am Hafen.«
»Typisch. Wahrscheinlich, um ein Bier nach dem anderen zu zischen.«
Tom musste lachen. »Ja, kann schon sein.«
»Und was haben die beiden dann gemacht?«
»Ich nehme an, sie haben versucht, Irina anzurufen. Weiß aber nicht, ob sie damals alle ein Handy hatten, ist ja zwanzig Jahre her. Sicher ist, dass die beiden bis zur letzten Fähre gewartet haben. Als Irina dann noch immer nicht da war, dachten sie wohl, dass sie schon früher zurückgefahren sei. Jedenfalls haben sie die letzte Fähre genommen und gehofft, Irina auf dem Campingplatz zu treffen. Da war sie aber nicht. Gleich am nächsten Morgen sind sie wieder nach Hiddensee gefahren und haben den ganzen Tag über nach ihr gesucht. Am Abend haben sie dann die Polizei eingeschaltet.«
Mit zusammengekniffenen Augen blickte Clara in ihre

fast leere Tasse. »Merkwürdige Geschichte. Wie kann ein Mensch einfach so abhandenkommen, auf so einer kleinen Insel?«

»Je weiter man sich einer Sache nähert, umso größer und unübersichtlicher wird sie.«

Clara musste lachen. »Die geistreichen Sprüche des spätantiken Philosophen Tom Brauer, 13., völlig neu bearbeitete Auflage.«

»Na, hoffentlich bringt die 13. Auflage kein Unglück. Im Ernst: Geistreiche Sprüche gibt es genug auf der Welt. Da muss ich nicht auch noch mitmischen. Ich glaube, Milan ist der Einzige aus meinem Abiturjahrgang, der Bücher veröffentlicht hat. Soweit ich weiß, schreibt er inzwischen vor allem Theaterstücke.«

»Theater – das passt zu seinen aufdringlichen Anrufen. Die Sache mit der verschwundenen jungen Frau ging ja damals durch die Medien, kann ich mich noch dran erinnern. Das war lange, bevor wir uns kennengelernt haben. Jetzt sind wir schon einige Jahre zusammen und natürlich wusste ich, dass die Irina aus den Zeitungsberichten diejenige ist, von der du mir erzählt hast. Aber eigentlich wird mir erst heute Morgen richtig bewusst, dass du mit dieser Frau und ihren Freunden zusammen Abitur gemacht hast. Es ist, als ob die Welt wieder ein kleines Stück geschrumpft ist.«

In einem Schuhkarton bewahrte Tom Fotos aus seiner Schulzeit auf. Anfang des Jahrtausends war das gewesen, die letzten Jahre, in denen er überhaupt noch Papierfotos hergestellt hatte. Er fand den Karton im obersten Fach eines Bücherregals, pustete den Staub vom Deckel und kehrte zurück in die Küche.

»Hier, das ist ein Bild von Milan und mir bei einer Wanderung im Elbsandsteingebirge.«

»Da wart ihr ja noch richtig jung und knackig.«

Tom bemühte sich, Claras Spott zu überhören. Er konnte sich dunkel erinnern, dass ein älteres Ehepaar angeboten hatte, von ihnen ein Foto zu machen. Sie saßen am Fuß einer Felswand, die hinter ihnen aufragte wie der Stiefel eines Riesen. Tom trug ein kariertes Hemd und eine alberne rote Weste. Er sah aus wie ein übernächtigter Hobbit. Milan trug Jeans und ein weißes Polohemd, das einen schönen Kontrast zu seinen kräftigen schwarzen Haaren bildete. In diesen Haaren steckte eine Sonnenbrille, sein Gesicht zeigte ein breites Grinsen. Er schien sich eher über den Fotografen lustig zu machen, als für ein Bild zu posieren. Das hatte er nicht nötig, er wirkte cool, immer und überall, wo er sich aufhielt. Clara studierte die Aufnahme mit schief gelegtem Kopf.

»Auf den ersten Blick würde ich sagen: Der Träumer und der Klassenclown.«

Tom lachte und schüttelte sich. »Ich nehme an, du hältst mich für den Träumer. Ich habe an dem Morgen ganz offensichtlich meinen Kamm nicht gefunden und ich schaue etwas dümmlich über die Kamera hinweg. Ist okay, mit dem Träumer komme ich klar. Aber Milan ein Klassenclown? Das passt nicht ganz. Er war immer kreativ, manchmal auch witzig. Aber viel prägnanter fand ich seinen Widerspruchsgeist. Er sah überall die Böswilligkeit von Schule, Staat und Obrigkeit am Werk. Sein Misstrauen war allgegenwärtig und er konnte hervorragend dramatisieren. Ich glaube, im Theaterbetrieb ist er ganz gut aufgehoben.«

Ein zweites Foto zeigte Milan in einem Innenraum, lässig zurückgelehnt auf einem Stuhl aus Metallrohr und Holzimitat, wie man sie in Schulen zu Tausenden findet. Neben ihm, auf einem gleichartigen Stuhl, saß eine junge Frau. Sie hatte sich Milan zugewandt, die Beine angezogen und die Füße auf seinem Oberschenkel abgesetzt. Ihre Schuhe lagen auf dem dunkelgrünen Teppichboden. Hinter ihr war ein Stück von einer Pinnwand zu sehen, behängt mit Zetteln und Plakaten.

»Das war in unserem Pausenraum. Muss kurz vor dem Abitur gewesen sein.«

Clara betrachtete die junge Frau mit dem blassen Teint. Ihre Haare waren zu einem eleganten Scheitel gekämmt, an den Seiten und hinten waren sie kurz geschnitten. Markant war aber weniger die Frisur als die Farbe dieser Haare: ein intensives Rot.

»Das ist also Irina? Hat sich die Haare ja sehr auffällig gefärbt.«

»Die sind nicht gefärbt.«

»Das glaube ich nicht.«

Tom zuckte mit den Achseln. »Beschwören kann ich es natürlich nicht. Aber sie hat das behauptet und ich habe sie auch nie anders gesehen.«

»Erstaunlich. Jedenfalls ist sie eine schöne junge Frau. Sie war da wahrscheinlich siebzehn oder achtzehn, oder? Ich finde, sie wirkt erwachsener.«

»Kann gut sein, dass sie schon neunzehn war. Sie war mit ihrem Vater aus Russland gekommen. Ich fand sie immer außergewöhnlich, irgendwie rätselhaft.«
Clara drehte sich zur Seite und sah ihn prüfend an.
»Hattest du was mit ihr?«
Er musste lachen. »Nein, bestimmt nicht. Ich war damals viel zu schüchtern.«
»Ach nee.«
»Im Ernst, Irina wirkte auf mich unnahbar und auch ein bisschen arrogant. Eine Prinzessin. Ihr Vater war irgendein hohes Tier in einem Ministerium in Moskau gewesen. Kurz nach dem Amtsantritt von Wladimir Putin bekam er wohl Stress mit dem neuen Präsidenten, das kann ja lebensbedrohlich sein, wie wir heute wissen. Ich habe Irina in der Oberstufe kennengelernt, da sprach sie schon gut Deutsch, mit einem melodiösen russischen Akzent.«
»Was war denn mit Irina und Milan? Waren die mal zusammen?«
Tom sah sich das Bild an: Wie Irina die Füße auf Milans Oberschenkeln ablegte, wie sie ihn anblickte, etwas neugierig, etwas spöttisch, und wie er ihrem Blick begegnete, zurückgelehnt, lässig grinsend. Wer ihn kannte, wusste, dass das nur Fassade war. Er lief regelrecht über vor versteckter Sehnsucht und Trauer. »Sie haben viel gemeinsam unternommen«, sagte Tom. »Haben sich beide für Literatur und Musik interessiert. Aber sie waren nicht zusammen.«
Clara nickte nachdenklich. »Ich glaube, ich kann es mir vorstellen. Er war vernarrt in sie. Mit seinem ganzen Tempe-

rament, mit seiner Lust, gegen die Welt anzurennen, sie zu verändern. Aber bei ihr ist er nicht richtig zum Zug gekommen. Sie hat es genossen, umworben zu werden.«

Tom sah Clara verwundert an. »Was du alles weißt! Ich glaube, das ist ganz gut beschrieben. Nach dem Abitur haben sie sich zu dieser Radtour verabredet. Er hat wohl große Hoffnungen daran geknüpft. Eigentlich wäre er gern allein mit ihr gefahren, aber ihr war es wichtig, dass Hendrik mitkommt, sozusagen als Anstandsdame.«

»Es muss schlimm für ihn gewesen sein, als sie plötzlich verschwunden ist.«

Toms Erinnerung an diese Zeit wurde von Minute zu Minute intensiver. Als ob eine unscharfe und beinahe vergessene Szenerie plötzlich scharf gestellt worden wäre.

»Es war eine Katastrophe. Als Milan von Hiddensee zurückkehrte, war er fertig mit der Welt. Und ich glaube, dass er mit diesem Erlebnis nie wirklich klargekommen ist.«

Clara nickte. »Wie lange hat es gedauert, bis sie Irinas Leiche gefunden haben?«

»Fast zwei Jahre. Ein Biologe, der im Frühjahr auf Hiddensee nach Bodenbrütern gesucht hatte, stieß ganz im Süden auf menschliche Überreste, in der Kernzone des Nationalparks. Darf man eigentlich nicht betreten.«

Tom hielt noch immer das Foto mit Irina und Milan zwischen den Fingern. Clara nahm es ihm weg und legte es in die Mitte des Tisches. Dann griff sie nach seiner Hand. »Es ist totaler Mist, dass du jetzt verschwindest. Wir haben doch vor, morgen das Wohnzimmer zu streichen. Und wir müssen die Kü-

che ausräumen, weil dann die beiden schrecklichen Elektriker kommen und weitere Wände aufstemmen. Aber ich sehe ein, wenn Milan jetzt für dich wichtiger ist. Versprich mir, dass du so schnell wie möglich zurückkommst. Und schick mir ein paar Fotos. Ich war schon lange nicht mehr auf Hiddensee.«
Tom nickte. Er führte Claras Hand an seine Lippen. »Danke.«

Gleich nach dem Frühstück machte er sich auf den Weg. Er fuhr mit Claras altem Kombi nach Stralsund, über die Sundbrücke nach Rügen, dann weiter Richtung Inselmitte. Hinten im Auto lag ein leerer Eimer, der in jeder Kurve durch den Kofferraum polterte, als wäre er ein eingesperrtes Tier, das endlich freigelassen werden will. Tom versuchte, seine eigene Unruhe in den Griff zu bekommen und sich zu erinnern, wie es damals gewesen war, nach dem Verschwinden Irinas. Er hatte schon lange nicht mehr an diese dramatischen Wochen und Monate gedacht, diese Zeit nach dem Abitur, ein Sommer voller Widersprüche. Er erinnerte sich an das Gefühl einer beinahe grenzenlosen Freiheit, auch dieses nervöse Warten auf den Beginn des richtigen Lebens. Hatte dieses Leben eigentlich jemals angefangen? Und wie hatte er diese bedrückende Angst um Irina, die sie damals durchlitten hatten, verdrängen können?
Am Tag, nachdem sie von Milan und Hendrik als vermisst gemeldet worden war, durchkämmten Polizisten die gesamte Insel, vor allem die Dünenheide und den Süden, weil Irina angegeben hatte, dass sie dort spazieren gehen wollte. Einen Tag später weiteten die Einsatzkräfte das Such-

gebiet auf die Gewässer rund um die Insel aus. Polizeitaucher waren am Schwarzen Peter unterwegs, einer Bucht im südlichen Teil der Insel. Sie überprüften den von einem Damm abgeteilten Binnensee und die Boddengewässer. Milan hielt es kaum aus, nicht in der Nähe des Geschehens zu sein. Aber Tom fand, dass es nicht gut war, wenn er allein dort oben blieb. Nur mit Mühe konnte er seinen Freund überzeugen, nach Weimar zurückzukehren. Es war ein heißer Sommer, sie trafen sich beinahe täglich, saßen an der Ilm oder liefen über den Ettersberg. Milan hielt es nirgendwo aus, schon gar nicht in der Nähe von größeren Menschengruppen oder von Mitschülern, die weiterhin ihre neugewonnene Freiheit feierten, so, als wäre nicht ein Mensch aus ihrer Mitte verloren gegangen, wie vom Erdboden verschluckt. Tom hatte noch das Bild vor Augen: Wie Milan die Faust ballte und rief, es könne doch nicht sein, dass Irina einfach so verschwunden sei. Eine Woche später wurden die Suchaktionen vorerst beendet. Milan konnte das nicht akzeptieren. Vor allem wollte er nichts davon wissen, dass Irina möglicherweise einen Unfall erlitten oder einem Verbrechen zum Opfer gefallen war. In dieser Zeit keimte bei ihm der Verdacht auf, dass ihr Verschwinden eine Inszenierung gewesen sein könnte, geplant und ausgeführt von ihrem eigenen Vater.

Tom hatte Valentin Kramarov nur ein einziges Mal gesehen, bei einem Schulfest, kurz vor dem Abitur. Einige aus dem Jahrgang hatten nachmittags noch auf dem Schulhof gestanden und Bier getrunken, als eine schwarze Limousine vorfuhr, die an eine Staatskarosse erinnerte. Irina hatte den Wagen nicht bemerkt, hatte gelacht und getrunken. Jemand, der das Auto erkannt hatte, machte sie darauf aufmerksam. Und Tom erinnerte sich jetzt wieder genau, dass sie sich damals von einem zum anderen Moment zu verwandeln schien. Sie stellte die halbvolle Flasche ab, sortierte ihre Haare und legte sich die Jacke über den Arm. Dann sagte sie sehr förmlich, dass sie jetzt gehen müsse. Inzwischen war ihr Vater aus dem Auto ausgestiegen. Er kam auf die Gruppe der jugendlichen Biertrinker zu und blieb in etwa zehn Metern Entfernung stehen. Tom wunderte sich, wie alt er schon war. Er schätzte ihn auf etwa siebzig. Kramarov hatte kurz geschnittenes graues Haar und trug einen ebenfalls grauen Bart. Streng und ernst wirkte er, ein Patriarch, dachte Tom, und seine sonst so lässige Tochter schien sich in seiner Gegenwart in ein diszipliniertes und folgsames Mädchen zu verwandeln. Als Mitschüler ihr zuprosteten, ging sie nicht darauf ein, sondern nickte nur gnädig. Milan wollte sie zum Abschied umarmen – sie drückte ihn mit der Handfläche freundlich, aber bestimmt von sich weg. Dann wandte sie sich schnell ab und ging zu ihrem Vater.

Über die Vergangenheit von Valentin Kramarov gab es nur wenige gesicherte Informationen. Leitender Beamter im Moskauer Wirtschaftsministerium, das war die Formulierung, die man in Zeitungen fand. Es hieß, er habe sich in den Wirren nach dem Zusammenbruch der Sowjetunion schwer bereichert, viele Feinde gemacht und sei deshalb in den Westen gegangen. Irina war seine einzige Tochter, die Mutter lebte nicht mehr. Zusammen mit ihrem Vater

wohnte sie in einem Gründerzeithaus in der Westvorstadt. Einer Anekdote zufolge wurde Kramarovs Hund vergiftet, angeblich eine Drohung oder Racheaktion des russischen Geheimdienstes. Tom fand die Geschichte nicht besonders glaubwürdig.
Allerdings schien sich Kramarov durchaus Sorgen um das Wohlergehen seiner Tochter zu machen. Sie wurde morgens zur Schule gebracht und mittags wieder abgeholt, auch nach Partys stand spätabends ein Fahrzeug bereit, um sie nach Hause zu bringen. Allerdings kam normalerweise nicht der Vater persönlich, sondern ein angestellter Fahrer.
Kramarovs Vorgeschichte und dieses geheimnisvolle Leben jenseits der Schulcommunity, in das Irina meist per Chauffeur verschwand, regte auch Milans Fantasie an. So kam er wohl auf die Idee, Irinas Verschwinden sei inszeniert worden. Er hatte schon kurz nach dem Ereignis Andeutungen gemacht, aber erst eine oder zwei Wochen später sprach er seinen Verdacht offen aus. Um seine Tochter vor staatlichen Racheakten zu schützen, habe Kramarov sie von Hiddensee weggeschafft, vermutlich in ein anderes Land.
Tom hatte sich die Geschichte angehört, sie halbherzig in Zweifel gezogen, sie aber nicht strikt zurückgewiesen. Er wollte seinen Freund nicht unnötig verletzen. Die Idee, dass Irina nun in einer Welt der Schönen und Reichen angekommen war, in der sie sich eine neue Existenz aufbauen konnte, half Milan, mit der ungewissen Situation klarzukommen. Nach und nach schien er sich von der Last zu befreien, die ihn seit der Fahrt nach Hiddensee in den Abgrund zu ziehen drohte. Er küm-

merte sich um einen Studienplatz und bereitete seinen Umzug nach Berlin vor. Tom hingegen zog es nach Leipzig. Ihre Treffen wurden seltener und sie verloren sich aus den Augen.

Am Hafen von Kloster war einiges los. Hochsaison, Mittagszeit, die Stunde der Fischbrötchen. Es war schwül und beinahe windstill. Hochnebel verschleierte die Sonne. Ein schlammiger Hafengeruch konkurrierte mit dem Duft von heißem Fett. Tom erinnerte sich an Claras Worte und machte ein paar Fotos: ein historischer Zweimast-Segler, der gerade an der langen Pier lag, das stattliche Hotel *Hitthim* mit seinem filigranen Fachwerk, ein buntes Windspiel im Souvenirladen, die mit Holz verkleidete Kioskbude am Weg zum Dorf. Es waren Klischeebilder, für Clara eigentlich uninteressant, aber es geht bei solchen Bildern ja nicht um den Inhalt, sondern um das Gefühl. Die Sehnsucht nach dem Ort, nach dem letzten Besuch, nach der verklärten Erinnerung.
Wie verabredet war Milan bei der *Fischbarkasse Willi* zu finden. Er saß auf dem Geländer des Stegs und aß ein Fischbrötchen. Sein durchtrainierter Oberkörper steckte in einem grauen T-Shirt. Mit seiner Sonnenbrille und dem üppigen schwarzen Haar sah er aus wie die Vorhut der kalabrischen Mafia. Als er Tom kommen sah, sprang er von dem hölzernen Geländer herunter und warf das angebissene Fischbrötchen in einen Mülleimer. Er drückte Tom kurz, aber schmerzhaft an sich.
»Super, dass du da bist. Lass uns gleich losgehen.«
»Losgehen? Wohin?«

»Hoch zur Steilküste. Ich muss dir zeigen, wo ich sie gesehen habe.«

»Sollen wir nicht erstmal ...«

Milan ging einfach los. Er redete, ohne sich umzudrehen. »Doch sicher, das ist wichtig. Unbedingt. Du musst verstehen, warum ich das hier alles veranstalte. Ich habe gedacht, wenigstens du hältst mich nicht für verrückt. Wenigstens du.«

Tom blieb nichts anderes übrig, als ihm zu folgen. Der Hauptweg zog sich in einem weiten Bogen durch Kloster, ein merkwürdig undefinierter Weg, uneben und ohne Begrenzungen. Er führte zwischen kleinen Läden und Cafés hindurch. Tom hätte sich gern irgendwo niedergelassen, aber Milan ging zielstrebig voran und umrundete ungeduldig flanierende Inselbesucher. Tom verglich ihn mit einem Hund, den man in einen Tunnel gesperrt hatte. Es gab nur einen Weg zum Licht. Der Hund lief los. Er konnte gar nicht anders. Wer ihm nicht folgte, musste im Dunkeln bleiben.

»Für verrückt halte ich dich nicht«, sagte Tom säuerlich. »Ich denke nur, dass du dich getäuscht hast.«

Milan lachte. »Warte ab. Du wirst staunen, wenn wir da oben sind.« Er legte ein zügiges Tempo vor. Tom versuchte, neben ihm zu bleiben, und sah ihn von der Seite an. Seine Haare waren länger als früher, sie reichten bis zur Schulter, über der ein kleiner Lederrucksack hing. Die schwarze Mähne war von einzelnen grauen Strähnen durchsetzt. Sein Gesicht kam Tom schmal und blass vor, es hatte etwas Maskenhaftes.

Sie bogen in den Hügelweg ein, es ging jetzt aufwärts, an

einer Galerie vorbei und dann an der hinter Bäumen versteckten Lietzenburg, der alten Villa, die einst der Künstler Oskar Kruse hatte bauen lassen. Seine Tochter Käthe, die Erfinderin der berühmten Käthe-Kruse-Puppen, hatte hier ihre Sommer verbracht, zusammen mit ihren zahlreichen Kindern. Viele andere Persönlichkeiten vergangener Zeiten waren präsent, gerade in dieser Ecke der Insel. Gerhart Hauptmann, Albert Einstein und viele andere hatten ihre Füße auf diese Wege gesetzt. Es kam Tom unwirklich vor, dass Milan ausgerechnet hier eine Frau gesehen haben wollte, die schon lange nicht mehr lebte. Wenn das möglich war, konnten dann nicht plötzlich auch Asta Nielsen und Joachim Ringelnatz um die Ecke kommen?

Der Weg zur Steilküste war nicht viel mehr als ein Trampelpfad, der zwischen Buschwerk und Bäumen hindurchführte. Tom schwitzte und geriet außer Atem. Milan ging unbeirrt weiter und schien in seiner Mission gefangen zu sein. Bevor das Meer zu sehen war, konnte man es riechen und hören. An anderen Tagen schlugen die Wellen donnernd gegen die Insel, heute streichelte die Ostsee den Strand lediglich. Beinahe so, als hätte sie ein schlechtes Gewissen wegen der letzten Sturmtage.

Eine Abzweigung führte vom Hauptweg zu einem kleinen, von dichtem Gebüsch umschlossenen Platz, ein wunderbarer Aussichtspunkt, der einen Blick über die Ostsee erlaubte. Milan schob eine Brombeerranke zur Seite und tastete sich so weit wie möglich an die steil abfallende Böschung heran. Dann zeigte er hinunter. Tom sah den hellen Sandstreifen, sanft plätschernd rollten die Wellen auf den Strand. Hier und da spazierten Menschen am Ufer entlang.

»Hier hast du sie gesehen?«

»Sie kam von Norden her.«

Wie das klang: ‚Von Norden her'! Milans Stimme war rau. Er schien von dem Moment, als er die Frau erblickt hatte, noch ganz gefesselt zu sein.

»Das ist doch viel zu weit unten«, sagte Tom kühl. »Du kannst von hier oben keinen Menschen erkennen.«

Milan schob seine Sonnenbrille nach oben, sodass sie in seinem schwarzen Haar festhing. Zum ersten Mal konnte Tom seine Augen sehen. Noch immer war da dieser wilde Glanz, der ihn früher schon fasziniert hatte. Milan griff in seinen Rucksack und holte ein Fernglas heraus. »Hier, nimm. Probier es aus.«

Das Fernglas war schwer und an einigen Stellen zerkratzt. Aber es fühlte sich nach gehobener Qualität an. Tom richtete es auf den Sandstreifen und stellte es scharf. Ein älterer Mann rutschte in sein Blickfeld. Seine weißen Haare waren sorgfältig gekämmt, er trug eine Brille mit goldenem Rand und hatte einen Leberfleck auf der linken Wange. »Erstaunlich«, brummte er. »Man kann tatsächlich recht genau sehen, wer da geht.«

Milan nahm ihm das Fernglas aus der Hand und reichte ihm stattdessen sein Handy. »Ich hab auch Fotos gemacht.« Auf dem Display war eine Frau zu sehen, die den Strand entlang spazierte. Sie hatte rote Haare, trug eine blau-weiß gestreifte Bluse und eine dreiviertellange Hose aus beigem

Stoff. Tom zog das Bild mit den Fingerspitzen weiter auf, um das Gesicht zu erkennen, aber es löste sich, je stärker er es vergrößerte, zu einer bunten Pixelsoße auf.

»Okay, das ist gar nichts.«

Milan riss das Fernglas hoch, er drückte es beinahe unter Toms Nase. »Hier. Durch das Ding hab ich sie gesehen. Du hast es ausprobiert. Ich bin mir sicher. Hundertprozentig.«

»Wann war das?«

»Heute früh, etwa eine Stunde, bevor ich dich angerufen habe. Ich war hier für einen Morgenspaziergang. Wollte ja eigentlich heute abreisen. Und vorher nochmal rauf bis zur Hucke, um Uferschwalben zu beobachten. Es ist so ungeheuer schön, ihnen beim Fliegen zuzusehen. Aber dann … ich bin fast durchgedreht, als sie da den Strand entlang spazierte. Es ist unglaublich … wie kommt sie hierher, was macht sie hier?« In Milans Kopf schien die Zeit zurückzuspulen, bis zu dem Punkt, an dem er glaubte, Irina entdeckt zu haben. Seine Stimme bebte. »Ich konnte gar nicht aufhören, sie zu beobachten, ich wollte runterbrüllen, aber dann dachte ich, vielleicht bekommt sie Angst, weil sie nicht versteht, was los ist, und haut ab. Ich hab versucht, hier an Ort und Stelle runterzuklettern, aber keine Chance – zu steil, alles voller Dornengestrüpp. Heißt ja auch Dornbusch, oder?« Er lachte kurz auf. »Dann bin ich losgerannt. Ich dachte, wenn sie von Norden her den Strand entlangläuft, dann muss sie in Kloster am Heimatmuseum rauskommen. Wenn ich schnell gehe oder laufe, dann kann ich sie da abpassen. Das war der Plan. Bin also runter in den Ort, auf dem Hauptweg nach rechts gelaufen, bis zum letzten Strandübergang, bevor das Steilufer losgeht. Da habe ich gewartet. Es kamen ein paar Leute vorbei, aber sie war nicht dabei. Ich bin ihr dann entgegengegangen, also, dachte ich, dass sie da ja noch langkommen muss, aber nach zwei- oder dreihundert Metern habe ich entdeckt, dass es noch eine Treppe nach oben gibt. Die hatte ich vorher gar nicht gesehen. So was Idiotisches. Sie muss da hochgegangen sein, während ich ganz nah am oberen Ende dieser Treppe vorbeigelaufen bin. In der Zeit, in der ich dann unten am Heimatmuseum gewartet habe, ist sie natürlich längst weg und über alle Berge. Ist doch vollkommen idiotisch. Ich könnte durchdrehen!« Tom war erschöpft. Je länger Milan ihn mit seinen fantastischen Geschichten zutextete, umso leerer fühlte er sich. Das musste dringend aufhören. Er ließ sich auf einem mit Gras bewachsenen Absatz nieder. »Was hast du dann gemacht?«

»Dann habe ich dich angerufen. Du bist der Einzige, der mir helfen kann.«

»Setz dich mal.«

»Du willst, dass ich mich setze?«

»Ja, wir sollten mal in Ruhe nachdenken.«

»Ich will aber nicht in Ruhe nachdenken. Ich will was unternehmen.«

»Setz dich. Bitte.«

Tom wartete. Milan hatte seine Sonnenbrille wieder vor die Augen geschoben. Er kniff die Lippen zusammen, machte eine abschätzige Kopfbewegung und ließ sich widerwillig neben Tom nieder.

»Du weißt, dass Irinas Leiche zwei Jahre nach ihrem Verschwinden gefunden wurde. Hier auf Hiddensee.«
Milan hob den Zeigefinger. »War klar, dass du so anfängst. Du willst die ganze Sache abwürgen. Du nimmst die Version der Geschichte, an die alle glauben, weil du denkst, sie kann nicht falsch sein. Aber vielleicht ist sie doch falsch.«
»Du bezweifelst die Ermittlungsergebnisse der Polizei? Es wurde eine Leiche gefunden. Darüber gibt es viele Berichte. Es gibt auch ein rechtsmedizinisches Gutachten. Irina ist tot. Sie hatte ein Loch im Schädel.«
Milan verschränkte die Arme und sah finster vor sich hin. »Du musst nicht denken, dass ich das alles damals nicht mitbekommen hätte. Ich habe es gelesen, ich habe Nachrichten gehört. Ein Ermittler hat sich sogar persönlich bei mir gemeldet, um mir das mitzuteilen. Ich habe 'ne Vorladung von der Staatsanwaltschaft bekommen und eine Aussage gemacht. Das alles hat mich beinahe zerstört. Ich habe weitergelebt, aber ich war innerlich tot. Für Jahre. Ich habe Geschichten geschrieben, zwei, drei Romane, alle nicht sehr erfolgreich. Irgendwann habe ich angefangen, für das Theater zu arbeiten. Entwickle Figuren, die ich auf die Bühne schicke, damit sie sich dort ineinander verhaken, sich bekriegen, sich zusammenraufen, sich lieben. Sie werden zu lebenden, leidenden und lachenden Menschen – das ist das Größte, was es gibt. Kannst du dir das vorstellen?«
Tom hatte ausnahmsweise keine Einwände.
»Und weißt du was: In all meinen Theaterstücken kommt etwas von Irina vor. Niemals die ganze Irina, nur immer

ein Aspekt. Ihre Art, von einem Buch zu schwärmen, das sie nur zur Hälfte verstanden hat. Ihr Lächeln, wenn man ihr ein Kompliment macht. Ihre Bewegungen, wenn sie aufsteht und wortlos weggeht. Ihr Akzent, wenn sie zu einem anderen Menschen ‚Du bist ein Schlawiner' sagt oder ‚Was für ein Schlingel!' Und wenn sie dabei lacht. Die Art, wie sie einen Apfel betrachtet, bevor sie hineinbeißt. Ihr kurzes, verächtliches Kopfschütteln, wenn sie etwas nicht akzeptieren kann. Die Geste, mit der sie ihre Haare hinter das Ohr schiebt. Wie sie mit den Fingern den Weg zu einem bestimmten Ort auf eine Tischplatte zeichnet. Der Blick, seitlich von unten, der dich trifft, wenn du dich traust, ihr etwas Persönliches zu sagen. Die Art und Weise, wie sie über ihren Vater schweigt, wenn du so vermessen bist, sie danach zu fragen. Der Hauch von Angst, der über diesem ganzen Thema liegt.«

Er schien in der Welt von damals regelrecht zu versinken. Tom räusperte sich. »So etwas kannst du in ein Theaterstück hineinschreiben?«

Milan lachte in sich hinein. »Natürlich nicht so direkt. Aber ich sehe es. In jedem Theaterstück finde ich etwas von Irina wieder, von ihrem Wunsch zu leben und den Ängsten, die diesem Wunsch entgegenstanden. Von ihrem inneren Kampf. Sie hat ihren Vater geliebt, aber sie hasste seinen Kontrollzwang. Sie wollte frei sein, aber in ihrem Inneren hatte sich schon dieser Geist der Angst eingenistet. Ich schreibe eigentlich nur weiter, um irgendetwas von Irina bei einer Premiere wiederzuentdecken. Dann bin ich glücklich.«

Sie schwiegen. Tom sog die Luft tief ein. Hier oben war sie besser als unten am Hafen. Sie trug etwas von der Weite des Meeres in sich und vom Salz, das darin gelöst war. Plötzlich spürte er einen heftigen Schlag gegen seine Schulter. »Pass auf«, sagte Milan und beugte sich zu ihm rüber. »Wir machen es so: Wir tun einfach so, als wäre das, was ich gesehen habe, Realität. Du glaubst das nicht. Aber ich bin mir sicher, dass Irina heute Morgen über diesen Strand gelaufen ist. Und ich bitte dich: Lass dich auf das Experiment ein. Vergiss, was die Polizei und sonstige schlaue Leute damals rausgefunden haben. Betrachte die Geschichte vom anderen Ende her: Irina ist hier. Sie ist jetzt auf dieser Insel. So wie wir auch. Es ist Realität. Du bist doch Privatermittler. Lass uns die notwendigen Fragen stellen. Was tut sie hier? Warum ist sie nach Hiddensee gekommen? Wo treibt sie sich sonst rum? Wie lebt sie? Ist sie mit jemandem zusammen? Hat sie Kinder? Was ist damals wirklich passiert? Lass uns all diese Fragen stellen. Wir sind dabei auch nicht allein. Während du auf dem Weg nach Hiddensee warst, habe ich einiges auf meinem Facebook-Account geschrieben.«
Tom starrte Milan an. »Du hast was?!«
»Mach dir keinen Stress, Junge! Dich habe ich mit keinem Wort erwähnt.«
»Ich will auch nicht, dass du das tust, Milan. Das ist mir wichtig. Wie du richtig erwähnt hast, arbeite ich als Privatermittler. Ich brauche Diskretion und ich habe bei denen, die mich kennen, einen Ruf zu verlieren.«
Milan sah ihn erstaunt an. »Na sowas. Ganz schön eitel ge-

worden, der Tom. Aber immerhin wachst du endlich mal auf. Gut, du möchtest nicht mit einem Irren in einen Topf geworfen werden. Ich respektiere das. Du kannst auch gern lesen, was ich geschrieben habe. Es ist ganz harmlos. Hier!« Er tippte auf seinem Handy herum und reichte Tom das Gerät. Das Display zeigte den Facebook-Eintrag, den er unter dem Usernamen *MilanDerTitan* geschrieben hatte:

+++ AUFRUF!!! Vor zwanzig Jahren verschwand auf Hiddensee die Abiturientin Irina K. aus Weimar. Zwei Jahre später wurde sie tot aufgefunden. Ich will diesem Fall aus persönlichen Gründen noch einmal nachgehen, weil ich einige offene Fragen sehe. Deshalb bitte ich Leute, die dazu etwas beitragen können, sich bei mir zu melden. Denkt daran, dass jedes Detail wichtig sein könnte. Seit Dienstag bin ich auf Hiddensee und werde jetzt noch ein paar Tage hierbleiben. Ich danke euch! Euer Milan +++

»Das habe ich auch gleich in sämtliche Hiddensee-Foren reinkopiert«, sagte Milan stolz. »Die Leute hier wissen jetzt Bescheid. Und vielleicht gibt es jemanden, der schon seit Jahren etwas weiß, es aber nie gesagt hat, weil er denkt, die Behörden würden das sowieso nicht glauben.«
Tom schüttelte sich. Er fühlte sich wie bei einer Fahrt mit dem Karussell. Die Welt rauscht an einem vorbei, jeder Versuch, eine Sache oder einen Menschen genauer in den Blick zu nehmen, muss scheitern. Er hätte gegen jeden zweiten Satz, den Milan von sich gab, protestieren müssen, aber es

kamen immer neue Sätze, immer neue Verirrungen, sodass er gar nicht mehr wusste, wo er anfangen sollte.
Unvermittelt wechselte Milan das Thema. »Hey, ich habe übrigens seit heute Morgen kein Zimmer mehr. Eigentlich wollte ich ja abreisen. Hatte mein Gepäck schon am Hafen deponiert. Dann habe ich Irina gesehen. Als du auf dem Weg hierher warst, habe ich beim Hiddensee-Service angerufen. Und die wollten sich dahinterklemmen, obwohl es jetzt gerade schwierig ist. In der Hauptsaison ist auf dieser Insel jedes verdammte Gästezimmer belegt. Aber irgendwo werden wir unterkommen.«
»Wir?«
»Natürlich wir!«
»Hör zu, ich hatte nicht vor …«
Milan hob die Hand mit dem Telefon, um Tom zum Schweigen zu bringen. »Warte, ich rufe da nochmal an.« Er wählte eine Nummer und blickte, mit dem Gerät am Ohr, raus aufs Meer, als würde dort irgendeine Wahrheit erscheinen. »Ja, hier ist Milan Mikitsch. Ich hatte heute Morgen schon mal … ja, wirklich? Das ist ja fantastisch. … Ach, Mensch, bin ich froh. Das hilft mir weiter. Ja, wirklich nett. Schicken Sie mir die Adresse per SMS.«
Er sah Tom lachend an. »Wir haben ein Zimmer. Nichts Besonderes, aber ein Zimmer. In Vitte. Ich bekomme gleich die Kontaktdaten.«
Tom stand auf. Er hatte genug. »Es tut mir leid, Milan. Aber ich kann das hier nicht. Das ist mir zu … zu spooky.«
»Du hältst mich wirklich für verrückt.«

»Ich weiß nicht, wofür ich dich halten soll. Aber ich bin nicht bereit, etwas anzuzweifeln, was nach meiner Meinung nicht bezweifelbar ist. Warum sollte ein ganzer Ermittlungsapparat eine Untersuchung fälschen? Da sind viele Leute beteiligt. Sie haben da unten im Süden der Insel eine Leiche gefunden und es war Irina. Damit müssen wir leben, so traurig das ist. Und ich halte es für gefährlich, so zu denken, wie du es tust. Du bist in eine Scheinwelt hineingeschlittert. Ich kann verstehen, dass dir das eine Zeitlang geholfen hat, die Hoffnung aufrechtzuerhalten. Aber diese fixe Idee hat sich bei dir zu einer Fabel verfestigt. Zu einer Geschichte, die man auf der Theaterbühne spielen könnte. Aber das hier ist Realität, kein Theater. Und irgendwann musst du auch einsehen, dass es keine Hoffnung mehr gibt. Die Frau, die du unten am Strand gesehen hast, sah Irina vielleicht ähnlich. Aber sie war es nicht. Woher willst du überhaupt so genau wissen, wie sie heute aussehen würde? Sie hätte sich bestimmt verändert. Es ist sinnlos, darüber nachzudenken, denn Irina lebt nicht mehr. Eigentlich bin ich nur hergekommen, um dir das zu sagen. Es tut mir leid, dass es so lange gedauert hat. Aber ich wollte sichergehen, dass ich es dir guten Gewissens sagen kann. Das tue ich jetzt: Irina ist tot. Punkt. Und ich werde nicht länger hierbleiben. Lass uns wieder runter ins Dorf gehen. Ich will heute noch zurückfahren.«

Milan starrte ihn an, während er sprach, erst ungläubig, dann enttäuscht, schließlich mit einem leeren Blick, als hätte er sein Gehirn vorübergehend abgeschaltet. Er senkte den Kopf, seine rechte Hand sprang ratlos nach oben. »Ja, okay«,

sagte er, »ich verstehe das. Du hast es probiert, es ging nicht. Ich muss das akzeptieren.«
»Vielleicht wäre es anders, wenn wir nicht zu Hause diese Baustelle hätten. Ich kann Clara damit nicht allein lassen.«
»Ah, Clara. Clara ist ein schöner Name.«
»Ich nehme die Fähre um 17 Uhr 45 ab Vitte.«
Milan nickte. »Ja, verstehe. Ich kenne die Uhrzeit gut. Für die Fähre hatten wir uns damals verabredet.«

Schweigend gingen sie den Hang hinab. Tom hatte im letzten Moment noch daran gedacht, die großartige Aussicht auf die Steilküste und die Ostsee zu fotografieren. Für Clara. Jetzt kamen sie an reetgedeckten Häusern vorbei, verborgen hinter hohen Hecken, als wären sie dabei, sich in Märchenschlösser zu verwandeln. Hier oben war der mondäne Teil der Insel, es gab stattliche Anwesen mit versteckten Klingelschildern, auf denen höchst diskrete Aufschriften zu lesen waren, so etwas wie Prof. Dr. B.
Die Sonne hatte sich inzwischen gegen den Hochnebel durchgesetzt, eine Hitzeglocke hing über der Insel. Im Schatten der Bäume war es erträglich. Tom fühlte sich etwas besser als auf dem Hinweg. Er hatte getan, was er tun konnte. Er hatte Milan zugehört, hatte das gesagt, was zu sagen war. Jetzt würde er zurückfahren. Er musste die Balance halten: Hier sein überspannter Freund, dort Clara, die ihm doch viel wichtiger war. Und das Haus, das endlich und dringend renoviert werden musste.

Er dachte an die Tage, als sich die Nachricht vom Leichenfund auf Hiddensee verbreitet hatte, knapp zwei Jahre nach Irinas Verschwinden. In der Zeit steckte er gerade in einer Prüfungsphase, schrieb eine Klausur nach der anderen. Dass die Tote von der Insel Hiddensee tatsächlich seine Mitschülerin Irina gewesen sein sollte, kam ihm vor wie eine Mitteilung aus einer anderen Welt.
Wegen seiner Prüfungen fand er keine Möglichkeit, nach Berlin zu fahren, um sich mit Milan zu treffen. Aber er hörte später von Mitschülern, dass ihn die Nachricht vollkommen aus der Bahn geworfen hatte. Von einem regelrechten Zusammenbruch war die Rede. Tagelang lag er im Bett, mehrmals betrank er sich bis zur Besinnungslosigkeit. Seine beiden Mitbewohnerinnen kümmerten sich um ihn, so gut sie das konnten, und irgendwann ging es irgendwie weiter. Zu jener Zeit sprachen Tom und Milan schon nicht mehr viel miteinander. Tom hatte das Gefühl, dass sich irgendetwas zwischen sie geschoben hatte. Er erklärte es sich damit, dass sie beide unterschiedliche Wege gingen. Dass ihre Gemeinsamkeiten doch nicht so groß waren, wie er mal gedacht hatte. Ein neuer Lebensabschnitt beginnt, man verliert sich aus den Augen. Aber er hatte auch ein schlechtes Gewissen. Später schickte er Milan einige Male Geburtstagsglückwünsche, was er früher nie getan hatte. Milan reagierte nicht darauf. Er hielt solche Höflichkeiten offensichtlich für überflüssig, einer wirklichen Freundschaft nicht angemessen.
Tom hatte immer gehofft, dass Milan die Theorie vom inszenierten Tod Irinas irgendwann aufgeben würde. Spätes-

tens mit dem Leichenfund und den anschließenden Untersuchungen hätte er sich das doch aus dem Kopf schlagen müssen! Aber ganz offensichtlich war das nicht passiert. Was kann man tun, wenn ein guter Freund an etwas glaubt, das nicht wahr sein kann? Tom fühlte sich angegriffen, irgendwie provoziert. Und zugleich wehrlos. Er hatte auf die Berichte von Polizei und Staatsanwaltschaft hingewiesen. Was konnte er sonst noch unternehmen? Natürlich hielt er es für wichtig, staatliche Institutionen und ihr Gebaren zu hinterfragen. Aber wenn man sich nicht einmal auf die elementaren Mechanismen der Wahrheitsfindung verlassen kann – worauf sollte man sich dann überhaupt verlassen?

Trotz der schwer erträglichen Hitze beschlossen sie, zu Fuß bis zum Hafen von Vitte zu laufen. Sie taten das vor allem deshalb, um sich bis zur Abfahrt der Fähre nicht irgendwo schweigend gegenüber sitzen zu müssen, für Tom eine schaurige Vorstellung. Milans anfänglicher Überschwang war einer dumpfen Mattigkeit gewichen. Er trabte den Weg entlang, lustlos schlendernd und mit gesenktem Kopf, fast wie ein trotziges Kind.

»Ich würde gern auf deinen Vorschlag eingehen«, sagte Tom, um die Stimmung wieder zu heben. »Ich stelle mir vor, Irina wäre tatsächlich noch am Leben. Und ich frage mich, wie das damals abgelaufen sein soll. Ihr seid nach Hiddensee gefahren und von hier ist Irina auf mysteriöse Weise verschwunden. Okay. Warum ausgerechnet von hier? Wie soll das passiert sein? Wo ist sie geblieben? Sie kann sich doch nicht jahrelang im Haus ihres Vaters versteckt haben. Schon aufgrund ihrer Persönlichkeit halte ich das für ausgeschlossen. Sie brauchte doch Bewegung, sie sehnte sich nach Leben, nach einem Aufbruch. Jedenfalls habe ich sie damals so eingeschätzt. Ich kannte sie ja nicht so gut wie du. Oder glaubst du, dass ihr jemand eine neue Identität verschafft hat? So etwas ist in der heutigen Welt nicht so einfach, das fliegt irgendwann auf.«

Milan schaute, während er weiterging, kurz zu Tom rüber. Ein spöttisches Lächeln zeichnete sich in seinem Gesicht ab, verschwand aber sofort wieder. »Ach, Tom, du bist ein kluger Kopf. Aber ich fand schon damals, dass du in bestimmten Momenten eine erstaunliche Naivität an den Tag legst.« Er ließ seine Worte genussvoll einwirken, um dann weit auszuholen. »Hiddensee war der ideale Moment für das Vorhaben. Und ich habe mich später gefragt, ob diese Idee, an die Ostsee zu fahren, nicht letztendlich nur dem einen Zweck diente, Irinas Verschwinden einen Rahmen zu geben. Sie hatte die Schule beendet, sie war erwachsen und bereit für etwas Neues. Hier auf der Insel gibt es mehrere kleine Häfen, viel unbewachtes Ufer. Wenn hier nachts jemand in ein Boot steigt, bemerkt das keine Sau. Du fährst mit einem Motorboot drei oder vier Stunden, dann bist du in Warnemünde. Vielleicht ist sie auch schon vorher auf eine größere Jacht umgestiegen. Kramarov hatte so ein Ding, das habe ich irgendwo gelesen, nicht so was Monströses, aber hochseetauglich. Und auf dieser Jacht ist seine Tochter in die Karibik gebracht worden.«

»In die Karibik? Wieso das? Auch da gibt es Einreisebestimmungen.«

»Sei nicht dumm, Tom. Kramarov hatte auf Barbados einen zweiten Wohnsitz. Das weiß ich. Er kannte dort mit Sicherheit Leute, auch bei den Behörden. Ein neuer Pass mit einem Visum, was kostet das?«
»Keine Ahnung.«
»Nicht so viel, als dass er sich deshalb am Arsch gekratzt hätte.«
»Danke für die Belehrung.«
In Milans Augen lag wieder dieser Glanz. Was er sagte, schien er tausendmal durchdacht und durchlebt zu haben. Es war tief in seinem Inneren verankert. »Irina wird mit ihrer neuen Identität irgendeine Ausbildung absolviert haben. Vielleicht sogar über eine Fern-Universität oder eine Hochschule in einem südamerikanischen Land. Sie hat seit der siebten Klasse Spanisch gelernt. Diese Sprache haben damals nur wenige gewählt, aber sie hat es gemacht. Vielleicht gehörte schon das zum Plan.«
Tom atmete tief ein und schloss, während sie den mit Verbundsteinen belegten Weg entlanggingen, für ein paar Sekunden die Augen. Eben noch hatten sie ein beinahe ausgetrocknetes Wasserloch passiert, das nach Schlamm und Moder gerochen hatte, jetzt stieg ihm plötzlich der Duft von Thymian in die Nase. Sonderbare Insel!
»Okay«, sagte er gedehnt. »Das ist, muss ich zugeben, nicht vollkommen unmöglich. Aber was ich nicht sehe, ist die Sache mit der Leiche. Die kannst du doch nicht wegfantasieren.« Er räusperte sich. Es war ihm unangenehm, von Irina als einer Leiche zu sprechen. Aber Milan schien es nicht zu

stören. Seine Stimme klang dunkel, aber klar und entschlossen. »Wenn ich in den letzten zwanzig Jahren etwas gelernt habe, dann das: In der Welt passieren ständig Dinge, von denen wir gedacht haben, dass sie niemals möglich gewesen wären. Meist sind es unerfreuliche Dinge. Ist dir das noch nicht aufgefallen? Ich habe mir von dir Offenheit gewünscht. Dass du bereit bist, die Möglichkeit in Betracht zu ziehen, dass das scheinbar Unmögliche doch passiert sein könnte. Wir sind alle so fantasielos geworden. Das ist vielleicht die schlimmste Krankheit unserer Zeit. Im Fernsehen und in den Kinos erzählen sie dir rund um die Uhr die wildesten Geschichten, aber die Menschen glauben nicht mehr an das Unmögliche. An Wunder. An Paradoxien. Sie haben keine Visionen mehr. Sie sind alle so stumpf. So abgebrüht. Fertig in jeder Hinsicht.«

Tom schüttelte sich. Er wollte nicht auf Milans Zivilisationskritik eingehen. Er wollte ihn da festnageln, wo er keine Antworten hatte. »Ich frag jetzt mal so herum: Bezweifelst du, dass hier auf Hiddensee vor achtzehn Jahren die Leiche einer jungen Frau gefunden wurde?«

Milan zog die Schultern hoch, sodass sie beinahe seine Ohrläppchen erreichten. »Warum sollte ich das tun?«

»Aber um wen handelte es sich dabei?«

»Sag du es mir. Du bist doch Privatermittler. Kennst du nicht Leute, die sich das nochmal ansehen würden? Ganz unvoreingenommen natürlich. Wenn ich zur Polizei ginge, würden die mich gleich in die Psychiatrie einweisen.«

Tom musste lachen. Dass Milan bei der Stralsunder Kriminalpolizei klingelte und sein Anliegen vortrug, war in der

Tat nur schwer vorstellbar. Das konnte sich zu einer äußerst merkwürdigen Szene entwickeln. »Vielleicht kenne ich solche Leute«, sagte er zögernd, »aber ich bräuchte wenigstens einen konkreten Hinweis, dass damals etwas falsch gelaufen ist. Irgendwelche Indizien.«

»Es gibt viele Möglichkeiten. Kramarov brauchte natürlich eine Leiche, um die Geschichte von Irinas Tod zu einem plausiblen Ende zu führen. War es Zufall, dass diese Leiche dann auftauchte? Oder hat er nachgeholfen? Ich weiß es nicht.«

»Das ist mager«, sagte Tom düster. »So komme ich nicht in deine Geschichte rein. Ganz bestimmt nicht.«

Im Hafen von Vitte lag ein halbes Dutzend Fischerboote an der Pier. Es roch nach Teer. Die Sonne brannte auf die Promenade und die heißen Temperaturen hatten auch die Touristen vertrieben. Einige versteckten sich unter den Sonnenschirmen von Hafenbistro und Fischimbiss. Tom beobachtete ein junges Pärchen. Die beiden schleckten hektisch an ihrem schnell schmelzenden Eis. Wieder machte er Fotos für Clara, aber es waren jetzt keine schönen Bilder mehr. Er fotografierte den Schatten eines Bootes auf der Pier, ein zerfranstes Tau, Körbe aus rotem und blauem Kunststoff. Das Wasser im Hafenbecken schimmerte blaugrau, weiter draußen glitzerte es grell wie flüssiges Silber.

Milan holte an der *Fischhalle* zwei Flaschen Bier. Sie gingen zum Fähranleger und suchten sich Plätze auf umgedrehten Handwagen, die dort dutzendweise lagen, um das Gepäck ankommender Sommergäste zu transportieren. Weit vorn am Wasser brachte ein leichter Wind etwas Abkühlung. Lustlos stieß Milan seine Bierflasche gegen die von Tom und trank sie in einem Zug halb leer. »Ich habe mich immer wieder gefragt, ob ich damals etwas hätte merken müssen. Also während der Radtour.« Er rülpste leise und blickte hinaus auf den Sund, der Hiddensee von Rügen trennte. Ein Wassertaxi löste sich von der Pier und pflügte durch die Fahrrinne.

»Hat sich Irina damals irgendwie ungewöhnlich verhalten?«, fragte Tom. »War sie deprimiert oder nervös? Wenn es so war, wie du denkst, dann muss sie der Plan, zu verschwinden, doch sehr beschäftigt haben. Es lässt dich doch nicht kalt, wenn du gezwungen bist, alle deine Freunde zurückzulassen, vielleicht für immer.«

»Darüber hab ich tausendmal nachgedacht«, antwortete Milan. »Während der Radtour war sie gut drauf, manchmal etwas überdreht und gleichzeitig irgendwie unnahbar. Also eigentlich wie immer. Aber ich hatte das Gefühl, dass sie alles, was ihren Vater und ihr Zuhause betrifft, einfach ausblendet.«

»Sie hat also nichts angedeutet? War auch nicht irgendwie sentimental?«

Milan lachte. »Sentimental? Nee, wirklich nicht. Sie hat ihre Sprüche gemacht, wir konnten uns ja stundenlang necken. Ich wollte, dass es anders wird, war ja kein Geheimnis, dass mein Interesse an ihr größer war als ihres an mir. Und ich glaube schon, dass wir während dieser Reise eine andere

Ebene gefunden haben. Dass es persönlicher geworden ist. Ich weiß noch, dass sie an dem Abend, bevor wir nach Hiddensee gefahren sind, von ihrer Zeit in Moskau erzählt hat. Sie hatte da eine gute Freundin, Darja hieß sie. Die beiden hingen ständig zusammen rum. Und es war ein tiefer Einschnitt, als Irina erfuhr, dass ihr Vater mit ihr weggehen würde. Zum Glück, hat sie erzählt, hatte sie nicht viel Zeit, darüber nachzudenken, denn die Abreise kam sehr plötzlich, es musste alles schnell gehen. Es war beinahe eine Flucht. Darja zurückzulassen, das war nach dem Tod der Mutter ihr schlimmstes Erlebnis. Im Nachhinein denke ich: Sie hat mir das erzählt, um mir zu sagen, dass es ihr auch schwerfallen würde, mich zurückzulassen. Verstehst du? Es war eine Botschaft, die ich nicht sofort entschlüsseln konnte und sollte. Und natürlich haben wir über Tschaikowsky gesprochen.«

»Den Komponisten?«

»Genau. Sie liebt Tschaikowsky. Wir waren einmal zusammen im Konzert. Die sechste Sinfonie. Pathétique. Kennst du die?« Er summte mit rauer Stimme eine Tonfolge, die sich wellenförmig vorandrängte und in einem heiseren Grummeln endete. Tom zuckte mit den Achseln. »Nee, nicht so richtig.«

»Es war grandios. Und es war der einzige Abend, an dem wir Händchen gehalten haben.«

»Echt jetzt?«

»Ja. Der vierte und letzte Satz ist so dunkel, so schwarz wie eine einsame Nacht auf der Barentssee. Es ist eines der tragischsten Musikstücke, die es gibt, und ich glaube, Irina hat es nicht geschafft, durch diese zwölf Minuten Musik zu kommen, ohne sich an jemandem festzuhalten. Ich hab das natürlich gern auf mich genommen. Und ich habe gedacht, ihre Anhänglichkeit bezieht sich auf mich, ich dachte, sie will was von mir, aber sie brauchte einfach nur ein menschliches Geländer, um nicht der Todessehnsucht dieser Musik zu verfallen.« Er lachte plötzlich laut auf und blickte sich um. »Ich rede gerade etwas hochgestochen daher, oder? Und das auf dieser Sommerinsel, bei Sonnenschein und Flaschenbier.«

Tom lächelte hilflos. Das lauwarme Bier stieg ihm mit voller Wucht in den Kopf. Sie hätten sich nicht in die pralle Sonne setzen sollen. Er schwitzte und es dröhnte unter der Schädeldecke. Aber er war froh, dass sie jetzt wieder miteinander sprachen. Und dass seine Weigerung, länger auf der Insel zu bleiben, Milan nicht endgültig verärgert hatte. Er wollte weiterreden, so lange, bis die Fähre kam. »Wie lief es eigentlich mit Hendrik? Was hat er während eurer Radtour für eine Rolle gespielt?«

Milan rollte mit den Augen. »Irina wollte ihn unbedingt dabeihaben. Hat sie gesagt. Ich glaube, sie wollte vor allem einen Prellbock zwischen sich und mich setzen, ein Drängelgitter – wenn du verstehst, was ich meine. Hendrik war dafür die ideale Besetzung. Meistens gut drauf, bisschen naiv, von sich selbst überzeugt. Irgendwie stand Irina auf ihn, das habe ich nie kapiert.«

Tom lächelte. »Hätte ich wohl an deiner Stelle auch nicht kapiert.«

Milan boxte ihn gegen die Schulter. »Ich war nicht eifersüchtig, wirklich nicht. Ich fand nur, dass sie an dem Punkt an Geschmacksverirrung litt. Irgendwie hat seine schnöselige Jungunternehmerpose ihr imponiert. Er war ja eigentlich ein netter Typ, aber vergiftet durch dieses Elternhaus, alles Steuerberater und Banker. Geldsäcke. Nette Geldsäcke, aber eben Geldsäcke.«

»Hast du noch Kontakt zu ihm?«

»Nee, gar nicht. Neulich bin ich mal meine Handykontakte durchgegangen. Ich dachte, ich muss mal ein paar Idioten aus der Liste löschen. Bei Hendrik habe ich kurz überlegt, dann habe ich ihn doch drin gelassen. Heute Morgen hab ich ihm sogar ne SMS geschickt und gefragt, ob er nicht nach Hiddensee kommen will. Die wird er gar nicht gelesen haben.« Er lachte gluckernd vor sich hin. »Hendrik wäre der richtige Mann für so ein Mädchen vom Land, so eine Bauerntochter. Alles Klischees, ich weiß, aber irgendwie leben wir doch alle unser klischeehaftes Leben. Irina hatte was Besseres verdient. Jemanden mit Geist, mit Fantasie. Jemanden, der ihr das Wasser reichen kann.«

»Einen wie dich.«

Milan wandte sich ab, hob die Flasche an den Mund und trank sie leer. Dann rülpste er ein weiteres Mal.

»Du sagst es.«

Draußen auf dem Vitter Bodden war es etwas dunstig. Aber Tom konnte erkennen, dass sich eine Fähre dem Hafen näherte. Es würde nicht mehr lange dauern, bis sie da war.

»Weißt du«, sagte Milan, »diese Vergangenheit, die Schulzeit und die Jahre danach, das kommt mir wie eine sehr dunkle, triste Zeit vor. Eine Zeit voller unerfüllbarer Wünsche, eine unreife Zeit, eine kaputte Zeit. Obwohl wir damals noch viel jünger waren als heute. Und ich frage mich, ob das so weitergeht. Was glaubst du, denkst du in fünfzehn oder zwanzig Jahren über die Gegenwart? Ist die dann auch so finster? Wenn das so ist, dann wäre die Gegenwart viel hässlicher, als ich sie jetzt beschreiben würde. Dann würde ich also durch eine Hölle wandern, ohne es zu merken. Und das Leben besteht darin, zu erkennen, dass eigentlich alles ein großer Betrug ist. Ich komme damit nicht klar.«
Er betrachtete die leere Bierflasche in seiner Hand. Dann fuhr er fort: »Oder ist es andersherum? Ergibt der Blick in den Rückspiegel nur deshalb ein so finsteres Bild, weil die damalige Zukunft, also das, was jetzt Gegenwart ist, viel besser ist als die Vergangenheit? Und wäre die zukünftige Zukunft noch viel besser? Das wäre ja eigentlich ein Grund zum Feiern. Aber ich kann mir einfach nicht vorstellen, dass die Zukunft viel besser wird. Sieh dir doch die Welt an. Die ganzen unreflektierten Idioten. Wir haben wieder ein Land voller Nazis, wir haben Leute, die alles glauben, was ihnen auf TikTok oder YouTube erzählt wird, weil sie nicht mehr viel vom Leben verstehen und schon gar nicht die Komplexität unserer Krisen. Der Planet geht vor die Hunde. Wir wollen alle, dass es besser wird, aber wir können nichts machen. Und selbst das wenige, was wir machen könnten, tun wir nicht. Wie geht es dir damit?«

Milans Gedankengänge überforderten Tom. Er musste an das leergeräumte kahle Wohnzimmer denken, die geöffneten Leitungskanäle. Jahrzehntelang hatten die alten Kabel unsichtbar unter Putz und Tapete gelegen. Jetzt lag alles offen, wie bei einem chirurgischen Eingriff. Er stand auf und streckte sich. Die Fähre hatte ein gutes Stück ihres Weges zurückgelegt. Milan saß noch auf dem umgedrehten Handwagen und sah Tom von unten an. »Wenn du es wenigstens noch für einen Tag probieren würdest, mir zu helfen – nur bis morgen Abend … Lass es uns so machen, wie ich vorgeschlagen habe. Lass dich für einen Tag darauf ein.«

Tom schüttelte den Kopf. »Nein, sorry, ich hatte ja schon gesagt, dass es ungünstig ist und …«

»Ja, sicher, das hattest du gesagt.«

»Wir können jederzeit telefonieren. Morgen Abend zum Beispiel. Dann erzählst du mir, was du bis dahin erreicht hast.«

Die Fähre verringerte ihre Geschwindigkeit und glitt auf das Hafenbecken zu. Milan nickte und sah zur Seite. »Weißt du, dass ich damals sehr enttäuscht von dir war? Als sie diese Leiche fanden, die sie für Irina hielten, da war ich völlig fertig. Es hat mich total umgehauen. Die Leute aus dem Abijahrgang sprachen von nichts anderem. Niemand hat es angezweifelt. Eine Zeit lang habe ich es auch geglaubt. Ich war kurz davor zu sterben. Wusstest du das? Ich habe mich zweimal so betrunken, dass ich hätte sterben können. Ich stand auch auf einer Eisenbahnbrücke und habe überlegt, runterzuspringen.«

Tom starrte Milan an. Er musste schlucken. »Das … das wusste ich nicht … ich war …«

Milan schien ihn gar nicht zu hören. Er sprach eher zu sich selbst als zu Tom. »Meinen beiden Mitbewohnerinnen bin ich dankbar und das wird bis in alle Ewigkeit so bleiben. Sie waren der Grund dafür, dass ich nicht gesprungen bin.«
»Haben sie dich von der Brücke geholt?«
Milan lachte leise. »Nein, die waren damals für zwei oder drei Tage unterwegs. Sie waren ein Pärchen, aber manchmal haben sie sich angefaucht wie die Singschwäne. Die wissen bis heute nicht, dass ich damals beinahe von der Brücke gesprungen wäre.«
Die Fähre hatte sich inzwischen gedreht und drückte sich jetzt langsam an die Pier. Menschen gingen an Land. Tom wusste nicht, was er sagen sollte. »Ich hatte wirklich keine Ahnung. Das ist schlimm. Tut mir leid.«
»Weißt du, warum ich nicht gesprungen bin? Ich hatte meinen Mitbewohnerinnen versprochen, ihre Katze zu füttern. Und ich dachte: ‚Scheiße, die sind immer so nett zu mir, die nehmen das mit Humor, wenn ich mal wieder nicht abgewaschen habe oder wenn ich 'ne alte Unterhose im Badezimmer rumliegen lasse. Und was mache ich? Ich springe von der Brücke und hab vergessen, der Katze was hinzustellen. Wenn die beiden nach Hause kommen und das halb verhungerte Tier liegt jammernd in der Ecke, das kannst du denen nicht antun, habe ich mir gesagt. Also bin ich zurück und hab der Katze einen Riesenberg von ihrem Katzenschaschlik auf einen Teller getürmt. Mir hab ich 'ne Pizza bestellt und dazu nen gutes Glas Rotwein getrunken. Da gings mir irgendwie etwas besser. Der Katze natürlich auch.«

Tom hatte seinen Rucksack über die Schulter gehängt. Die ersten Fahrgäste gingen an Bord.
»Ich war wirklich enttäuscht von dir«, sagte Milan. »Dass du einfach nicht aufgetaucht bist.«
»Wenn ich gewusst hätte ...« Tom setzte den Satz nicht fort. Es wäre eine Lüge daraus geworden. Er hatte damals gewusst, dass es Milan schlecht ging. Von einem Zusammenbruch hatte er gehört. Wenigstens für ein oder zwei Tage hätte er hinfahren können. Aber er hatte es nicht getan, aus Angst, sich mit Milans Krise beschäftigen zu müssen. Er war kein guter Freund gewesen. Und Milan hatte später auf seine E-Mails und Geburtstagswünsche nie reagiert. War das nicht absolut folgerichtig? Tom stand regungslos auf der Pier. Der Platz unter seinen Füßen war mit grauen Verbundsteinen belegt, deren Aus- und Einbuchtungen ineinandergriffen. Immer mehr Menschen, die vorher auf diesem Platz gestanden hatten, verschwanden im Inneren der Fähre. Zwei Handwerkerfahrzeuge wurden auf das Autodeck gelotst. Tom drehte sich zu Milan um. »Also gut, ich bleibe bis morgen Abend. Aber keine Minute länger.«

MilanDerTitan
AUFRUF!!! Vor zwanzig Jahren verschwand auf Hiddensee die Abiturientin Irina K. aus Weimar. Zwei Jahre später wurde sie tot aufgefunden. Ich will diesem Fall aus persönlichen Gründen noch einmal nachgehen, weil ich einige offene Fragen sehe. Deshalb bitte ich Leute, die dazu etwas beitragen können, sich bei mir zu melden. Denkt daran, dass jedes Detail wichtig sein könnte. Seit Dienstag bin ich auf Hiddensee und werde jetzt noch ein paar Tage hierbleiben. Ich danke euch!
Euer Milan

KOMMENTARE

Schuppen07
Wie? Was? Ein ungeklärter Mord auf Hiddensee? Wusste ich ja gar nichts von.

> *Phoenix*
> Es ist das einzige Kapitalverbrechen in den letzten dreißig Jahren – also abgesehen von dem Mord an diesem verrückten Klimaforscher. Aber der wurde ja aufgeklärt. Was mit der Schülerin passiert ist, haben sie nie rausgefunden.
>
> *TIMTIM*
> Es ist gar nicht sicher, ob Irina K. ermordet wurde. Die Spuren waren nicht eindeutig.
>
> *Phoenix*
> Doch – der Schädelknochen hatte Verletzungen.

TIMTIM
Könnten auch von einem Sturz herrühren.
Phoenix
Totaler Quatsch. Jemand hat ihre Leiche verscharrt. Das ergibt nur Sinn, wenn es zuvor ein Verbrechen gab. Oder glaubst du, sie hat sich selbst eingebuddelt?

ClockworkOrange
@MilanDerTitan: Offene Fragen? Hau bloß ab. Verschwinde von unserer Insel. Wir brauchen keine offenen Fragen. Wir brauchen einen besseren Küstenschutz.
KätheabernichtdieKruse
Du entsprichst mal wieder allen Klischees vom dumpfen Insulaner. Ist doch gut, wenn mal jemand hartnäckig nachfragt. Die Behörden scheinen ja kein Interesse mehr zu haben.
ClockworkOrange
Am Ende sind sowieso wieder die Einheimischen schuld. Schon damals ist der Polizei nichts Besseres eingefallen, als einen von uns stundenlang zu verhören.
Rudi
War der nicht sogar in U-Haft? Mein Bruder ist mit dem früher zum Fischen rausgefahren.
ClockworkOrange
Nee, ich glaube nur kurzzeitiger Polizeigewahrsam. Ging wohl nach dem Verhör keine Fähre mehr zurück. Der, den sie damals verdächtigt haben, fährt übrigens noch immer zum Fischen raus.

Peterchen
Lass mal den Inselpolizisten ran. Ha ha!
Klosterfrau
Warum nicht gleich meine Oma? Die hat schon mal einen Fahrraddieb mit der Handtasche gestoppt.
Rudi
Jetzt mal im Ernst: War diese Schülerin damals nicht eine reiche Russin? Dass sie verschwand, soll etwas mit ihrer Familie zu tun gehabt haben.

> *Klosterfrau*
> Entführung? Erpressung?
> *Rudi*
> Ja, oder irgendwas Politisches.

Der Inselgeist
@MilanDerTitan: Wie ist es eigentlich mit einer Belohnung? Ohne Knete läuft heute doch sowieso nix mehr.

Tom klappte Milans Laptop zu. Die mehr oder weniger intelligenten Kommentare zum Facebook-Eintrag von MilanDerTitan würden seinen Freund aller Voraussicht nach nicht weiterbringen. Tom befürchtete eher das Gegenteil. Milan tat alles, um sich unbeliebt zu machen.
Sie saßen inzwischen in ihrer Unterkunft am südlichen Ende von Vitte. Bei diesem Quartier, das der Hiddensee-Service erstaunlicherweise noch hatte finden können, handelte es sich um ein winziges Zimmer in einem Anbau, das Tom an die Abstellkammer in seinem eigenen Haus erinnerte. Auf einem wackeligen Teewagen neben dem Waschbecken

stand eine Kochplatte, die aus der Pionierzeit der elektrischen Essenszubereitung stammen musste. Zwei Feldbetten und ein Campingstuhl bildeten das weitere Mobiliar. Das braun-beige Karomuster auf dem Kunststoffboden war zum Glück so stark verblasst, dass Tom beim Betrachten der Karos kaum schwindlig wurde. Dusche und Toilette waren auf dem Flur, das fand er nicht weiter schlimm. Schwerer wog, dass es in dem Zimmer kein richtiges Fenster gab, sondern nur eine mit Glasbausteinen verschlossene Luke. »Wer so etwas macht, ist nicht ganz dicht«, sagte er zu Milan, der den Kopf schief legte und grinste. »Wo ist das Problem?«
»Das Problem ist, dass du hier einen tollen Blick nach draußen hättest: die ausfransende Siedlung, der Deich, der Übergang zur Dünenheide. Aber dann sind da nur Glasbausteine! Wie im Gefängnis.«
»Der Raum hier wird eigentlich schon lange nicht mehr vermietet. Wir haben ihn nur bekommen, weil ich beim Hiddensee-Service so hingebungsvoll gebettelt habe.«
»Gut, dann lass uns einen Plan machen.«
»Was für einen Plan?«
»Wir müssen überlegen, wie wir den morgigen Tag nutzen. Außerdem möchte ich heute Abend noch irgendwas essen. Und drittens brauche ich eine Zahnbürste, Duschgel und einen Deoroller. Viertens wäre es nicht schlecht, wenn wir morgen irgendetwas zum Frühstücken hätten.«
Milan stand auf und führte die gestreckten Finger seiner rechten Hand an die Schläfe. »Zu Befehl, Herr General. Alles, wie Sie wünschen.« Er sah auf die Uhr und riss seine Hände in

die Luft. »Oh nein, der Edeka schließt in zehn Minuten. Ich laufe los. Nimmst du eher harte oder weiche Borsten?«

»Wenn's geht, mittel«, brummte Tom. »Und ich esse grundsätzlich kein Müsli zum Frühstück.«

Milan war schon halb aus der Tür. »Wir treffen uns dann im *Hafenkater*, so in einer halben Stunde?«

Tom nickte. Er war froh, dass er sich in Ruhe um die beiden Telefonate kümmern konnte, die jetzt noch fällig waren. Zuerst rief er Clara an. »Es ist nicht einfach hier«, sagte er und dehnte die Worte, um Zeit zu gewinnen. »Milan ist regelrecht besessen von der Vorstellung, dass Irina noch lebt. Und er behauptet nach wie vor, dass er sie gesehen hat. Ich weiß nicht, wie ich ihn zur Vernunft bringen soll. Ich habe damals, als ihre Leiche gefunden wurde, einen großen Fehler gemacht. Ich hätte für ihn da sein müssen, hätte mit ihm sprechen müssen, aber ich habe gezögert, habe mich irgendwie davor gedrückt, wahrscheinlich habe ich schon damals geahnt, dass es schwierig würde, und du weißt ja, dass ich manchmal schwierige Dinge vor mir herschiebe und dann ...« Er brach ab, weil er das Gefühl hatte, vom Weg abzukommen, wie ein Pferd, das sich weigert, ein Hindernis zu überspringen.

Claras Stimme klang ruhig und fest. Sie klang so, als wäre sie ganz nah. »Tom, was willst du mir sagen?«

»Ich werde noch einen Tag hierbleiben, aber dann ...«

»Das geht nicht. Wir haben eine Verabredung. Du weißt, wie es hier aussieht.«

»Ja, es tut mir leid, ich weiß. Aber das hier ist ...«

»Ich kann die Küche nicht allein ausräumen. Und außerdem brauche ich morgen das Auto.«
»Kannst du dir nicht eins leihen?«
»Ich brauche den Kombi, muss noch Materialien aus Barth abholen.«
»Und wenn wir das mit dem Elektriker verschieben?«
»Auf wann denn? Ab nächste Woche habe ich ein neues Projekt. In Schwerin. Ein Wandgemälde. Ich bin dann viel unterwegs.«
»Das ist ja toll! Wusste ich gar nicht.«
»Lenk nicht ab.«
»Einen Tag, Clara. Ich brauche nur einen Tag.«
Sie atmete hörbar aus, es war irgendetwas zwischen Seufzen und Schnauben. Er wollte ihr sagen, dass sie ihm wichtig war und dass er ein schlechtes Gewissen hatte, sich innerlich zerrissen fühlte, etwas in der Art.
»Schick mir wenigstens wieder ein paar Fotos«, sagte sie grimmig. Dann legte sie auf, einfach so.
Er brauchte ein paar Minuten, bevor er Sylkes Nummer wählte. Sie war erstaunt über seinen Anruf, aber er hörte sofort heraus, dass sie sich freute, mal wieder etwas von ihm zu hören. Sicherheitshalber erkundigte er sich, ob sie nach wie vor als Kriminaloberkommissarin in Stralsund tätig war. Sie bestätigte das und sofort spürte er ihr Unbehagen. Über berufliche Sachen wollte sie nicht mit ihm sprechen. Trotzdem trug er sein Anliegen vor. Er beschrieb ihr den Fall und achtete dabei sorgfältig darauf, dass er sich Milans Sichtweise nicht zu eigen machte. Er musste sich dis-

tanzieren, sonst würde Sylke ihn am Ende auch für verrückt erklären. »Was soll ich deiner Meinung nach jetzt unternehmen?«, fragte sie ungehalten.

»Ich bitte dich darum, einen Blick auf die Akten zu werfen. Und dann schreibst du mir eine Nachricht, dass du keine Anhaltspunkte für irgendwelche Ermittlungsfehler finden kannst. Insbesondere dass das rechtsmedizinische Gutachten nicht anzuzweifeln ist – so etwas in der Art. Ich brauche eine amtliche Aussage, die so glaubwürdig ist, dass sie Milan von seinem Hirngespinst befreien kann.«

»Also geht es dir nicht um eine wirkliche Prüfung, sondern nur um ein amtliches Siegel oder so etwas?«

»So könnte man das sagen. Ich brauche eine glaubwürdige Stimme, die Milan erklärt, dass er auf dem Holzweg ist.«

Sylkes Begeisterung hielt sich weiterhin in Grenzen. »Warum sollte er jetzt seine Meinung ändern, wenn er das viele Jahre lang nicht getan hat? Und warum sollte ich für ihn glaubwürdiger sein als die damaligen Ermittler?«

»Weil ich ihm vorher erzähle, dass ich dich gut kenne und was für eine absolut unbestechliche und hervorragende Polizistin du bist.«

Er wusste, dass Sylke sich in diesem Moment ein Lächeln nicht verkneifen konnte. Bewusst ließ er ihr ein paar Sekunden Zeit, bis das süße Gift wirkte.

»Na gut«, sagte sie schließlich, »ich versuche, gleich morgen früh an die Akte zu kommen. Aber erwarte nicht, dass ich mir mehr als eine Viertelstunde Zeit dafür nehme.«

»Das ist völlig in Ordnung. Es geht ja nicht um die Sache. Irina ist tot. Das ist völlig klar.«

Auf dem Weg zum *Hafenkater* dachte er über die Frage nach, um was es eigentlich ging, wenn nicht um die Sache. Man konnte es Vertrauen nennen. Milan hatte den Glauben an die Fakten verloren. Und an die Institutionen, die diese Fakten ermittelten, verwalteten und verbreiteten. Es war wie eine Krankheit, nicht untypisch für die Welt, in der sie beide lebten. Aber bei Milan saß sie besonders tief, diese Krankheit, sie schien sein gesamtes Gewebe durchdrungen zu haben, vielleicht sogar in den Knochen zu wurzeln. Tom stellte sich vor, was passieren würde, wenn sich diese Krankheit, dieses Leugnen von elementaren Fakten, zu einer Epidemie entwickelte. Wenn Menschen plötzlich und ohne jeden Anlass aufhörten daran zu glauben, dass Polizei, Ärzte, Journalistinnen, Richter, Busfahrerinnen und Elektriker genau das taten, was sie zu tun behaupteten. Und wenn das, was sie sagten, nicht auf Fakten, sondern auf Launen beruhte. Dann war die Welt am Ende. Dann würde Misstrauen in Anarchie und Gewalt umschlagen. Dann funktionierte eine Gesellschaft nicht mehr nach Regeln, sondern nur noch auf der Grundlage von Macht und Gewalt. Kein schöner Gedanke. Dann konnte man nur noch abhauen, weit weg, auf die andere Seite des Planeten. Vorausgesetzt, man glaubte noch daran, dass dieser Planet kugelförmig ist.

TAG 2

Er hörte Stimmen. Die Wände schienen zu sprechen. Sie unterhielten sich unaufhörlich, ein aufgeregtes Gequatsche, als ob sie ein verrücktes Drehbuch vorlesen würden. Die Worte waren nicht zu verstehen, aber sie waren ganz nah, sie drangen durch seine Schädeldecke und Tom hatte das Gefühl, dass sie gar nicht von außen kamen, sondern in seinem Kopf entstanden. Er rutschte aus dem Halbschlaf in einen Wachzustand und kapierte erst jetzt, dass da tatsächlich ein Drehbuch abgespielt wurde. Irgendwer im Haus, vermutlich der Vermieter, hatte einen Fernseher in Betrieb. Es war halb zwei in der Nacht. Eine Weile folgte er den wilden Dialogen. Hin und wieder konnte er ein Wort verstehen, aber es reichte nicht, um einen Zusammenhang zu bilden, es blieb nur der diffuse Wechsel zwischen Emotionen und Stimmlagen, ein akustisches Schattenspiel. Ziemlich ähnlich zu dem, was er gerade erlebte! Diese alte Geschichte einer verschwundenen jungen Frau, fern und schwer greifbar und gleichzeitig so nah. So etwas konnte einen Menschen verrückt werden lassen, dachte er. Eine Weile hörte er dem Gemurmel der Stimmen noch zu, dann schlief er wieder ein. Als er am Morgen aufwachte, spürte er einen gleichmäßigen Druck auf seiner oberen Stirn, es war unmöglich zu sagen, ob der Druck von außen oder von innen kam. Er versuchte sich zu erinnern, wie viele Gläser Bier er am Vorabend getrunken hatte. Es waren nicht mehr als drei gewesen, dazu das eine Bier am Hafen, das wegen der gleichzeitigen Sonneneinstrahlung doppelt zählte. Im Ergebnis waren das fünf, eigentlich kein Grund für derartige Kopfschmerzen. Er schob es auf die nächtliche Fernsehdusche und die schlechte Luft in ihrer Abstellkammer. Diese verdammten Glasbausteine! Einer von ihnen war beweglich. Man konnte an einer dünnen Kette aus Metall ziehen und ihn wie ein kleines Fenster kippen. Aber er fiel sofort wieder zu, weil es keine Möglichkeit gab, die Kette irgendwo einzuhaken. Dieses Zimmer war eine Katastrophe. Trotzdem mussten sie dankbar sein, mitten im Sommer so kurzfristig überhaupt noch etwas bekommen zu haben.

Ein Blick rüber zum anderen Feldbett verriet ihm, dass Milan noch schlief. Leise trollte er sich aus dem Zimmer und ging duschen. Als er zurückkam, saß sein Kompagnon auf der Bettkante und raufte sich die Haare.

»Hast du was von diesem Fernseher mitbekommen?«

Milan schüttelte den Kopf. »Man muss die ganze Insel durchkämmen. Irgendwo werden wir Irina treffen.«

Tom hatte noch keine Lust, über Irina zu sprechen. Nicht vor dem Frühstück. Er beschwerte sich lieber über den Vermieter. »Warum muss der Typ nachts um zwei noch Fernsehen gucken? Was ist das eigentlich für einer?«

Milan musste ihm begegnet sein, als er sich am Vortag um Zimmerschlüssel und Bezahlung gekümmert hatte. »Unspektakulär«, brummte er, »heißt Gernot. Bei seinem verkniffenen Gesicht musste ich an einen Gartenzwerg denken.« Er kam wieder auf die Idee einer Inselrazzia zurück. »Wir haben natürlich zu wenig Personal, um die ganze Insel zu durchkämmen. Können wir das eingrenzen? Welche Unterkunft würde Irina wählen? Hotel, Pension oder Privatzimmer?«

Tom zuckte mit den Achseln. Er hatte keine Ahnung, welche Vorlieben Irina in den letzten zwanzig Jahren hätte entwickeln können. Und auch nicht, wie viel Geld sich auf ihrem Konto hätte ansammeln können. Irina war tot. Ein Gespenst. Eine Fiktion.

»Ihr Vater lebt nicht mehr, sie wird eine Menge geerbt haben«, fuhr Milan fort. »Aber sie ist nicht der Typ für schicke Hotels. Ich glaube, sie ist in einer Pension abgestiegen. Ob sie in Kloster wohnt – da, wo ich sie gesehen habe?«

Tom schüttelte den Kopf. »Das hat überhaupt nichts zu sagen. Jeder, der für ein paar Tage auf Hiddensee ist, läuft irgendwann da oben am Dornbusch rum.«

Er öffnete das Paket mit dem Toastbrot, um gleich darauf festzustellen, dass es keinen Toaster gab. »Sollen wir das Brot auf der elektrischen Platte rösten?«

»Nee, die brauchen wir für den Kaffee.«

Tom lachte kurz und bitter. »Ach, richtig. Wir haben ja auch keine Kaffeemaschine.«

Er setzte einen Topf mit Wasser auf und holte den löslichen Kaffee aus der Einkaufstasche. Milan klebte unterdessen zwei Toastscheiben mit einem Löffel Erdbeermarmelade zusammen und begann mit finsterer Miene, den gefüllten Brotlappen zu verspeisen. Als er hineinbiss, quoll an den Seiten die blutrote Pampe heraus. »Warum hat sie sich nie gemeldet? Wenn sie über den Strand von Hiddensee spaziert, dann hätte sie mich doch auch mal anrufen können. Meinst du nicht, dass das angemessen gewesen wäre?«

Tom blieb standhaft. Auf solche Fragen wollte er nicht eingehen. Er schob sich ein Stück trockenes Toastbrot in den Mund, nickte, schüttelte den Kopf und hob die Achseln, alles gleichzeitig. Er wollte und durfte sich nicht auf diese Geschichte einlassen. Diese Geschichte führte in eine Sackgasse. In Milans Welt einzutreten, war wie ein verlockender Pfad, der irgendwann an einem Abgrund endete.

Milan hatte inzwischen seinen Laptop aufgeklappt. Als Tom im Vorbeigehen das Hintergrundbild sah, erschrak er. Da war ein vergrößertes Passfoto einer Frau zu sehen, etwa vierzig Jahre alt, mit roten Haaren. Tom hatte sofort das Gefühl, dass er die Frau kannte. Und gleichzeitig wusste er, dass das unmöglich war.

»Das ist … was für ein Bild ist das?«

Milan blickte zu ihm auf. »Da wunderst du dich, was? Ich hab noch mehr davon. Hier, schau dir diese Galerie durch, ein Foto nach dem anderen.«

Tom nahm das Gerät. Das erste Bild zeigte Irina als Jugendliche. So kannte er sie.

»Wir haben damals für die Abiturzeitschrift ein Foto von ihr gebraucht«, erklärte Milan beiläufig. »Ich habe ihr das Original nie zurückgegeben und sie hat es vergessen.«

Tom klickte weiter. Es folgte eine Serie von Fotos, auf denen Irina sich schrittweise veränderte. Am unteren Bildrand war ihr Lebensalter eingetragen: 21 Jahre, 25 Jahre, 31 Jahre. Ihr Gesicht wurde etwas schmaler, reifer, abgeklärter. Die hübschen Falten um den Mund vertieften sich, weitere tauchten auf. Der Backenknochen trat hervor. Milan genoss Toms Verwirrung. »Man kann in der Software einige Variablen einstellen. Ich habe mal angenommen, dass sich Irina gesund ernährt und mäßig viel Alkohol trinkt. Sie treibt regelmäßig Sport, raucht nicht und hält sich oft draußen auf, häufig in der Sonne. Das passt doch zu ihr, oder? Und sicher wird sie hin und wieder ihre Frisur verändert haben. Damit habe ich etwas rumgespielt.«
In der Tat wanderte der Scheitel im Laufe der Jahre zur Mitte und zurück an die Seite. In den späten Zwanzigern ließ Irina die Haare bis auf die Schultern wachsen, mit Mitte dreißig trug sie einen Bubikopf, der sie jünger erscheinen ließ. Auf den letzten Bildern war der leuchtend rote Scheitel wieder da.
»Soweit ich weiß, verwenden sie diese Software bei der Polizei, wenn sie nach Leuten suchen, die jahrelang verschwunden oder untergetaucht sind. Das Programm wurde mit Tausenden von Bildern gefüttert, mit Bildserien von Menschen, die über Jahrzehnte immer wieder fotografiert worden sind. Der Alterungsprozess lässt sich präzise simulieren.«
Tom hatte davon gehört, eigentlich eine digitale Spielerei. Aber das hier war gespenstisch. Die Bilder wirkten so echt und lebendig. Wer die Fotos, die sich schrittweise änderten,

für eine Weile betrachtete, konnte sich kaum noch vorstellen, dass sie nur Produkte eines Algorithmus' waren. Irina war jetzt also eine erwachsene Frau mit einem wachen und irgendwie traurigen Blick. Die Spuren ihres Lebens hatten sich in ihr Gesicht eingegraben, aber es war unverkennbar die Person, die Tom als unnahbares und irgendwie geheimnisvolles Mädchen in Erinnerung hatte. Es war wie auf diesen Abiturtreffen, wo man Leute nach vielen Jahren zum ersten Mal wieder sieht: Äußerlich hatten sie sich stark verändert, aber im Kern waren es noch immer dieselben Menschen, neben denen man vom Kind zum Erwachsenen geworden war. Tom klappte den Laptop entschlossen zu. Er wollte sich nicht verrückt machen lassen.
Milan hatte inzwischen sein Smartphone aus der Tasche geholt und wischte über den Bildschirm. Er suchte seinen Facebook-Eintrag, augenscheinlich waren neue Kommentare hinzugekommen. Während er las, stieß er einen gemurmelten Fluch aus, vermutlich in kroatischer Sprache. Er nahm einen zweiten doppelten Toastlappen zu sich, rief verschiedene Internetseiten auf und legte das Gerät schließlich auf den Tisch. Dann stand er auf und streckte sich. »Wir gehen in die Dünenheide. Da wollte sie hin, damals, an diesem letzten Tag.«

Tom war erleichtert, dass Milan nicht vorhatte, alle Pensionen der Insel abzuklappern, um nach Irina zu fragen. Ein Spaziergang in der Dünenheide, das war weder peinlich noch gefährlich. So konnte er die Zeit überbrücken, bis eine

Nachricht von Sylke kam. Die würde er Milan dann bei passender Gelegenheit vorlesen, vielleicht beim oder nach dem Mittagessen. Er würde noch einmal alles auffahren, was gegen Milans These sprach: Der Leichenfund, die polizeilichen Ermittlungen, das Fehlen jeglicher Lebenszeichen von Irina bis zu dem Tag, an dem Milan glaubte, sie gesehen zu haben.
Die Luft an diesem Morgen war angenehm. Zwar schien wieder die Sonne, aber sie brannte nicht so heiß wie am Vortag. Ein kräftiger, fast stürmischer Ostwind strich über die Insel. Sie gingen ein Stück auf dem Hauptweg in südlicher Richtung und bogen dann in die Dünenheide ab. Der Wind zupfte an den Kiefern und drückte die langen, trockenen Grashalme nieder, sie wogten auf und ab wie ein Meer aus Tausenden brauner und grüner Fäden.
»Warum wollte Irina damals eigentlich hierher?«, fragte Tom. »Es ist schön hier, aber ist es so spektakulär, dass ein Mädchen wie sie deshalb noch einmal zu einer Wanderung aufbricht? Soweit ich mich erinnere, hat sie sich nicht unbedingt für Natur interessiert.«
Milan sah ihn an. »Damals habe ich gedacht, dass sie einfach mal ihre Ruhe haben wollte. Wir hatten ja schon eine Woche lang zu dritt verbracht.«
»Ihr hattet euch an dem Tag aber nicht gestritten, oder?«
Milan antwortete nicht sofort. Sie folgten einem schmalen Pfad durch den struppigen Bewuchs. Der Boden war sandig und weich, links und rechts standen jetzt vor allem Heidegewächse. Bei aller Kargheit brachten sie eine große farbliche Vielfalt in die Landschaft: an den graubraunen

Stämmchen saßen rosa Blüten, dazwischen schimmerten die Krähenbeeren, weinrot, manche beinahe schwarz, dazu die feinen Blättchen, vorwiegend dunkelgrün. Clara hätte ihre Freude an dem Farbenspiel gehabt. Bei dem Gedanken an Clara kam sich Tom elend vor. Sie musste jetzt Probleme lösen, die er ihr eingebrockt hatte. Er holte sein Handy aus der Tasche und begann zu fotografieren. Wenigstens das wollte er für sie tun.

»Gestritten haben wir nicht«, sagte Milan, als Tom seine letzte Frage schon beinahe vergessen hatte. Sie blieben stehen. »Aber vielleicht gab es da etwas ... Das hatte ich tatsächlich lange Zeit vergessen – oder verdrängt. Wir waren vormittags in Kloster, oben am Dornbusch. An dieser Stelle, wo man so einen tollen Blick über die ganze Insel hat. Hendrik und ich fingen an rumzuspinnen: Wie man diese Insel wirtschaftlich nach vorn bringen könnte, mit coolen Events, edlen Lodges und Kulturveranstaltungen, die ein Vermögen kosten. Also wirklich, das waren nur jugendliche Spinnereien. Das passte alles nicht hierher. Aber wir haben auf dem Weg nach Vitte damit immer weiter gemacht. Hendrik war der große Investor, der ein schwimmendes Wellnesshotel neben die Insel setzen würde, und ich hatte vor, oben am Leuchtturm eine Theater- und Opernarena zu installieren, die man von einer neu gebauten Marina an der Nordspitze erreichen würde, mit vier Metern Wassertiefe, damit auch die ganz fetten Jachten da anlegen konnten. Da wollte ich dann Stars einfliegen und Salzburg, Bayreuth und Glyndebourne Konkurrenz machen.«

»Was hat Irina dazu gesagt?«

»Sie hat das Ganze als Kinderkram bezeichnet. Wir hatten Spaß und haben immer weitergemacht und ich glaube, das hat sie nicht einfach nur genervt, sondern irgendwie verletzt. In der Woche davor sind Hendrik und ich nur selten auf der gleichen Welle gesurft. Meist kam einer von uns mit Irina gut klar und der andere stand daneben. Das wechselte dauernd. Wir beide im Gleichklang und Irina als nörgelnde Dritte – das hatte es vorher so nicht gegeben.«

Draußen hinter dem Ostseedeich schoben sich die drei Masten eines Traditionsseglers vorbei. Der hatte perfekte Windverhältnisse. »An dem Nachmittag«, fragte Tom, »brauchte Irina also eine Pause von euch?«

»Ja und nein. Sie hat das so gesagt. Und sie wollte unbedingt noch schwimmen, aber Hendrik und ich hatten keine Lust. Ich glaube, mit diesem kleinen Dissens war es für sie leicht, ihren heimlichen Abschied zu kaschieren. Wahrscheinlich hat sie sich hier in der Dünenheide mit demjenigen getroffen, der sie dann später mit dem Boot weggebracht hat. Es ist ideal hier. Kaum Leute und an den Rändern gibt es genug Möglichkeiten sich zu verstecken.«

Tom verzog den Mund. Schon steckten sie wieder in Milans Geschichte, auf seinem Pfad, der ins Nichts führte. Milan beschritt diesen Pfad mit festen Schritten. Er ging einfach immer weiter. »Ich verstehe im Nachhinein gut, dass sie genervt war. Unsere Jungs-Fantasien waren eine Provokation für sie. Wir haben dumme Luftschlösser gebaut, aber sie stand unmittelbar vor einem dramatischen Einschnitt in ihrem Leben. Das war für sie sehr real, es belastete sie. Sie konnte mit keinem Menschen darüber reden, das muss man sich mal klarmachen!«

Tom wollte sich überhaupt nichts klarmachen. Er wünschte sich, dass sich Milans Gedankenfluss totlief, wie eine Welle, die auf dem langen Weg über einen flachen Strand irgendwann die Kraft verliert. Aber Milans Welle hatte so viel Energie. Sie lief und lief. Und das ging Tom zunehmend auf die Nerven. Wortlos stapften sie eine Weile nebeneinander her, aber Tom hatte das Gefühl, dass sie sich in vollkommen getrennten Welten bewegten. Als könnte Milan seine Gedanken lesen, blieb er plötzlich stehen und blickte über die rötlich schimmernde Heide. »Von hier ist sie verschwunden. Und jetzt sind wir beide an der Stelle. Verrückt, oder? Viele Jahre lang hatten wir kaum etwas Gemeinsames. Und jetzt sind wir hier.«

»Ich weiß gar nicht, was du so machst.«

Milan lachte kurz auf und wurde dann wieder ernst. »Dass ich hier stehe und warum ich hier stehe, ist eigentlich alles, was du wissen musst. Nichts von dem, was ich in den letzten Jahren gemacht habe, wäre ohne Irina zustande gekommen. Sie ist ein Teil meines Ichs. Ein Stück, das fehlt. Und dieses Stück suche ich. Ich tue alles, um es irgendwie zu ersetzen.«

Tom hatte plötzlich das Gefühl, dass er noch nicht verstanden hatte, worum es Milan ging. Natürlich, es ging ihm um Irina. Aber sprach Milan überhaupt noch von der realen Person? Oder war Irina nur eine Projektion, die sein Inneres ausfüllte wie ein riesiges Wandbild, an dem ein Künstler sein Leben lang arbeitet?

»Ist es nicht ein Zeichen von Erwachsensein, dass man sich irgendwann von unerfüllbaren Jugendträumen löst?«

Milan lachte auf. Es klang garstig. »Du hast keine Ahnung. Irina und ich, das war … sie hat mir mehr bedeutet als jeder andere Mensch.«

»Sie hat dich auf Abstand gehalten.«

»Kann sein, aber das ist nicht alles. Vielleicht hat sie das aus Selbstschutz getan. Ich war wichtiger für sie, als sie zugegeben hat. Sie wusste, dass wir getrennte Wege gehen mussten und wollte …«

Tom unterbrach ihn. »Lass uns lieber über was anderes reden. Ich kann das gerade nicht hören.«

»Wir haben eine Abmachung, Tom. Einen Tag lässt du dich darauf ein.«

»Ich habe gesagt, dass ich einen Tag hierbleibe.«

»Dann stell dir wenigstens vor, wie es wäre, wenn du das erlebt hättest: Du triffst einen Menschen und du weißt, dass ihr füreinander bestimmt seid. Klingt altmodisch, aber ich glaube, dass es das gibt. Und dann wirst du von diesem Menschen getrennt, von einem Augenblick zum nächsten. Kannst du dir das überhaupt vorstellen? Hast du auch nur annähernd Ähnliches erlebt?«

Wie konnte Milan sich anmaßen, darüber zu urteilen, was Tom erlebt oder nicht erlebt hatte? Er konterte in herablassendem Tonfall. »Ich habe glückliche und weniger glückliche Tage in meinen Beziehungen gehabt. Es kommt darauf an, was man daraus macht.«

»Sehr pragmatische Weltsicht.« Milan wandte sich Tom zu.

Seine linke Hand wischte auf und ab, jedes Wort unterstreichend. »Aber da ist doch noch etwas anderes in dir, eine Stimme. Sie sagt dir: Dies ist die Richtige. Oder sie schweigt, die Stimme. Vielleicht hat sie sich bei dir noch nie gemeldet.«

»Die Richtige wird zur Richtigen, wenn beide zusammen sind.«

»Entschuldige, aber du bist doch kein … kein Lego-Männchen, das sich immer so ausrichten lässt, wie es gerade benötigt wird! Du hast doch einen Willen. In jedem Menschen schlummert eine tiefere Wahrheit, eine Bestimmung, eine Ahnung von Unendlichkeit – und du musst einen Weg zu dieser tieferen Wahrheit finden, sonst wird dir etwas fehlen. Du wirst eine ganze Dimension deiner Möglichkeiten nie erreichen.«

Tom blähte seine Backen und ließ die Luft entweichen wie aus einem durchstochenen Reifen. »Meine tiefere Wahrheit besteht vor allem darin, dass in meinem Haus die elektrischen Leitungen freigelegt sind, als wären es Nervenstränge. Und Claras Nervenstränge liegen auch frei. Das ist nicht schön.«

Milan lachte leise vor sich hin. »Ja, gutes Bild. Die Nerven eines Hauses liegen blank. Sollte man nicht mit dem Finger dranfassen, was?«

Tom hatte das Gefühl, dass sich in seinem Inneren ein Bogen spannte, von Minute zu Minute wurde er reizbarer. Milan schien es nicht so zu gehen. Er schloss die Augen und hob den Kopf leicht an, als würde er auf eine Eingebung warten.

Der Wind ließ seine schulterlangen schwarzen Haare nach Westen hin auswehen. Mit seinem unrasierten Kinn und dem halboffenen Hemd wirkte er wie ein Krieger aus einer längst vergangenen Epoche. Die Wiedergeburt eines Wikingers. »Du warst schon immer etwas fantasielos«, sagte er in den Wind hinein. »Ich spüre, dass dieser Ort kein Todesort ist. Es ist ein Ort des Aufbruchs. Über die karge Heide weht der Wind, fast das ganze Jahr. Der Blick geht weit übers Land und aufs Meer hinaus. Irina ist hier nicht ihrem Mörder begegnet. Es ist etwas anderes passiert, etwas Bedeutsames. Etwas, das sie erschüttert hat, aber nicht getötet.«
Er öffnete die Augen und blinzelte zu Tom rüber. »Ist gut, sag nichts. Es reicht mir, wenn du einfach die Klappe hältst.«
Tom hatte kein Problem damit, dieser Bitte zu folgen. Milan sah auf die Uhr. »Okay, lass uns gehen.«
»Wohin?«
»Zu Hanno Grau.«

Am boddenseitigen Ufer, etwas südlich von Vitte, lag eine Reihe von Booten kieloben im Gras. Sie sahen aus wie bunte Riesenfische, die gestrandet waren. Von hier aus starteten Leute wie Hanno Grau, die nicht mit Kuttern rausfuhren und vielleicht keinen Liegeplatz im Hafen bezahlen wollten. Sie benutzten einfache, offene Boote mit Außenbordmotor. Hanno Grau war jener Fischer, der bei den Ermittlungen zum Verschwinden von Irina für kurze Zeit in den Fokus der Kriminalpolizei gerückt war, der Mann also, der angeblich für eine Nacht im Stralsunder Polizeigewahrsam verbracht hatte, weil ihn keine Fähre mehr zurückbringen konnte. Milan hatte mithilfe der Beschreibungen in den Facebook-Kommentaren seinen vollen Namen herausgefunden, außerdem ein Foto entdeckt und noch ein paar weitere Informationen. Er war richtig stolz auf diesen Erfolg und sprang wie ein übermütiger Teenager auf eines der umgedrehten Boote, um das Wasser mit seinem Profi-Feldstecher abzusuchen. Nebenbei hielt er einen Vortrag über die gesuchte Person. »Sein Boot ist grün mit einem roten Streifen. Er betreibt den Fischfang nur noch nebenberuflich. Wenn er rausfährt, dann meistens am Vormittag. Er überprüft die Reusen und Stellnetze. Den Fisch verkauft er an örtliche Gastronomen, die ihn dann oft schon abends auf den Teller bringen. Einen Teil des Fangs hängt er in seinen Räucherofen. Nachmittags kümmert er sich auch noch um einen kleinen Fahrradverleih.«

Tom hörte Milans Ausführungen staunend zu.

»Woher weißt du das alles?«

»Tja, das Recherchieren muss man nicht nur als Privatermittler können.« Milan sprach durch die Zähne, während er weiterhin das Wasser absuchte. »War aber gar nicht schwer. Der Hanno kommt in einer Fernsehdokumentation vor. Hab mir heute Morgen einen Ausschnitt davon angesehen. Da haben sie das genau so erzählt.« Er hielt in seiner langsamen Drehbewegung inne und stellte den Feldstecher scharf. »Ich glaube, ich hab ihn. Er zieht gerade eine Reuse aus dem Wasser. Aal, würde ich sagen, aber ganz ehrlich: Ich hab keine Ahnung.«

Sie setzten sich auf zwei Findlinge, die in der Nähe herumlagen, und warteten. Es dauerte etwa fünf Minuten, bis Hanno Graus Boot gemächlich auf den kleinen Sandstrand rutschte. Ohne sich um die Zuschauer am Strand zu kümmern, begann er, seine Fanggeräte zu ordnen.
Milan trat an das Boot heran.
»Herr Grau, dürfen wir Sie was fragen?«
Der Fischer setzte seine Arbeit fort, ohne aufzublicken. Er hatte eine tiefe, angenehme Stimme. »Kommt drauf an, wer fragt und worum es geht.«
Grau war ein hochgewachsener Mann mit ausgedünntem Haar und einem von Wind und Sonne zerfurchten Gesicht. Im Prinzip, dachte Tom, konnte man dieses Gesicht guten Gewissens auf das Cover von Büchern über Abenteurer aller Art setzen. Man musste, bevor der Mann auch nur ein Wort gesagt hatte, Respekt vor ihm haben.
»Ich bin ein alter Schulfreund von Irina Kramarov«, erläuterte Milan. »Ihr Verschwinden hat mich damals sehr getroffen.«
Auch als Irinas Name fiel, unterbrach der Fischer seine Arbeit nicht, aber Tom hatte das Gefühl, dass er sehr genau hinhörte. Milans Strategie war einfach zu durchschauen, aber wirkungsvoll: Er rückte seine eigene Betroffenheit ganz in den Vordergrund. »Jetzt bin ich nochmal hergekommen, um mich mit dieser Sache zu beschäftigen. Ich hoffe, dass ich dann besser damit klarkomme.«
Hanno Grau wandte sich dem Fragenden mit einem gutmütigen, aber doch auch herablassenden Gesichtsausdruck

zu. »Dann wünsche ich dir viel Erfolg. Ich dachte im ersten Moment, ihr wärt von der Polizei.«

»Absolut nicht«, sagte Milan und lachte, »im Gegenteil. Wir sind so eine Art Anti-Polizei. Wir glauben nämlich, dass die Polizei damals keine gute Arbeit geleistet hat.«

Tom staunte, wie schnell es Milan gelang, das Misstrauen des Fischers wegzuschmelzen, als wäre es ein Stück Butter, das in der Sonne lag. Er machte das nicht durch Smalltalk, sondern indem er rundheraus sagte, was ihn bewegte. Show your emotions. Vielleicht war das der erste Moment, in dem Tom von Milan beeindruckt war.

Fischer Grau zog sein Boot ein Stück weiter auf den Strand und sah die beiden dann nacheinander an. »Ich hab nicht viel Zeit. Wenn der Aal zu lange in der Sonne liegt, kriege ich Ärger mit meiner Frau.«

»Das wollen wir unbedingt vermeiden«, sagte Milan geschmeidig. »An dem Nachmittag, als Irina verschwand, war ich auch hier in Vitte. Ich habe sie mittags zum letzten Mal gesehen. Und ich … ich kann es bis heute nicht verstehen.«

Der Fischer verzog ein wenig den Mund. Weinerlichkeit mochte er nicht. Milan justierte seinen Tonfall und kam zur Sache. »Sie haben sie an dem Tag doch auch gesehen. Und das war der Grund, warum Sie von der Polizei vernommen wurden, oder?«

Er nickte. »Ja, ich hab sie getroffen, weiter unten, im Süden. Auf dem Steinwall beim Schwarzen Peter.«

»Wann war das?«

»So gegen sieben vielleicht.«

»Okay. Und was genau ist da passiert?«
»Passiert ist gar nichts. Ich war bei einem Kollegen in Neuendorf zum Skatspielen. Und anschließend bin ich Richtung Gellen gelaufen, weil da angeblich ein losgerissenes Netz angespült worden war. Da sind die Jungs von der Nationalparkverwaltung ganz pingelig. Ich hab aber nichts gefunden. Auf dem Rückweg kam mir die junge Frau entgegen und fragte mich nach dem Leuchtturm am Gellen. Da hab ich ihr den Weg gezeigt. Ist ja nicht schwer.«
»Und wie war das genau?«, fragte Milan, beinahe wie ein Regisseur, der eine Szene bis in die feinsten Details durchdringen will. »Welchen Eindruck machte Irina auf Sie? War sie nervös? Oder ängstlich?«
Grau zuckte mit den Achseln. »Weiß nicht, ganz normal.«
»Wie hat sie diese Frage gestellt – wie eine Touristin? Oder wie jemand, der dort irgendetwas sucht oder jemanden treffen will?«
Mit zusammengekniffenen Augen betrachtete Grau den Mann mit dem langen schwarzen Haar, der ihn aus dem Nichts kommend mit merkwürdigen Fragen überschüttete.
»Das ist so lange her, Mann. Und so ne Frage hat mir noch nie jemand gestellt.«
»Okay, okay«. Milans Hände tanzten ungestüm durch die Luft. »Sie haben die Frau, also Irina, dann nicht nochmal gesehen?«
Grau schüttelte den Kopf. »Ich muss dann jetzt auch langsam los …«
»Ja, eine Sekunde noch … sonst haben Sie an dem Abend niemanden gesehen?«

Erneutes Kopfschütteln. Tom hatte das Gefühl, dass Milan nicht mehr weiterwusste. Er sprang in die Bresche. »Wie kam es eigentlich, dass die Polizei Sie verdächtigt hat, etwas mit dem Mord zu tun zu …«

»… wenn es überhaupt ein Mord war«, flocht Milan eilig ein, aber Grau überging den Zwischenruf. Er bedachte Tom mit einem prüfenden Blick. »Das war ein dummes Missverständnis«, sagte er. »Ein Segler ankerte in der Bucht. Die ist ganz beliebt, weil sie bei westlichen Winden gut geschützt ist. Und dieser Segler hat beobachtet, wie ich mit der jungen Frau gesprochen habe. Es fällt ja auf, wenn Leute über den Steinwall laufen, ist ja fast wie'n Laufsteg. Aus dem Blickwinkel dieses Seglers sah es wohl so aus, als hätten wir uns umarmt – also die Irina und ich. Das war natürlich Quatsch, aber er hat das so der Polizei erzählt und die haben mich daraufhin drei Stunden lang ausgequetscht wie 'ne Zitrone. Und dann hatten sie mich noch tagelang im Visier, anstatt den wirklichen Mörder zu suchen.«

»Und haben Sie eine Idee, was an dem Abend passiert sein könnte?«

Der Fischer bekam jetzt doch schlechte Laune. »Das ist nicht mein Job, wirklich nicht!« Er ging zu seinem Boot und holte den Eimer mit den Fischen raus. Ein halbes Dutzend Aale, mehr war es nicht. Noch einmal wandte er sich Tom und Milan zu. »Ich wäre an eurer Stelle etwas vorsichtig. Wir hier auf der Insel mögen es absolut nicht, wenn man uns irgendwelche Dinge unterstellt. Wenn was passiert, dann sind es erstmal die Insulaner gewesen. Nach den Touristen fragt keiner – die sind ja auch gleich wieder weg. Aber gerade das macht sie doch verdächtig, oder?«

Mit diesen grimmigen Worten stapfte er davon. Milan blickte ihm düster nach. »Sie wollte also zum Gellen«, murmelte er. »Zum Leuchtturm. Da hat sie sich mit jemandem getroffen. Ganz sicher.«

»Vielleicht mit ihrem Mörder«, wagte Tom hinzuzufügen. Aber er spürte sofort, dass diese Bemerkung für Milan eine Bemerkung zu viel war. Er sprang auf Tom zu und packte ihn an den Schultern. »Ich dachte wir haben besprochen, dass du dich mal für einen Tag darauf einlässt! Ich habe Irina gesehen!«

Plötzlich lag Wut in der Luft. Und Tom spürte die gleiche Wut in seinem Inneren. Er hatte so viel Geduld mit Milan gehabt. Er wollte es nicht länger ertragen. »Ich habe gesagt, ich bleibe noch einen Tag und unterstütze dich. Aber ich habe nie gesagt, dass ich mich auf deine Spinnereien einlasse.«

»So, Spinnereien sagst du? Das ist es, was du denkst, und wovon du nicht mal einen Tag wegkommst?«

»Es gibt eine Leiche, es gibt kriminaltechnische Untersuchungen. Es gibt ein Gutachten. Da steht drin, dass die DNA der menschlichen Überreste zu Irina gehört. Sie ist auf dieser Insel gestorben.«

Milan presste seine Lippen zusammen und stieß Tom von sich weg, bevor er sich umdrehte. Er sprach in den Wind hinein, der seine Worte über die Insel wirbelte. »Ich merke schon den ganzen Morgen, dass du es nicht schaffst, dich auf meine Gedanken einzulassen. Und auf das, was in meinem Herzen passiert. Du bist gefühllos. Damit muss ich wohl leben. Aber du hast auch noch nicht eine einzige Idee vorgetragen, warum Irina an dem Nachmittag nicht auf die Fähre gegangen ist. Wir waren dort verabredet! Sie hat nachweislich noch gelebt, als die Fähre ablegte. Warum ist sie zum Gellen gelaufen, ans Südende der Insel, wo nichts mehr ist außer einem abgesperrten Naturschutzgebiet? Hast du da irgendeine Idee?«

Tom zupfte sein T-Shirt zurecht. Sein Puls raste. Er versuchte, gleichmäßig zu atmen. Warum regte ihn diese Sache so auf? Er fürchtete plötzlich, dass Milan und er sich an diesem Tag für immer zerstreiten würden. Noch nie war für ihn eine Freundschaft auf diese Weise zu Ende gegangen. Er sprach jetzt langsam und leise, die Wörter fühlten sich so klobig wie die Steine der Uferbefestigung an. »Ich weiß, dass es für dich wahnsinnig schwer sein muss, hier auf der Insel zu sein und das Gefühl zu haben, dass Irina ganz in der Nähe ist. Auch wenn du das nicht glaubst: Ich leide mit dir. Und es stimmt, dass ich noch keine Idee habe, was da passiert ist.« Er machte eine Pause. Milans Gesicht blieb ohne Ausdruck. Es fühlte sich an wie eine Provokation. Er wollte ihm etwas entgegenhalten. »Vielleicht hat Irina jemanden getroffen, von dem niemand etwas wissen durfte. Du glaubst, ihr Vater habe eine Geheimaktion eingefädelt. Aber vielleicht war es genau umgekehrt: Sie musste das, was sie hier tat, vor ihm geheim halten. Vielleicht war es eine Verschwörung. Oder sie hatte eine Affäre.«

Milan schüttelte sich. »Affäre? Hier? Mit wem? Das ist doch Unfug.«
Sie standen einen Moment schweigend in der Landschaft herum. Dann sahen sie sich an. Tom hob ratlos die Arme.

Es war kurz vor Mittag und sie gingen wieder zum Hafen, um eine Kleinigkeit zu essen. Kurz vor dem Ziel kam ihnen ein Polizeiwagen entgegen und stoppte wenige Meter vor ihnen. Tom blieb stehen, Milan rannte ihn beinahe um. »Was ist los? Das ist das Auto vom Inselpolizisten.« Nicht das Auto irritierte Tom, sondern die Frau auf dem Beifahrersitz. In einer einzigen, fließenden Bewegung öffnete sie die Tür, schälte sich aus dem Fahrzeug und nahm die aufrechte Haltung einer Leitungsperson ein. Sie trug ein rostrotes Shirt und Jeans.
»Was … das ist ja eine Überraschung«, brachte Tom hervor. »Ich dachte …«
Die Frau baute sich vor ihm auf und sah ihn mit einem verkniffenen Lächeln an. »Ja, du siehst, wir nehmen es ernst, wenn Hinweise aus der Bevölkerung die Polizei erreichen.«
Auch Milan war inzwischen stehengeblieben und verfolgte aufmerksam, wie sich Tom und die unbekannte Frau aus dem Polizeifahrzeug erst die Hand reichten und sich dann doch für eine kurze Umarmung entschieden. Zögernd kam er näher.
»Das ist Sylke«, sagte Tom, »ich hatte dir ja gesagt, dass ich …«
Milans Verstimmung war aus jedem seiner Worte herauszuhören. »Ja, aber du hast mir nicht gesagt, dass sie gleich persönlich anreisen würde.«

Sylke reichte Milan betont höflich die Hand. »Da sollte man auch keine besonderen Schlüsse draus ziehen.«
Tom war längst dabei, nichts anderes als genau das zu tun: Es musste etwas bedeuten, wenn Sylke so schnell und so persönlich auf Hiddensee erschien. Von früheren Gelegenheiten wusste er, dass sie bestimmt nicht zur Entspannung gekommen war. Sie mochte die Insel nicht, vor allem die umständliche Anreise war ihr verhasst. Jetzt taxierte sie die beiden Freunde kurz. »Können wir hier irgendwo ...«
»Wir wollten gerade Mittagspause machen. Gehen wir doch zum Hafen«, sagte Milan.
Sylke nickte. »Abgemacht.« Sie holte eine Umhängetasche aus dem Polizeiwagen und verabschiedete sich von dem blonden Uniformierten, der am Steuer saß. Es musste sich wohl um den Inselpolizisten handeln, der in den Facebook-Kommentaren nicht so richtig gut weggekommen war.
Wenig später saßen sie auf der Terrasse des *Hafenkater*. Es war noch nicht ganz Mittagszeit und die Schlange drinnen am Tresen überschaubar. »Ihr könnt ja das Essen bestellen, ich halte so lange den Tisch frei«, sagte Milan. Er hatte genug von Fisch und wollte einen Burger essen und dazu ein Weizenbier trinken.
Es war Tom recht, dass er mit Sylke ein paar Worte wechseln konnte, ohne dass Milan das mitbekam.
»Warum bist du hier?«
Die Worte der Kommissarin hatten einen spöttischen Unterton. »Ganz einfach: Ich habe die Akte gelesen und dabei sind ein paar Fragen aufgetaucht.«

»Es wäre mir wichtig, dass du Milan noch mal in aller Deutlichkeit sagst …«
»Ich habe das verstanden, Tom.«
Ihr kühles Lächeln gefiel ihm nicht. »Milan ist ein guter Freund, aber er hat sich vergaloppiert. Ich komme einfach nicht an ihn ran.«
»Und das möchtest du jetzt mir überlassen? Ich bin Polizistin, keine Therapeutin.«
»Er misstraut allen Behörden. Du musst ihn als Person überzeugen, und ich bin sicher, dass du das kannst. Ich glaube, er respektiert dich.«
Sie waren schon an der Reihe und mussten bestellen. Als sie mit den Getränken zum Tisch kamen, stand Milan auf. »Kommst du mal kurz, Tom? Ich muss dir was zeigen.«
Verunsichert folgte er ihm zu einem der in der Nähe liegenden Fischkutter. Milan deutete auf das Deck, doch dort war nichts Ungewöhnliches zu sehen. Er beugte sich nah zu Tom herüber. »Was will die hier?«
Tom blieb nichts anderes übrig, als das Spielchen mitzuspielen. Er griff nach einem über der Reling hängenden Tau, als wolle er dazu etwas wissen. »Es sind irgendwelche Fragen aufgetaucht, behauptet sie.«
Milan schob die Unterlippe vor. »Wir müssen an die Akte rankommen.«
»Wie denn das?«
»In ihrer Umhängetasche ist bestimmt ein Teil davon. Die Sachen, zu denen sie Fragen hat. Ich werde sie nach dem Essen irgendwie ablenken und du schnappst dir die Tasche.«

Es war eine dieser Ideen, die Tom vom ersten Moment an missfielen. Er hatte ja auch ein Faible für unkonventionelle Methoden, aber das hier erschien ihm aberwitzig. »Das können wir nicht machen.«
Milan klopfte ihm auf die Schulter und lachte.
»Klar können wir das.«
Sie gingen zurück. Auf Sylkes fragenden Blick war Milan vorbereitet. »Tom interessiert sich für die Fangtechnik der hiesigen Fischer«, erläuterte er gelassen. »Ich habe ihm gezeigt, dass sie auf dem Trawler da vorn mit einem pelagischen Schleppnetz arbeiten. Leider gibt es da mehr Beifang als bei Stellnetzen. Ist problematisch. Ganz schlimm sind die Grundschleppnetze.«
Milan breitete sein Halbwissen so souverän aus, dass man ihm jedes Wort glauben musste. Sylke lächelte und schlürfte den Schaum von ihrem alkoholfreien Bier ab.
»Was sind denn das für Fragen, die bei Ihnen aufgekommen sind?«, wollte Milan wissen.
»Darüber kann ich im Augenblick nichts sagen.«
Er lächelte sie entwaffnend an. »Das ist schade.«
Sylke schienen Milans Spielchen Spaß zu machen. »Wenn Sie so sehr an diesem Fall interessiert sind, könnten Sie mir eine Sache sagen. Ich würde es sicher auch in der Akte finden, aber so ist es natürlich einfacher: Als Irina damals zu dem Spaziergang in die Dünenheide aufbrach – hatte sie da irgendetwas dabei, eine Handtasche, einen Rucksack oder Ähnliches?«
Milan kniff die Augen zusammen. Er wusste es genauer als jede Polizeiakte, da war sich Tom sicher. »Ja, sie hatte einen

Rucksack dabei, so einen kleinen. Rotbraunes Leder, sah aus wie ein Eichhörnchen zum Umschnallen. Das Ding trug sie fast jeden Tag.«

Sylke nickte und kaute dabei auf einem Kartoffelstreifen herum. »Ein Eichhörnchen zum Umschnallen? Charmant.« Unvermittelt wechselte sie das Thema. »Schön ist es hier. Vielleicht kann ich mich mit dieser schrecklichen Insel doch noch anfreunden. Aber ich bin einfach kein Radfahrertyp. Und ohne Fahrrad bist du hier doch verloren.«

»Müssen Sie denn heute noch einen weiten Weg zurücklegen?«

Mühelos durchschaute sie Milans Manöver. Sie lächelte ihn gnädig an. »Ihr müsst mich schon beschatten, um das herauszufinden. Aber das wird nicht einfach. Mein Chauffeur ist einer der wenigen Menschen auf der Insel, die hier mit dem Auto herumfahren. Und er hat sogar ein Blaulicht obendrauf.«

»Tja, da kann man wohl nichts machen«, gab Milan grinsend zurück. »Ich denke, dass Sie heute noch mit Hanno Grau sprechen wollen.«

Jetzt hatte er Sylke beinahe auf dem falschen Fuß erwischt. Für den Bruchteil einer Sekunde hörte sie auf zu kauen, ihre rechte Augenbraue stieg in die Höhe. Dann schob sie mit der Gabel den Fisch zur Seite und schüttelte sich. »Der Backfisch ist ganz schön fettig. Nicht mein Fall.«

Tom hoffte, dass sie endlich das tat, weswegen er sie kontaktiert hatte. Aber sie schien daran kein Interesse zu haben. Es ärgerte ihn von Minute zu Minute mehr. Grimmig stocherte er in seinem Salat herum. Liebend gern hätte er in diesem Augenblick seine Gabel in den fettigen Fisch gebohrt, der auf Sylkes Teller lag. Warum nur hatte er einen Salat bestellt? Und warum hatte er gehofft, dass Sylke ihm zur Seite springen würde? Es war so, wie es schon früher gewesen war: Wenn er auf Sylke hoffte, wurde er enttäuscht. Und wenn er nichts erwartete, war sie plötzlich da und tat so, als wolle sie mit ihm kooperieren, ihm helfen, ihn verführen oder sonst etwas. Sie kamen nie zu einem Gleichklang, sie lebten immer in einem merkwürdigen Kontrapunkt. Ihr Leben war wie ein Klavierstück, bei dem die beiden Hände niemals zur gleichen Zeit die Tasten niederdrücken durften. Nach dem Essen bot Milan an, Kaffee oder Espresso zu holen. Die Schlange an der Theke war inzwischen länger geworden und reichte bis zur Türschwelle. Während er sich zwischen den Wartenden einreihte, widmete sich Sylke hingebungsvoll ihren letzten Kartoffelspalten. Tom kannte ihre Art sehr genau. Sie hatte keine Lust, sich weiterhin mit ihm zu unterhalten. Sie wollte ihn raushalten.

Noch bevor er einen neuen Gesprächsansatz fand, gab es Unruhe am Eingang. Ein Mensch lag auf dem Boden, andere scharten sich um ihn. Tom sprang auf. »Milan! Was hat er?« Sylke erhob sich ebenfalls. Die Umstehenden zögerten, während Milan regungslos auf dem Boden lag und dabei den Eingang versperrte. Tom spürte den Drang, sofort zu ihm zu laufen, um ihm eine Ohrfeige zu verpassen. Es war das theatralischste Ablenkungsmanöver, das ihm jemals untergekommen war. Scheinbar nervös fingerte er nach seinem

Telefon und verkündete, dass er einen Notarzt rufen werde. Endlich erkannte Sylke die Herausforderung. Als Staatsdienerin hatte sie eine Vorbildfunktion. Mit ruhigen Schritten begab sie sich zum kollabierten Patienten und outete sich als Absolventin einer Erste-Hilfe-Ausbildung.
Im gleichen Augenblick steckte Tom das Telefon weg, setzte sich wieder hin und zog mit einer geschmeidigen Bewegung Sylkes Umhängetasche zu sich heran. Darin lag ein grüner Papphefter. Tom warf einen Blick in die nächste Umgebung. Die Leute um ihn herum interessierten sich ausschließlich für das Geschehen an der Eingangstür. Er zog den Hefter auf seine Knie und blätterte ihn auf. Ganz offensichtlich war es ein Auszug aus der Akte über den Fall der verschwundenen Irina Kramarov. Das hatte Milan sehr scharfsichtig erkannt. Aber wo sollte er anfangen zu lesen?
Wieder ein Blick zur Absicherung: Eine korpulente Frau, die wissen wollte, was gerade passierte, hatte sich zwischen ihn und Sylke geschoben, wie eine Galeere, die eine Hafeneinfahrt versperrt. Tom blätterte die Akte auf. Protokolle, Gutachten, Stellungnahmen. Kopien von Ausweisen. Das Bild von Hanno Grau, damals noch mit vollem, braunem Haar. Es war an ein Verhörprotokoll angeheftet, zwei Seiten, dicht beschrieben. Er hatte keine Zeit, das zu lesen. Es folgten mehrere Seiten mit Fotos von der Fundstelle der Leiche, die im Wesentlichen aus braun angelaufenen Knochen bestand. Es gab ein Memo zur Spurenanalyse, dazu eine handgeschriebene Notiz zu einem Badeanzug, dessen Verbleib ungeklärt war. Tom glaubte, die Schrift von Sylke

zu erkennen. Dann das Gutachten des Rechtsmediziners. Er las die ersten Sätze, es klang sehr lateinisch und sehr unverständlich. Weitere Bilder von braunfleckigen Knochen, dieses Mal auf einem Labortisch angeordnet. In eines der Bilder war ein Pfeil eingezeichnet, er zeigte auf die linke Seite des Schädels, wo sich ein gezacktes Loch befand.

Tom spürte, dass etwas nicht stimmte. Er blickte auf. Die Menschentraube löste sich auf, die Galeere war weitergezogen und Sylke überraschend schnell zum Tisch zurückgekehrt. Sie betrachtete ihn von oben herab.

Er schloss den grünen Papphefter. Sie sagte nichts.

Er steckte den Hefter in ihre Tasche. Sie wartete.

Das war quälend, es war die Höchststrafe.

Er legte die Umhängetasche zurück an ihren Platz. »Es war Milans Idee«, brachte er hervor. Wie dämlich, so etwas zu sagen. Als wäre er ein Schuljunge.

»Gib mir bitte die Tasche.« Er tat, was sie sagte.

»Du hättest fragen können«, sagte sie sanft. »Vielleicht hätte ich dir sogar eine Antwort gegeben.«

Sie bedachte ihn eine unendlich zähe Sekunde lang mit einem beinahe traurigen Blick. Dann ging sie davon, ohne die herumstehenden Restaurantgäste zu beachten. Milan war inzwischen aufgestanden und klopfte sich den Staub von der Hose. Er warf einen verkniffenen Blick rüber zu Tom, der jetzt allein am Tisch saß. Bevor Milan zurückkehrte, bestellte er zwei Tassen Cappuccino.

»So eine blöde Idee.« Eine ganze Weile hatte sich Tom schweigend mit seinem Cappuccino beschäftigt.
Milan schob trotzig die Unterlippe nach vorn. »Konntest du irgendwas erkennen?«
»Es ist unmöglich, in dreißig Sekunden eine Ermittlungsakte zu lesen. Zumal ich gar nicht weiß, wonach wir eigentlich suchen.«
»Hast du das Aussageprotokoll von Hanno Grau gesehen?«
»Es war auf jeden Fall etwas über ihn in der Mappe.«
Milan rieb sich das Kniegelenk. Er hatte sich bei seinem theatralischen Sturz auf die Bodenplatten eine leichte Prellung zugezogen. »Ich weiß, warum ich nie Schauspieler geworden bin. Da würde ich mein halbes Leben im Krankenhaus verbringen.« Ungläubig über das Missgeschick schüttelte er den Kopf. »Ich bin mir sicher, dass deine Polizeifreundin mit dem Fischer …«
»… sie ist nicht meine Freundin.«
»Aber ihr hattet mal was miteinander, oder? Ich seh sowas.«
Tom hatte keine Lust, dazu etwas zu sagen. »Und Clara?«, fragte Milan spitz. »Die weiß davon nichts?«
Es war eine Zumutung. Milan hatte ein Talent, zielgenau in die tiefen Wunden zu treffen. »Clara war lange weg, in den USA«, sagte Tom düster. »Fast ein Jahr. Es lief nicht so gut mit uns. Und das mit Sylke war nur eine einmalige Sache.«
»Ja, sie ist eine toughe Person, diese Sylke.«
»Sie ist manchmal zu ehrgeizig. Sie will unbedingt und geradewegs ihr Ziel erreichen. Dabei geht sie über Leichen – also im übertragenen Sinn und auch ganz konkret. Sie ver-

steht nicht, dass der gerade Weg oft nicht der beste ist. Da rennt sie lieber gegen Wände.«
Milan grinste. »Könnte dir nicht passieren.« Ihm schien die Sache plötzlich wieder Spaß zu machen. »Sylke ist übrigens eine hervorragende Ersthelferin«, sagte er und unterdrückte ein Lachen. »Ich glaube, sie hat schnell gemerkt, dass ich nur simuliert habe. Wie gesagt, Schauspiel ist nicht meine Stärke. Wahrscheinlich wollte sie einfach ausprobieren, was passiert. Sie hat mich erst abgetastet und dann heftig in den Oberschenkel gezwickt. Da habe ich dann trotz meiner Ohnmacht sehr vital reagiert. Das war der Anfang vom Ende. Dann ist sie mit ihrem Kopf ganz nah an meinen gekommen und hat so getan, als wolle sie auf meinen Atem horchen. Aber sie hat mir etwas zugeflüstert: ›Wenn du nicht gleich aufstehst, trete ich dir in die Eier.‹ Kannst du dir das vorstellen? Diese Frau hat wirklich Qualitäten.« Er lachte nun lauthals heraus. Tom konnte nicht anders als mitzulachen. Die Leute am Nachbartisch sahen irritiert zu ihnen herüber.
Es tat ihnen beiden gut. Sie standen so unter Spannung. Lachen oder sich prügeln, das war das einzige, was ihnen aus ihrer Lage half. Tom fand lachen besser. Sie brauchten einige Minuten, um wieder zum Thema zurückzukommen.
»Hast du sonst noch etwas gesehen in der Akte?«
Er zählte die Dokumente auf, an die er sich erinnern konnte. Beim rechtsmedizinischen Gutachten war ihm immerhin der Name des Verfassers aufgefallen.
»Ein gewisser Professor Jörn Markstein aus Jena.«

»Nie gehört. Woher sollte ich den auch kennen? Ich kenne nur Allgemeinmediziner und Zahnärzte.« Er hielt inne. »Aus Jena? Wieso Jena? Hier oben gibt's doch auch rechtsmedizinische Institute. Mindestens in Greifswald und Rostock, denke ich.«

»Vielleicht hatten sie einen personellen Engpass. Das geht schnell, wenn ein paar Leute zu viel sterben und die Todesursache unklar ist.«

Milan wollte sich damit nicht zufriedengeben. »Einen Gutachter aus einem anderen Bundesland einfliegen? Das machen die hier oben nicht. Dann hätten sie die Leiche eher schockgefroren oder ihre Leute aus dem Urlaub geholt.«

»Es könnte auch sein, dass dieser Professor Markstein auf solche Fälle spezialisiert ist. Die Leiche war lange Zeit vergraben. Vielleicht brauchten sie da jemanden mit besonderen Qualifikationen.«

Es war Tom recht, dass sich Milan hier festbiss. Es ging um Irinas physische Überreste. Er musste damit konfrontiert werden, je detaillierter, umso besser. Die Tatsachen würden seine Fiktion immer mehr in Frage stellen. Wenn Sylke sich dann noch herablassen würde, mit ein paar Zitaten aus dem Gutachten für Klarheit zu sorgen, dann gab es eine Chance, dass sich Milan langsam, Schritt für Schritt, von seiner Theorie verabschiedete. Ihm fiel noch etwas ein. »Du wurdest doch von der Polizei befragt, nachdem damals die Leiche gefunden worden war.«

Milan nickte. »Allerdings.«

»Haben sie dich nach Kleidungsstücken gefragt?«

»Keine Ahnung, die haben alles Mögliche gefragt. Vor allem ging es um den Ablauf und um die Frage, wohin Irina an dem Tag gehen wollte, als sie verschwand.«

Tom knetete seine Unterlippe. »Okay. Vielleicht hat es auch keine Bedeutung.«

»Was hat keine Bedeutung?«

»In die Akte war so ein gelber Notizzettel eingeklebt. Darauf stand: ›Verbleib des Badeanzugs ungeklärt.‹ Finde ich merkwürdig. Irgendwo muss ein Badeanzug aufgetaucht sein, der dann später nicht mehr da war. Klingt fast nach einer Ermittlungspanne.«

Milan kniff die Augen zusammen. »Oder nach Manipulation.« Er richtete sich plötzlich auf. »Na klar – sie hatte an dem Tag Badezeug dabei. Es war ja auch recht warm. Hendrik und ich hatten nichts mitgenommen, weil wir die Zeit nutzen wollten, um die Insel zu erkunden. Kann gut sein, dass sie schwimmen gegangen ist.« Er blickte ins Leere. Dass Irina Badezeug dabeigehabt hatte und im Zusammenhang mit dem Leichenfund ein Badeanzug eine Rolle spielte, machte ihm zu schaffen. Tom wollte ihn zwingen, auf diesem Pfad zu bleiben. »Was ist denn eigentlich mit ihren anderen Sachen passiert? Wurden die gefunden?«

Milans starrer Blick richtete sich auf ihn. »Ich … ich weiß nicht. Warum … sollten sie gefunden werden? Sie hat sie ja sicher mitgenommen, als sie abgeholt wurde.«

Tom seufzte. Für einen Augenblick hatte er das Gefühl gehabt, dass Milan den Gedanken zulassen wollte, Irina könne einem Verbrechen zum Opfer gefallen sein. Aber dann legte

sich wieder dieser Schleier über seinen Blick. Er war und blieb auf dem alten Gleis. Dem Gleis, das durch ein Land der Illusionen führte.
Tom ging zum Tresen und holte eine zweite Runde Heißgetränke. Sie saßen jetzt schon eine ganze Weile im *Hafenkater* und es waren noch zwei Stunden bis zur Fähre. Die gleiche Prozedur wie am Vortag stand ihm bevor. Er musste sich eingestehen, dass die Verlängerung seines Aufenthaltes keine großen Fortschritte gebracht hatte. Er war tiefer eingestiegen in Milans Vorstellungswelt, hatte ausgelotet, ob man mit ihm darüber diskutieren konnte, und war an Grenzen gestoßen. Er sah sich die Fotos an, die er in den letzten Stunden gemacht hatte, und schickte eine Auswahl an Clara.

Sie gingen quer über das weitläufige Grundstück zu ihrer Unterkunft. Es war früher Abend, die Sonne kippte ein mildes, rötliches Licht über die ausgetrocknete Wiesenlandschaft am Rand von Vitte. Tom wollte noch seinen Rucksack holen, bevor er sich auf den Weg zum Hafen machte. Vor dem Haus stand ein altes Damenfahrrad, von Efeuranken malerisch umsponnen. Er wusste, dass Clara solche Bilder mochte, und schickte ihr ein Foto von der Szenerie. Der Vermieter, ein schmächtiger Mann um die sechzig, werkelte an der Hausecke herum, wo auch ein Gartenschlauch aufgehängt war. Irgendetwas schien nicht zu funktionieren. Plötzlich schoss ein Wasserstrahl hoch bis unter das Dach. Der Mann sprang zur Seite, aber der Strahl hatte ihn für kurze Zeit voll erwischt. Milan unterdrückte ein Kichern,

Tom stieß ihm in die Seite. Zum Glück bemerkte der Vermieter ihr Kommen erst, als sie bereits vor der Eingangstür zum Anbau standen. Er nickte ihnen aus seinem triefenden Gesicht mürrisch zu.
Milan konnte sich kaum noch beherrschen und rettete sich in den Hauseingang. Drinnen prustete er los. Tom schloss schnell die Tür. »Kannst du dich nicht beherrschen?«
»Hast du gesehen, wie der geguckt hat? Dieser Gesichtsausdruck!«
Sie lachten beide.
»Wie hieß der Mann doch gleich?«, fragte Tom.
»Gernot. Den Nachnamen habe ich vergessen.«
»Gernot Gartenschlauch.«
Sie kringelten sich vor Lachen. Als wären sie pubertierende Jugendliche. Tom war dankbar für diese kleine Begebenheit. Sie konnten also noch immer komische Momente teilen. Sie hatten sich an diesem Tag nicht zerstritten.
Er sah sich im Zimmer um und war erleichtert, dass er nicht noch einmal in dieser Gruft übernachten musste. Ein Blick auf die Uhr verriet ihm, dass er sich jetzt doch beeilen musste. Schnell raffte er seine wenigen Sachen zusammen. Milan räumte das Dutzend Bierdosen, die er unterwegs gekauft hatte, unter sein Feldbett. Er wollte dieses Mal nicht mit zum Hafen gehen, sondern den Abend in der Unterkunft verbringen und mit dem Laptop weiterarbeiten. Was immer das zu bedeuten hatte. Tom überlegte, ob er ihn bitten sollte, nicht leichtfertig irgendwelche Vermutungen auf Facebook zu posten, aber dann ließ er es. Er hatte jetzt keine

Lust mehr auf Ermahnungen und Diskussionen. Schließlich waren sie erwachsene Menschen.
Sie umarmten sich, klopften sich auf die Schultern. Es war eine merkwürdige Begegnung, dachte Tom. Intensiv, anstrengend, berührend – und irgendwie auch frustrierend. Es hatte sich vertraut angefühlt und zugleich tat es weh zu spüren, wie weit sie sich voneinander entfremdet hatten. Er dachte an Milans erste Worte am Telefon: *Ich habe Irina gesehen.* Das war gerade einmal dreißig Stunden her. Es kam ihm so vor, als wären es dreißig Tage.
Auf dem Weg zum Hafen fühlte er sich befreit, aber auch bedrückt. Und er wusste nicht, welches dieser Gefühle stärker war. Er kickte einen Stein vom Weg ins Gebüsch und pfiff leise vor sich hin. Gerade rechtzeitig traf er ein: Die Fähre lag abfahrbereit an der Pier, aber noch war der Zutritt nicht möglich. Zwei Dutzend Reisende warteten auf die Rückfahrt von der Insel, die meisten waren Tagesgäste, einige hatten Rucksäcke oder Koffer bei sich. Bis zur letzten Minute hatten sie ihren Urlaub ausgedehnt. Tom konnte das gut verstehen. Es kam ihm so vor, als ob diese Insel eine magnetische Kraft besaß. Man trennte sich von ihr nicht leichtfertig, nicht mal eben so.
Von der Hafenpromenade her näherte sich eine Gestalt. Noch bevor er sie bewusst wahrnahm, hörte er eine kräftige Männerstimme. »Tom Brauer? Na sowas!« Der Mann war einen Kopf größer als Tom und stämmig, etwa vierzig Jahre alt und hatte kurz geschnittene glatte Haare. In dem Moment, in dem Tom ihn erkannte, spürte er auch schon wieder

die alte Abneigung, die er ihm gegenüber immer empfunden hatte. »Das ist ja eine Überraschung«, brachte er hervor. Der Mann lachte, breit und herzlich. »Ja, aber auch irgendwie nicht. Du bist aus dem gleichen Grund hier wie ich, nehme ich an?«

Er stand jetzt direkt vor ihm und zum ersten Mal in seinem Leben musste Tom die Umarmung durch seinen damaligen Mitschüler Hendrik Schlüter über sich ergehen lassen. »Das ist so fantastisch, dass ich dich hier treffe! Waren wir nicht mal zusammen im Mathematik-Kurs? Frau Michalski?«

Tom musste lachen. »Ja, stimmt. Da habe ich mal versucht, in einer Klausur von dir abzuschreiben, aber du fandest das blöd. Was wiederum ich erst recht blöd fand.«

»Abschreiben ist doch Mist. Fällt bei der Korrektur auf, vor allem wenn du Fehler abschreibst.«

»Ein Kameradenschwein warst du trotzdem.«

»Abgehakt, oder?« Hendrik blickte sich um. »Ist Milan auch hier? Ich fänd's gut, wenn wir uns mal kurz zu zweit verständigen über diese ganze Angelegenheit.«

Tom schüttelte den Kopf. »Tut mir leid, ich muss jetzt auf die Fähre.«

»Wie, du willst jetzt fahren? Jetzt, wo ich gerade angekommen bin? Kommt gar nicht in Frage!«

Inzwischen war der Zugang zur Fähre offen. Die Reisenden strömten an Deck. Hendrik hakte Tom unter und zog ihn ein paar Schritte mit sich. »Ich hab da drüben gerade ne Hafenbar entdeckt. Ich lad dich auf ein Bier ein. Oder auch zwei. Und einen Küstennebel. Oder was trinkt man hier?«

»Nee, sorry, ich bin schon länger geblieben, als ich wollte, und …«
»Das kannst du nicht machen. Mich mit unserem alten Kroatenkünstler hier allein lassen.« Er schüttelte die Hand, als hätte er sich verbrannt. »War das jetzt schon rassistisch? Man muss ja vorsichtig sein heute.«
Er blickte sich um, als stünden Ordnungshüter hinter ihm, bereit ihn festzunehmen. Auf nichts hatte Tom weniger Lust, als mit Hendrik über Rassismus zu diskutieren. »Du hast die Adresse seiner Unterkunft?«
»Ja, klar, aber ich geh da nicht ohne dich hin.«
»Doch, mach das, ist ein nettes Zimmer.«
Hendriks Tonfall änderte sich. Es klang nach echten Sorgen. »Tom, bitte! Ich wollte dich schon von unterwegs anrufen, aber ich habe irgendwie eine falsche Nummer abgespeichert. Und jetzt treffe ich dich hier am Hafen! Das ist so fantastisch. Also, du bist doch immer ein guter Freund von Milan gewesen und es wäre mir echt wichtig, dass ich das, was hier bevorsteht, nicht allein durchstehen muss. Ich denke, es geht hier um Leben und Tod, und ich glaube wirklich …«
»Wie meinst du das?«
»Das erkläre ich dir. Aber nur, wenn du bleibst.«
Tom betrachtete seinen ehemaligen Mitschüler. Er war, wie viele, in die Breite gegangen und sah aus, als sei er eigentlich auf dem Weg zum Golfplatz gewesen, bevor er die Fähre nach Hiddensee bestiegen hatte. Schirmmütze, Windjacke, weiße Hose und nagelneue Sneaker – nichts davon stammte aus dem Discounter.

Inzwischen waren alle Passagiere, die mit der Fähre nach Schaprode fahren wollten, an Bord gegangen. Tom schnaufte. Jeden Moment würden sie die Laderampe schließen. Er durfte seine Abfahrt nicht schon wieder verschieben. »Ich muss heute noch nach Schaprode. Wenn du mir ein Wassertaxi bezahlst, bleibe ich noch eine oder zwei Stunden.« In Hendriks bubenhaftem Gesicht bogen sich die Mundwinkel ein Stück nach unten. Eine Kosten-Nutzen-Rechnung schien durch seinen Kopf zu rattern. »Diese Taxis sind sauteuer, oder?«

»Für dich ist das doch sicher kein Problem.«

Hendrik reichte ihm seine fleischige Hand. »Abgemacht.« Dann bekam Tom auch noch einen kräftigen Schlag auf die Schulter. »Du bist ein echter Freund und Halunke.«

Sie waren nie Freunde gewesen. Und Tom mochte diese herausgestellte Kumpanei nicht. Aber Hendrik musste irgendeinen guten Grund haben, nach Hiddensee zu kommen. Er war damals ganz nah dran gewesen, als Irina verschwand. Wenn noch irgendetwas Neues zu dem Fall herauszufinden war, dann war das jetzt vielleicht die einzige Möglichkeit.

»Milan hat sich total in die Sache mit Irina reingesteigert«, sagte er, als sie zwei Minuten später im *Hafenkater* saßen. Tom fühlte sich längst wie ein Stammgast und gönnte sich auf Hendriks Kosten ein Weizenbier. »Er macht alle Welt verrückt, weil er glaubt, Irina gesehen zu haben. Heute war sogar eine Kommissarin aus Stralsund hier, die ich gestern kontaktiert habe.«

Auf Hendriks Stirn erschien eine Doppelfalte. »Eine Polizistin? Und was will die hier?«

»Sie hat sich die Akte angesehen und meinte, es gäbe tatsächlich noch ein paar offene Fragen. Was genau das für Fragen sind, hat sie allerdings nicht verraten.«

Tom hatte keine Lust, näher auf seine Bekanntschaft mit Sylke und den peinlichen Vorfall vom Nachmittag einzugehen. »Milan hat dich also auch angerufen?«

Hendrik nickte. Er wirkte nicht mehr so herzlich wie kurz zuvor am Fährterminal. »Ja, ja, und das hat mich echt beunruhigt. Ich meine: Irinas Leiche wurde damals ja gefunden, alles ist untersucht und abgeschlossen. Warum macht Milan jetzt wieder so ein Fass auf und wirft mit Fake News um sich, dass es knallt und stinkt?«

Er leerte sein Bierglas zur Hälfte und wischte sich nervös den Mund ab. »Erzählt er noch immer diese Räuberpistole von damals? Dass Irina heimlich von ihrem eigenen Vater außer Landes gebracht worden wäre? Um sie zu schützen vor der Rache des bösen russischen Regimes?«

Tom nickte. »Seit er glaubt, Irina wiedergesehen zu haben, ist alles wieder sehr akut geworden.« Er beobachtete Hendrik, der sein Bierglas anstierte, als wolle er es mit seinen Blicken in die Luft sprengen.

»Was hat dich vorhin so sehr beunruhigt? Und was meintest du damit, dass es hier um Leben und Tod geht?«

Hendrik schüttelte sich. »Ist doch irre das Ganze. Milan lädt durch sein Verhalten zu dummen Spekulationen ein. Dieser Facebook-Post zum Beispiel, das gefällt mir nicht. Die Leute drehen doch durch, die werden ihn rasieren, wenn er nicht vorsichtig ist.«

»Ich habe keine Ahnung, wie man ihn davon abbringen kann.«
Hendrik lachte garstig. »Vielleicht ne Teufelsaustreibung.« Dann wurde er wieder ernst. »Das Problem ist, dass wir beide, Milan und ich, damals mit Irina unterwegs waren. Wir sind mit ihrem Verschwinden und ihrem mysteriösen Tod verbunden. Und ich möchte nicht, dass diese Geschichte jetzt nochmal in der Öffentlichkeit breitgetreten wird. Ich bin Wirtschaftsprüfer mit einem Dutzend Angestellten. Wir haben Büros in Schwerin, Hamburg und Berlin. Wenn ich etwas nicht gebrauchen kann, dann sind das derlei Gerüchte, ich wäre in einen Mordfall verwickelt oder so.«
Tom sah ihn verwundert an. Sein Mitleid hielt sich in Grenzen. »Ihr beide habt mit der Tat doch absolut nichts zu tun. Hat doch auch nie jemand behauptet.«
»Nein, das nicht, aber ...« Er zögerte. »Ja, hast recht. Vielleicht mache ich mir zu viele Gedanken.«
Tom hatte den Eindruck, dass Hendrik ihm nicht alles sagte, was ihn beschäftigte. Aber er fühlte sich nicht für die Sorgen seines mutmaßlich stinkreichen Schulfreundes verantwortlich. Hendrik hatte seine eigene Art, unangenehme Gedanken zu vertreiben. Er schlug mit der flachen Hand auf den Tisch. »Komm, lass uns noch was trinken.« Bevor Tom protestieren konnte, war Hendrik schon aufgesprungen. Wenig später kam er mit einer Karaffe und zwei Gläsern zurück. »Die hiesige Sangria, mit Wodka und Sanddornlikör. Reich an Vitamin C!«
Tom war nicht begeistert von Hendriks überdrehter Feierlust. Er wollte eigentlich einen klaren Kopf behalten. Im-

merhin war seine Rückfahrt nach Schaprode gesichert. Die Wassertaxis fuhren, soweit er wusste, rund um die Uhr. Für Hendrik würde es ein teures Vergnügen, aber das störte Tom nicht. Er fand Geschmack an der Hiddenseer Sangria und eine halbe Stunde später brachen sie leicht benebelt zu Milan auf.

Unterwegs fiel ihm ein, dass er von Schaprode aus ja mit Claras Auto weiterfahren würde. Er musste mit dem Trinken jetzt wirklich aufhören.

Als sie Milans muffige Unterkunft betraten, brach ein regelrechtes Gejohle aus. »Das ist nicht wahr!«, rief Milan. »Ich war mir sicher, dass ich diesen traurigen Abend ganz allein verbringen muss, und jetzt fallt ihr hier zu zweit ein. Ich freu mich wahnsinnig.«

»Wahnsinn – ein gutes Stichwort«, sagte Hendrik. Milan schien die Anspielung nicht zu verstehen. Die beiden umarmten sich und klopften sich dabei kräftig auf Schultern und Rücken. »Willst du etwa auch hier übernachten?«

Hendrik warf einen Blick in das dunkle Zimmer und verzog einen Mundwinkel. »Bin im *Hotel Heiderose* untergekommen. Da war nur noch die Suite frei. Frag nicht, was mich das kostet.«

Milan schüttelte ungläubig den Kopf. »Von dem Geld kann ich wahrscheinlich einen ganzen Sommerurlaub bestreiten. Aber egal, was soll's.« Er bückte sich unter sein Feldbett und holte die Tasche mit den Bierdosen hervor. »Eigentlich sollte das für die nächsten drei oder vier Tage reichen.« Grinsend

übergab er die Tasche an Hendrik, der sie prüfend auf und ab bewegte. »Ich würde nicht darauf wetten, dass es für einen einzigen Tag reicht.«
Milan zog seine Jacke vom einzigen Kleiderhaken und boxte gegen Hendriks Schulter. »Lasst uns gehen. Hier drin halte ich es nicht länger aus.«
Die beiden drängten raus, Tom folgte ihnen. Er behielt seinen Rucksack auf. Noch einmal wollte er nicht herkommen müssen, um seine Sachen zu holen. Draußen standen sie einen Moment unschlüssig herum. Hendrik trug den Beutel mit den Bierdosen. »Wo geht's denn hin?«
Milan zog die Luft tief ein und sah zum Himmel. »Ein herrlich milder Abend. Lasst uns nach Neuendorf gehen. Da kommen wir sogar an der *Heiderose* vorbei.« Er wandte sich Hendrik zu. »Hast du gar kein Gepäck?«
»Habe ich am Hafen abholen lassen. Netter Service. Man kann sich hier ganz aufs Wesentliche konzentrieren.«
»Ist dieser Snob wirklich unser Freund?«, fragte Milan und sah Tom grimmig an. Sie lachten. »Solange er mir heute Nacht mein Wassertaxi bezahlt.«
Milan heulte laut auf. »Das macht er auch noch? Mann, was bekomme ich denn von dir?«
»Einen Tritt in den Arsch gibt's ganz umsonst.«
»Den bekommst du zehnfach zurück, wie alle milden Gaben.« Er ging mit großen Schritten voran, seine schwarzen Haare wippten auf und ab. Während sie dem Hauptweg nach Neuendorf folgten, plauderten Hendrik und Milan über die Schulzeit. Tom konnte sich erinnern, dass die beiden sich

damals gut verstanden hatten, obwohl sie aus vollkommen verschiedenen Welten kamen. Milan, der Bohemien und Provokateur, vom Balkan irgendwie herübergespült, flog aus der Schultheatergruppe, weil er sich nicht an Regeln halten konnte. Und Hendrik, ein Kind aus einer Unternehmerfamilie, hörte Synthi-Pop und trug einen Kurzhaarschnitt, der nicht mehr weit von einer Glatze entfernt war. Er gab sich cooler, als ein Mensch sein konnte. Was die beiden verband, war bestimmt keine tiefe Freundschaft, eher ein gemeinsames Verständnis vom Quatschmachen und Feiern.

»Und wie sieht es mit den Frauen aus?«, fragte Milan.

»Seit fünfzehn Jahren verheiratet, zwei Kinder.«

»Vorbildlich. Mustergültig. Bilderbuchmäßig.«

Hendrik lachte seine Verlegenheit weg. Die Gegenfrage sparte er aus. So, wie er auch vermied, über die Tour nach Rügen und Hiddensee zu sprechen, die ja eigentlich das wichtigste gemeinsame Projekt ihrer Jugend war. Tom hatte das Gefühl, dass Hendrik eigentlich gern darüber gesprochen hätte, sich aber davor drückte. Irgendetwas würde noch kommen, dachte er. Milan ging ein paar Schritte voraus und während er zügig über den steinigen Weg marschierte, tippte er Nachrichten oder irgendwelche anderen kleinen Texte in sein Smartphone. Der Himmel war klar und wunderschön. Im Westen, über der Ostsee, inszenierte die Sonne einen spektakulären Untergang und holte alle Farben heraus, die die Palette hergab. Hendrik schlug vor, einen Abstecher zum Strand zu machen, um den Sonnenuntergang bei einer Dose Bier zu genießen, aber Milan wollte weitergehen.

»Was ist jetzt eigentlich das Ziel unserer Wanderung?«
»Wir gehen zum Leuchtturm am Gellen.«
»Gibt's einen bestimmten Grund?«
»Die Magie des Ortes. Reicht dir das?«
»Nö, eigentlich nicht.«
»Von da ist es nicht weit bis zu der Stelle, wo sie damals die Leiche gefunden haben. Dorthin könnten wir auch gehen.«
»Ist nicht dein Ernst, oder?«
Milan lachte. »Nein, kleiner Scherz.«
Bis zum Leuchtturm zog sich der Weg in die Länge. Es war eine ausgewachsene Wanderung. Als sie Neuendorf erreichten, war die Dämmerung schon weit fortgeschritten. Aber Milan wollte unermüdlich weiter. Tom kam es so vor, als brenne in ihm ein Feuer, das ihn vorantrieb wie eine alte Dampflok, die unerwartete Kräfte entfaltet. Es ging vorbei am Fischereimuseum, das von wunderlichen Holzskulpturen umgeben war. Ihre Konturen wirkten unheimlich vor dem violetten Abendhimmel. Sie durchquerten das Dorf mit seinen verstreuten Häusern und nahmen den östlichen der beiden Wege zum Leuchtturm. Er führte näher am Boddenufer entlang und damit auch an der Bucht, die als *Schwarzer Peter* bezeichnet wurde. Hier war die Insel nach der großen Flut von 1864 auseinandergebrochen. Man hatte den Bruch geflickt und geschient, mit einem Steinwall, auf dem sie nun weiter nach Süden gingen. Inzwischen bestand der Wall aus einzementierten Bruchsteinen, ein unangenehm buckliger und harter Untergrund, vor allem bei Dunkelheit. Milan blieb unvermittelt stehen und wandte sich Tom

zu. »Hier ungefähr hat der Fischer Hanno Grau Irina getroffen, an dem Abend, an dem sie nicht mit uns zurück nach Rügen gefahren ist.«

Hendrik hielt inne. »Welcher Fischer? Ich weiß das alles nicht mehr so genau.«

»Das war derjenige, der Irina als Letzter gesehen hat«, erläuterte Tom.

»Als angeblich letzter«, ergänzte Milan. »Ihr wisst, dass ich das mit dem Mord an Irina nicht glaube und nie glauben werde.«

Sie standen plötzlich wortlos da, in der Finsternis. Tom spürte, dass Hendrik eigentlich etwas erwidern wollte, aber er sagte nichts. War er so schnell eingeknickt vor Milans haltlosen Behauptungen? Wartete er darauf, dass er, Tom, widersprach? Er hatte es doch schon oft genug versucht. Diese andere Wirklichkeit, die sich Milan geschaffen hatte, stand genauso groß im Raum wie an den Tagen zuvor. Sie waren jetzt zu zweit gegen einen, aber vorläufig ließen sie Milan einfach weitermachen.

Ein halber Mond spiegelte sich im leicht gekräuselten Boddenwasser. Das Bild verbog und zerfloss wie flüssiges Silber. »Was wollte sie hier?«, fragte Milan in die Stille hinein. Es war niemand da, der ihm die Frage beantworten konnte. Wieder gingen sie weiter, noch ein paar Minuten, dann vereinte sich der Weg mit demjenigen, der auf der Ostseeseite verlief. Sie hörten schon das träge Anrollen der Wellen, die Umrisse des gedrungenen Leuchtturms tauchten zur Rechten auf, eingerahmt von den Silhouetten sturmerprobter Kiefern.

Eine schmale Treppe führte zum Leuchtturm hinauf. Da ließen sie sich nieder. Hendrik öffnete die Tasche mit den Bierdosen und reichte den anderen beiden eine. Tom dachte nicht mehr an das Auto, das in Schaprode auf ihn wartete. Zischend ging die Dose auf. Das Bier war lauwarm und kribbelte in der Kehle, als würde er einen Tausendfüßer verschlucken. Die ausgelassene Stimmung des Aufbruchs war unterwegs verloren gegangen. Vom Meer her wehte ein kühler Luftzug herüber. Tom war unendlich müde und wünschte sich, einfach auf ein Boot zu steigen und zurückzufahren, am besten auf dem geraden Weg nach Zingst, zu Clara, in das gemeinsame Haus, in dem die elektrischen Leitungen offen lagen wie Nervenstränge. Aber es ging nicht. Irgendetwas würde noch passieren, da war er sich sicher.

»Was hat uns das jetzt gebracht?«, fragte Hendrik in die Dunkelheit hinein.

»Die Magie des Ortes verrät immer etwas«, gab Milan zurück. »Du musst nur warten und horchen. Ich weiß, dass Irina hier jemanden getroffen hat. Und dieser Jemand hat sie wahrscheinlich zu einem Boot gebracht. Ich denke, das Wasser da drüben am Steinwall ist tief genug, um direkt ranzufahren. Dann musste sie nur rübersteigen. Abends ist hier kein Mensch mehr. Niemand, der das beobachten würde. Sie haben sich davongemacht, vermutlich Richtung Rostock. Irgendwo ist sie umgestiegen auf eine Jacht, mit der sie dann in die Karibik gefahren ist.«

Tom sah, wie Hendrik den Kopf schüttelte. Dieses Mal schwieg er nicht. »Du hast dir eine Geschichte zurechtgelegt, Milan. Die Geschichte sollte dich retten. Vielleicht war sie wichtig, als sie die Leiche gefunden haben. Das hättest du sonst nicht verkraftet. Aber irgendwann kommt der Punkt, an dem man sich von so einer Geschichte lösen muss. Man muss die Realität akzeptieren, auch wenn es unendlich weh tut. Vorher ist man nicht erwachsen.«

Milan hörte mit gesenktem Kopf zu. Wie ein Stier, der Kräfte für einen Angriff sammelt, dachte Tom. Aber seine Stimme klang eher lauernd als aggressiv. »Ach was. Und du bist erwachsen? Du, der erfolgreiche Unternehmer, der sich mal eben das teuerste Hotelzimmer auf Hiddensee nimmt, weil gerade kein anderes da ist. Dir fällt zu diesem Ort hier nichts anderes ein, als mich über das zu belehren, was hier passiert oder nicht passiert ist? Sieh dich um. Alles dunkel und undurchschaubar. Nach Süden hin Gestrüpp, unzugängliche Steppe. Verbotene Zone, Naturschutzgebiet. Hier trifft man sich, um Vögel zu zählen, oder wenn man etwas vorhat, von dem niemand etwas wissen soll.«

»Alles Spekulation«, grunzte Hendrik dazwischen, aber Milan ließ sich nicht stören. »Was heißt denn das: erwachsen sein? Alles glauben, was ein gekaufter Rechtsmediziner behauptet? Niemand weiß, wessen Leiche es war, die hier gefunden wurde. Den Leuten kann es ja egal sein. Aber wir beide, wir haben Irina gut gekannt. Und da würde ich schon etwas mehr von dir erwarten, als dass du einfach das übernimmst, was alle glauben. Die durchgekauten Geschichten nachplappern, die sich die halbe Welt erzählt. Das ist erwachsen?«

Hendrik stand von der Treppe auf und lehnte sich an ein Holzgeländer. Vielleicht war es ihm nicht recht, dass Milan über ihm saß, in seinem Nacken. Mit dessen dunklen Grimm kam er nicht zurecht. Seine Stimme bebte ganz leicht, als er versuchte, sich gegen Milans Attacken zu wehren. »Vielleicht bin ich nicht so ein origineller Geschichtenerzähler wie du, Milan, aber du kannst dir sicher sein, dass ich auch nicht jeden Mist glaube. Und vor allem weiß ich, dass man nicht so tun sollte, als könne man sich die Welt so zusammenbasteln, wie man sie gerade braucht. Als bestünde sie aus Bauklötzen. Es ist einiges anders, als du dir das wünschst. Und es ist auch an diesen Tagen, als wir auf Hiddensee waren, einiges anders gelaufen, als du glaubst und hoffst.«

»Von welchen Tagen sprichst du?«, fragte Tom. »Ihr wart doch nur an einem Tag hier.«

»Und am nächsten Tag. Da haben wir Irina gesucht.«

»Aber da war sie ja schon weg. Oder tot. Je nach Interpretation.«

Hendrik öffnete eine zweite Bierdose und man konnte hören, wie die Flüssigkeit durch seine Kehle lief.

»Hendrik?« Milans Stimme hatte einen kalten Unterton. »Wie hast du das gerade gemeint? Hast du etwas gesehen an dem Tag, an dem wir Irina gesucht haben?«

»Ja«, antwortete er kurz. »Ich habe Irina gesehen.«

Milan fuhr hoch, als hätte ihn eine Schlange in den Hintern gebissen. »Du hast was?!«

»Ich habe Irina gesehen, etwas weiter da drüben, an der

Grenze zur Kernzone des Nationalparks, genauer gesagt: einige Meter hinter der Grenze. Wir hatten uns ja aufgeteilt, um die Insel abzusuchen. Zu zweit – die ganze Insel. Mit etwas mehr Abstand betrachtet war das komplett irre. Du warst im Norden, ich im Süden. Als ich hier ankam, musste ich pinkeln. Ich ging hinter einen Busch und da stand sie dann plötzlich. Wir waren beide ziemlich überrascht. Im Nachhinein bin ich mir nicht sicher, ob sie sich nicht mit voller Absicht gezeigt hat.«

Es war totenstill. Tom hatte das Gefühl, dass sogar die Grillen aufgehört hatten zu zirpen. Aber vielleicht hatten sie auch noch gar nicht angefangen.

»Du spinnst«, sagte Milan.

Hendrik lachte laut auf, aber sein Gelächter brach sogleich wieder ab. Er wandte sich nervös um. »Habt ihr das gehört?«

»Lenk nicht ab«, zischte Milan.

»Mach ich nicht, da war ein Geräusch, vorne bei den Büschen.«

Er entfernte sich ein paar Schritte, kam aber umgehend wieder zurück. »War wohl nur ein Tier.« Tom spürte Hendriks Nervosität. Aber er schien auch Lust zu haben, Milan eins auszuwischen. Als ob er sich extra lange zurückgehalten hätte, um jetzt endlich zuzuschlagen. »Jetzt siehst du mal, wie das ist, wenn einer etwas sagt, was vollkommen unmöglich erscheint. Wie fühlt sich das an? Es ist eine Provokation, oder? Ich sage dir: Wenn einer immer wieder dieselben unmöglichen Dinge behauptet, tut es irgendwann weh. Vielleicht verstehst du jetzt, wie es uns damit geht. Stimmt doch, Tom.«

Milan stand mit einem Fuß auf der untersten Stufe der Treppe zum Leuchtturm, eine Hand in die Seite gestemmt. In der anderen hielt er seine Bierdose. »Du willst mich ärgern, oder? Du erzählst Unfug.«
»Nein, es ist wahr. Ich habe Irina gesehen an dem Tag. Ich habe sogar mit ihr gesprochen.«
»Was … was hat sie hier gemacht? War sie allein? Worüber habt ihr gesprochen? Über das Wetter?«
Tom konnte nicht mehr viel sehen, aber er konnte erkennen, dass Hendrik herablassend lächelte. »Ja, das sind gute Fragen. Die habe ich auch gestellt. Über das Wetter haben wir allerdings nicht gesprochen. Und ich habe auf meine Fragen auch nicht viele Antworten bekommen.«
»Aber sie war da? Du willst uns nicht verarschen?«
»Ich bin nicht derjenige, der mit Fantasiegeschichten um sich wirft.« Er hielt inne und schüttelte lächelnd den Kopf. »Na gut, manche Unternehmensbilanz hat auch den Charakter einer Fantasiegeschichte, aber das ist ein anderes Thema.«
»Lenk nicht ab!«
»Habe ich nicht vor.«
»Irina muss doch irgendeine Erklärung gehabt haben, warum sie hier war. Hat sie sich versteckt? Hatte sie Angst vor irgendjemand?«
Hendrik wiegte den Kopf. »Ich weiß es nicht. Wirklich. Sie hat es irgendwie geschafft, meine Fragen nicht zu beantworten.«
»Du hast sie also gefunden, mit ihr belangloses Zeug geredet und dann bist du einfach so weiter spaziert und hast

später so getan, als hättest du keine Spur von ihr gesehen. Was stimmt mit dir nicht?«

Hendrik zögerte. Seine Stimme senkte sich, wurde milder. »Ich habe ihr versprochen, mit niemandem über unsere Begegnung zu sprechen.«

»Das hast du getan? Wie kamst du dazu?«

»Sie hat mich inständig darum gebeten.«

»Das hat dir gereicht? Du hast es später nicht für nötig gehalten, wenigstens mit mir darüber zu reden? Du wusstest doch, wie wichtig mir Irina war. Wie sehr ich darunter gelitten habe, dass sie verschwunden war.«

»Sie war dann wenig später auch wirklich verschwunden. Und zwei Jahre später wurde das entdeckt, was noch von ihr übrig war. Daran hat meine Begegnung mit ihr nichts geändert. Ihr Verschwinden hat sich sozusagen nur um einen Tag verschoben.«

Milan drehte sich um sich selbst, er blickte in den Himmel, schüttelte den Kopf. »Tom, sag doch was! Was hat das hier zu bedeuten? Wovon spricht er?«

Tom war dem Wortwechsel verblüfft gefolgt. Er konnte noch nicht ganz glauben, was er gehört hatte. Auf der anderen Seite hatte er das deutliche Gefühl, dass Hendriks Geschichte noch nicht zu Ende war. »Hat sie überhaupt nichts von ihren Plänen gesagt?«, fragte er. »Keine Andeutungen, dass sie weg wollte? So, wie Milan das vermutet?«

Hendrik schüttelte den Kopf. »Ich habe darüber nichts erfahren.«

»Wenn sie einen Tag hier verbracht hat, dann muss sie doch irgendeinen Plan gehabt haben.«

»Vielleicht hat sich die Kontaktperson, die sie weggebracht hat, verspätet«, sagte Milan. Er ging einen Schritt auf Hendrik zu. »Aber ich finde noch etwas anderes rätselhaft. Wieso hast du das alles für dich behalten? All die Jahre hast du kein Wort darüber verloren. Was soll das? Das passt alles nicht zusammen.«

Hendrik wiegte den Kopf. »Du kennst mich gut, Milan. Und ja, du hast recht. Es fehlt noch etwas in der Geschichte: Wir haben an dem Tag miteinander geschlafen.«

»Wie bitte?«

»Wir hatten Sex. Da drüben irgendwo. In diesem Naturschutzgebiet.«

»Das ist nicht wahr.«

»Es war sozusagen ihr Abschiedsgeschenk. Du weißt, sie mochte mich. Es war keine große Liebe oder so, aber sie hatte eine Schwäche für mich. Und ich mochte sie ja auch etwas. Und so gesehen, hat sie doch etwas gesagt. Ich glaube wirklich, es fiel das Wort ›Abschied‹.«

»Das ist Quatsch. Du redest Mist.«

»Es ist so, wie ich sage. Und weil es so ist, konnte ich mit niemandem darüber sprechen. Ich habe es der Polizei verschwiegen, weil ich fürchtete, nach Irinas Verschwinden Ärger zu bekommen. Erst dachte ich, dass die Suchmannschaften sie beim Durchkämmen der Insel sicher irgendwo aufspüren werden. Aber als das nicht passierte, hatte ich ein ganz übles Gefühl. Die hätten mir doch sonst was anhängen können. Und dir habe ich es nicht erzählt, weil ich dich nicht verletzen wollte.«

Milan stellte seine Bierdose neben sich auf den Boden.

»Ihr habt also … und sie wollte das?«

»Es war vollkommen entspannt. Sie wollte es, ich wollte es. Zwei junge Menschen in freier Natur. Es ist halt passiert und …«

Während Hendrik noch von seiner Begegnung mit Irina sprach, passierte etwas, das Tom vielleicht schon früher hätte voraussehen können, wäre er nicht so müde und benebelt gewesen. Mit einem katzenartigen Satz stürzte sich Milan auf Hendrik. Er packte ihn an den Schultern und schüttelte ihn. »Sag, dass du mich verarschst. Dass das alles nicht stimmt.« Eine Faust traf seinen Oberkörper.

»Es stimmt aber«, rief Hendrik und versuchte gleichzeitig, sich vor Milans Schlägen zu schützen.

»Wie konntest du das tun, du Arschloch!«

Hendrik antwortete nicht. Er dachte wohl, er könne den Angriff einfach über sich ergehen lassen, und dann würde sich der Heißsporn schon wieder beruhigen. Aber das tat er nicht. Milan rang ihn zu Boden und presste ihn in den Sand. Sein Arm hob sich und seine Faust schlug krachend gegen Hendriks Kopf. Das war der Moment, in dem sich Tom auf Milan stürzte. Er versuchte, ihn wegzuzerren. Und erst jetzt spürte er, welche Wut in seinem alten Schulfreund steckte. Eine Wut, wie er sie niemals bei ihm erlebt hatte, eine alte, seit Langem gärende Wut. Milans Ellenbogen traf ihn an der Schläfe. Er taumelte zurück, ihm wurde schwindlig, er fiel auf den Hintern. Aber er durfte nicht sitzenbleiben, denn Milan prügelte weiterhin auf Hendrik ein, der nichts mehr sagte, sondern nur noch keuchte und vergeblich versuchte, Milan wegzustoßen. Der klammerte sich wie eine tollwütige Ratte an ihn. Beim zweiten Versuch, ihn zu packen, war Tom besser vorbereitet. Er legte einen Arm von hinten um Milans Hals und schützte mit dem anderen seinen eigenen Kopf vor Schlägen. Zwar bekam er dieses Mal einen Treffer in den Magen, aber es gelang ihm, Milan von Hendrik wegzuziehen. Sie stürzten rückwärts auf den Sandboden und wälzten sich hin und her, bis Tom seinen ehemals besten Schulfreund unter sich begraben hatte. Er presste ihn mit aller Kraft auf den Boden und verminderte den Druck erst, als er an den zuckenden Schultern spürte, dass Milan heulte wie ein Schlosshund.

TAG 3

TOM

Ein dumpfes Pochen hinter der Stirn. Übelkeit. Er bekam keine Luft und richtete sich panisch auf. Dämmerlicht umgab ihn. Das Pochen nahm zu, wurde so heftig, dass er es kaum aushielt. Er ließ sich langsam zurücksinken. Sein Blick wanderte zu den Glasbausteinen, hinter denen sich graues Licht staute, in einem unendlichen Raum, angefüllt mit Unheil. Er brauchte dringend Sauerstoff und quälte sich erneut hoch. Noch immer trug er die Klamotten, in denen er in der Nacht zurückgekehrt war. Er fühlte sich klebrig und schmutzig und das war nicht nur ein Gefühl. Auf allen Vieren krabbelte er zum Licht, als wäre er ein Insekt. Er zog an der Kette, mit der man den einen beweglichen Glasbaustein öffnen konnte. Dann richtete er sich auf, hielt seine Nase an den Spalt und sog die Luft ein, ganz egal, ob er damit auch das gesamte Unheil der Welt in sich aufnahm, das sich da draußen vor der Hauswand angesammelt hatte.

Langsam kam die Erinnerung zurück. Und damit das Elend des Vorabends. Er hatte Hendrik stützen müssen, auf dem Weg bis zum *Hotel Heiderose* hing der Wirtschaftsprüfer wie ein Sack Kartoffeln auf seiner Schulter. Irgendwo hinter ihnen ging Milan, man konnte ihn nicht sehen, konnte

nur seine schlurfenden Schritte hören und manchmal leise kroatische Flüche. Tom hatte Hendrik bis zur Rezeption gebracht. Er erinnerte sich an den mittelalten Mann mit Schnauzbart: Verständnis- und ausdruckslos blickte er von einem Tablet auf, über dessen Bildschirm ein Western flimmerte. Hendrik hatte sich von Toms Schulter gelöst, hatte sich mit der Hand über die blutverkrusteten Lippen gewischt, noch einmal kraftlos gewunken und war dann im Trakt zu seiner Suite verschwunden. Von einem Wassertaxi war keine Rede mehr. Hendrik hatte andere Sorgen.
Als Tom vor das Hotel trat, war von Milan nichts mehr zu sehen. Er war einfach weitergegangen. Leise schimpfend machte sich Tom auf den Weg.
Die Nacht war mild, der Halbmond stand tief und glotzte weiterhin auf die Insel herab, durch das schwarze Wasser im Bodden zogen sich golden schimmernde Linien. Tom hatte das Gefühl, dass seine Gedanken neben ihm hertaumelten. Sie stolperten durch die kratzige Heide, fielen in kaum erkennbare Senken und prallten, weil sie nicht aufpassten, gegen die schwarzen Stämme von Windflüchtern. Die sahen aus wie riesige Hände, die aus der Erde wuchsen und nach ihm zu greifen schienen, es dann aber doch ließen. Lohnte sich wohl nicht.
Als er in der Unterkunft ankam, lag Milan bereits auf seinem Bett und schnarchte. Das war also die glorreiche Zusammenkunft gewesen, das Wiedersehen nach zwanzig Jahren. Die Magie des Ortes. Der Gedanke an Milans Worte brachte Tom beinahe zum Lachen. Aber das Lachen blieb

ihm im Hals stecken. Dieser Ort hatte sie überfordert. Er hatte etwas eskalieren lassen, was sie alle nicht verstanden. Jetzt saß Tom in einem dämmerigen Zimmer und klammerte sich an eine dünne Kette, um etwas frische Luft zu bekommen. Warum ging er nicht einfach vor die Tür? Ihm wurde plötzlich übel. Sofort ließ er die Kette los, mit einem kalten Klacken fiel das Glasbausteinfenster zu. Er eilte zur Nasszelle und übergab sich in die Kloschüssel.

Als er ins Zimmer zurückkehrte, fiel ihm auf, dass Milan nicht in seinem Bett lag. Er sah sich um. Der Freund saß auf dem Campingstuhl und tippte auf seinem Laptop herum. Hatte er vorher auch schon dagesessen? Sein Haar war zerzaust, das Gesicht bleich und verschwitzt. »Geht's wieder?«, murmelte er, aber es schien ihn nicht wirklich zu interessieren, wie es Tom ging. Er machte eine knappe Kopfbewegung hin zum wackeligen Teewagen, auf dem die elektrische Kochplatte stand. »Da ist heißes Wasser. Nimm dir nen Kaffee.«

Tom schenkte sich einen Becher Wasser ein, kippte Instantkaffee und Milch dazu und kämpfte gegen den Würgereiz, der ihn mit dem ersten Schluck überkam. Milan schien die finsteren Ereignisse der letzten Nacht bereits hinter sich gelassen zu haben. Eine Randnotiz, eine Episode, mit der er nichts zu tun hatte. Er sprach, ohne vom Bildschirm aufzublicken. »Jetzt wird die Sache langsam klarer.« Mit einer schwungvollen Bewegung stand er auf und hielt Tom den Laptop vor die Nase. »Hier, sieh dir das an!« Mehr sagte er nicht, aber es reichte, um seine beinahe schon gehässige

Genugtuung zu bemerken. Der Bildschirm verbreitete ein kaltes blaues Licht. Vor Toms Augen verschwammen die Konturen von zwei Menschen. Er wischte sich über das Gesicht, die Gestalten bekamen scharfe Ränder. Zwei Männer, ein älterer und ein jüngerer. Sie hatten Gesichter, aber Tom konnte sie erst wahrnehmen, als er sich ein zweites Mal über die Augen gewischt hatte. Die beiden blickten in die Kamera. Einen von ihnen kannte er. Grauer Scheitel, tief liegende Augen, ein strenges Gesicht mit einem sorgfältig gestutzten Bart. Den anderen, den jüngeren, hatte Tom nie gesehen. Es war ein Foto aus einem Zeitungsarchiv, frühe 2000er-Jahre. Tom las die Bildunterschrift: »Der russische Politmanager Valentin Kramarov überreicht Professor Jörn Markstein, Erster Vorsitzender des Jenaer Aviation-Club, einen Scheck in Höhe von 5.000 Euro.«

Milan sah Tom triumphierend an. »Na? Was sagt dir das?«

»Da war die gute alte D-Mark schon passé.«

»Das meine ich nicht.«

»Warum bist du gestern Nacht derart ausgerastet?«

Milan hatte keine Lust, über die jüngere Vergangenheit zu sprechen. Ihn interessierten nur Dinge, die länger zurücklagen. »Irinas Vater und Markstein kannten sich.«

»Und? Das hat erst mal nichts zu sagen.«

»Aber sicher hat das was zu sagen! Damit wird klar, warum Markstein das Gutachten geschrieben hat.«

Tom sog die Luft ein und betrachtete das Foto. Er wollte jetzt nicht über Marksteins Motivation sprechen. »Du hast Hendrik beinahe totgeschlagen.«

Milan schien das noch immer nicht zu interessieren. »Kramarov spendet an Marksteins Fliegerverein eine hübsche Summe und im Gegenzug schreibt Markstein ein falsches Gutachten. Er wurde gekauft. Es passt genau ins Bild. Das Gutachten war der entscheidende Baustein, um Irina für tot erklären zu lassen. Aber sie lebt.«

Das Gefühl, dass der Boden unter den eigenen Füßen Risse bekommt, war nicht schön. Es war so unangenehm, dass Tom sich mit dem Laptop in der Hand auf das Bett setzte.

»Das ist eine mögliche Sichtweise«, sagte er, »aber nicht die einzige. Und meiner Meinung nach auch nicht die Wahrscheinlichste. Es war vielleicht so: Kramarov und Markstein kannten sich, beispielsweise über die Fliegerei. Während eines Ausflugs nach Hiddensee verschwindet Kramarovs Tochter. Die Polizei vermutet ein Verbrechen. Zwei Jahre später werden die sterblichen Überreste eines Menschen gefunden. Kramarov ist erschüttert. Er will, dass alles zuverlässig aufgeklärt wird. Deshalb sorgt er dafür, dass ein Mann, dem er vertraut, das rechtsmedizinische Gutachten schreibt.«

Milan schüttelte heftig den Kopf. »Das ist doch Quatsch. Die ganze Zeit über behauptest du, dass deutsche Behörden zuverlässig arbeiten und kein Zweifel an einem solchen Gutachten möglich ist. Aber jetzt sagst du, dass man hinter den Kulissen Einfluss nehmen muss, um Gewissheit zu bekommen? Das passt nicht zusammen.«

»Es ist Kramarovs Denke, nicht meine. Er kommt aus Russland. Er glaubt, dass es hier so zugeht wie dort. Er ist so ein

Mensch, der will, dass alles von der ›Familie‹ geregelt wird. Zwei Jahre lang war seine Tochter verschwunden. Er ist verzweifelt. Er will unbedingt Gewissheit und die bekommt er von einem Menschen, den er kennt.«

»Doppelter Quatsch. Du suchst nach einer Ausflucht, um nicht zugeben zu müssen, dass die Sache stinkt. Sie stinkt wie ein Fisch, der drei Tage in der Sonne gelegen hat. Nur eines stimmt: Kramarovs Vorstellung von der ›Familie‹. Er vertraut niemandem, schon gar nicht den Behörden. Polizeischutz? Das klappt nicht, hat er gedacht. Also hat er seine Tochter heimlich verschwinden lassen. Er hat ihr eine neue Identität gegeben.«

Tom knetete sein Kinn und sah zur Seite. Sie drehten sich im Kreis, immer wieder um den gleichen Punkt. Das, was Milan herausgefunden hatte, war vielleicht überraschend. Aber doch keine Wende, die alles in einem völlig neuen Licht erscheinen ließ. Er war auf eine ungewöhnliche Verbindung gestoßen, die ihn noch weiter hineintrieb in seine wirren Fantasien.

Tom ging in die Nasszelle, zog sich aus und duschte kalt und warm im Wechsel. Es tat ihm gut, die Kopfschmerzen ließen nach. Aber als er aus der Dusche kam, trat ein anderer Schmerz hervor, als hätte er nur auf diesen Augenblick gewartet.

Es war eine Trauer, die nicht in Worte zu fassen war. Er hatte das Gefühl, dass er in der Nacht zuvor einen guten Freund verloren hatte. Er konnte unmöglich noch länger hierbleiben. »Du solltest dich bei Hendrik entschuldigen«, sagte er zu Milan, aber er bekam keine Antwort. Mit trägen Bewegungen packte er seine wenigen Sachen zusammen. Ein weiteres Mal würde er sich jetzt verabschieden, aber es war ein anderer Abschied als derjenige vom Vorabend, ein irgendwie tiefgreifender Abschied.

Den Freund, von dem er gehofft hatte, ihn auf Hiddensee zu treffen, gab es nicht mehr. Er musste das akzeptieren, doch es tat weh. Am Vorabend war er noch nicht dazu in der Lage gewesen, aber jetzt, nach der wilden und brutalen Prügelei, konnte er den Gedanken zulassen. Er fühlte sich traurig und zugleich befreit. Er hängte seinen Rucksack über eine Schulter und blickte auf Milan herab, der schon wieder auf den Bildschirm starrte und irgendeiner Sache auf der Spur zu sein schien. »Ich weiß nicht, wie ich es erklären soll«, sagte er stockend, »aber ich glaube, dass wir nicht mehr so zusammenfinden werden, wie ich das gehofft hatte. Du hast dich auf einen Weg begeben, den ich nicht akzeptieren kann.«

Milan sah kurz auf und zuckte mit den Schultern. Er schien nur mit halbem Ohr zuzuhören. Trotzdem fuhr Tom fort. »Was du tust, kommt mir so vor, als stündest du vor einem riesigen Misthaufen.« Er wunderte sich über das befremdliche Bild, das ihm gerade in den Kopf kam. »Du stehst vor diesem Misthaufen und behauptest, dass sich irgendwo im Inneren etwas befindet, was dort nicht hineingehört. Sagen wir: ein Kinderspielzeug. Niemand hält das für möglich, denn es ist ja ein Misthaufen, der gerade in einem Kuhstall zusammengeschoben wurde. Trotzdem fängst du an zu graben. Du gräbst den ganzen stinkenden Misthaufen um, je-

den Halm, jedes Stück Scheiße. Und irgendwann wirst du etwas finden, das deine sonderbare Behauptung stützen kann: ein kleines Stück Plastik, das eine Kuh verschluckt und wieder ausgeschieden hat. Oder ein Schräubchen, das von einer Kabelführung abgebrochen ist. Und in diesem Augenblick fühlst du dich bestätigt. Du sagst: ›Das ist doch ein Schräubchen von einem Spielzeugauto.‹ Oder: ›Genau so ein Kunststoffteil habe ich schon mal an einer Puppenküche gesehen.‹ Und dann fühlst du dich bestätigt und kannst dir gar nicht mehr vorstellen, dass du unrecht haben könntest. Denn du hast stunden- und tagelang gesucht und schließlich etwas gefunden. Du bist vollkommen fixiert auf deine Idee und vergisst das große Ganze. Das große Ganze zu sehen, bedeutet aber, sich einzugestehen, dass deine Behauptung nach wie vor unhaltbar ist. Markstein und Kramarov haben sich gekannt. So what? Das wird der Auslöser gewesen sein für die Tatsache, dass Markstein das Gutachten geschrieben hat. Was du für ein schwerwiegendes Indiz hältst, ist nur ein unbedeutender Nebenstrang. So wirst du die Wahrheit nicht finden. Vor allem wirst du niemals Ruhe finden. Ich habe versucht, mich in dich hineinzuversetzen, aber ich komme nicht an den Punkt, dass ich glauben könnte, was du behauptest. Und ich werde das auch nicht können, egal ob ich nun bis heute, bis morgen oder bis zum Ende des Jahrhunderts hierbleibe. Deshalb gehe ich jetzt. Und wenn ich einmal gegangen bin, komme ich nicht mehr wieder.«
Toms Worte waren immer drängender und bitterer aus ihm herausgeflossen, er hatte sich selbst mit Verwunderung zu-

gehört. Erschöpft schob er nun endlich den zweiten Riemen seines Rucksacks über die Schulter. Milan richtete sich auf. Er legte den Kopf schief und schien nachzudenken. Irgendwie hatte Toms Ansprache ihn wohl erreicht, aber es war nicht zu erkennen, ob sie ihn gekränkt, belustigt oder betrübt hatte. Langsam neigte er den Kopf, die Bewegung ging in ein zögerliches Nicken über. »Ja, dann musst du jetzt gehen. Grüß mal Clara von mir. Unbekannterweise.«
Tom sagte nichts mehr. Er öffnete die Tür und trat hinaus. Die Luft draußen war nicht so frisch und belebend, wie er gehofft hatte. Mild war sie, fast drückend, von einer unangenehmen Feuchtigkeit durchsetzt. Der Himmel verhangen, über Häusern, Gärten und Wiesen lag ein grauer Schleier. Langsam ging Tom zum Hafen. Aber er kam nicht weit.

Draußen auf dem Vitter Bodden schimmerte etwas: Rot auf Grau. Ein Boot der Feuerwehr, wie es schien. Nicht weit entfernt lag ein weiteres mit der markanten Signalfarbe der Seenotrettung. Es roch nach einem Unglücksfall. Tom ging weiter und als er auf den Fahrweg am Bodden einbog, sah er das einzige Polizeiauto der Insel. Es stand in der Nähe der umgedrehten Fischerboote, an der Stelle, wo Milan und er am Vortag Hanno Grau getroffen hatten.
Unschlüssig blieb er stehen und sah sich die Szenerie auf dem Wasser genauer an. Sie schienen etwas zu suchen. Ein Schlauchboot, das zuvor verdeckt worden war, schob sich in sein Sichtfeld. Zwei schwarze Gestalten saßen auf dem Bootsrand, vermutlich Taucher. Tom wich nun doch von

seinem Weg ab und ging in die entgegengesetzte Richtung, dahin, wo das Polizeiauto stand.
Etwas weiter hinten, nur wenige Schritte vom Ufer entfernt, hatten sie ein Zelt aufgebaut. Leute in weißen Schutzanzügen stapften über das strähnige Gras, zwei Uniformierte und einige weitere Personen standen im Halbkreis und beobachteten die Arbeiten draußen auf dem Wasser. Es war nicht schwer, sich zusammenzureimen, dass etwas Schlimmes passiert sein musste. Warum musste Tom in diesem Augenblick an Hendrik denken? Schon in der Nacht hatte er sich unwohl gefühlt, als er ihn in seinem ramponierten Zustand im Hotel zurückgelassen hatte. Der Gedanke fuhr wie ein heißer Blitz in seinen Kopf und steckte darin fest. Hatte das, was sich da draußen abspielte, irgendetwas mit Hendrik zu tun? Er fischte sein Telefon aus der Tasche.
Hendrik meldete sich sofort. Er schien nicht gerade in guter Stimmung zu sein, aber immerhin war er am Leben. »Was gibt's?«
Tom kam ins Stottern. »Ich … ich wollte einfach nur kurz fragen, wie es dir geht.«
Die Verbindung war gut, aber Hendrik artikulierte die Worte so undeutlich, als hätte er einen halben Apfel im Mund. »Danke, das ist nett. Du kannst dir vielleicht denken, dass ich mich schon besser gefühlt habe.«
Trotz Rauschunterdrückung glaubte Tom herauszuhören, dass Hendrik im Auto saß. »Na, immerhin bist du heute wohl schon früh aufgestanden.«

»Ich musste weg von dieser verdammten Insel. Hab gleich die Fähre um sieben genommen. Und geh nachher erstmal zum Arzt.«
»Es tut mir echt leid, was passiert ist.«
Hendrik gab einen unverständlichen Laut von sich. »Ich hätte nicht herkommen sollen. Ein einziges Fiasko. Und das, was ich da gestern Abend gesagt habe, das … das sollten wir für uns behalten, okay?«
Tom sog die mildfeuchte Luft ein. Innerhalb von Sekundenbruchteilen kippte seine Stimmung. Dunkle Ahnungen krochen aus seinem Hinterkopf hervor. Warum hatte es Hendrik so eilig? Tom wollte sich nicht zum Komplizen machen lassen – wofür auch immer. »Ich glaube, es wäre gut, wenn du das, was du gestern erzählt hast, auch der Polizei sagst.«
Der Apfel in Hendriks Mund hinderte ihn nicht daran loszuschimpfen. »Auf keinen Fall werde ich das tun! Ich gehe auch zu keiner Vernehmung. Jedenfalls nicht freiwillig.«
»Durch deine Angaben stellt sich der zeitliche Ablauf etwas anders dar. Irina hat mindestens einen Tag länger gelebt, als die Polizei bislang angenommen hat. Und du warst vielleicht der letzte, dem sie begegnet ist – vor ihrem Mörder.«
»Und was ändert diese Neuigkeit? Nichts. Nach all den Jahren werden sie da keine neuen Erkenntnisse gewinnen. Ich werde auf keinen Fall zur Polizei gehen.«
Tom hatte keine Lust zu streiten. Er wünschte Hendrik gute Besserung und kappte die Verbindung. Dann marschierte er los. Er musste wissen, was am Boddenstrand vor sich ging. Sein Weg endete an einer Polizeiabsperrung. Der hünen-

hafte Inselpolizist hockte auf einem der umgedrehten Fischerboote und achtete darauf, dass sich das gute Dutzend Schaulustiger an die Regeln hielt. Immerhin war Tom jetzt so nah am Geschehen, dass er Sylkes auf und ab wippenden Lockenkopf erkannte. Sie stand dicht neben dem Zelt und tat das, was sie besonders gern tat: Sie sammelte Informationen, verteilte Aufgaben und sortierte das vermeintliche Getümmel.

Tom entfernte sich einige Schritte von den anderen Zuschauern. Sylke musste ihn bemerken, wenn er hier einzeln herumstand. Aber sie war so beschäftigt, dass sie gar nicht zu ihm herübersah. Er wartete geduldig, bis sie endlich mal kurz ohne Beschäftigung war und ihren Blick durch die Umgebung schweifen ließ. Erkannte sie ihn? Sie ließ sich nichts anmerken. Weitere, lange Minuten verstrichen. Hin und wieder kamen Leute aus dem weißen Zelt oder gingen hinein. Die Ernsthaftigkeit, mit der sie arbeiteten, verriet Tom, dass sich in diesem Zelt etwas Wichtiges abspielte. Man spürt, wenn es ums Ganze geht. Tom war sich sicher, dass in dem Zelt ein Mensch lag, der nicht mehr viel zu lachen hatte. Draußen waren weiterhin die Bootsbesatzungen aktiv. Entweder wurde eine weitere Person vermisst oder man suchte nach anderen Objekten. Vielleicht nach einer Tatwaffe?

Irgendwann zog es Sylke doch in seine Richtung. Aber sie ging nicht einfach auf ihn zu, sondern näherte sich etappenweise. Sie inspizierte die inaktiven Fischerboote, wechselte ein paar Worte mit dem Inselpolizisten und geriet dann scheinbar zufällig an Toms Standort. Zwei Meter entfernt blieb sie stehen, um ihre Schuhe zuzubinden. Zugleich richtete sie unauffällig einige Worte an ihn. »Tom, ich sage dir zwei Dinge: Erstens: Halt dich aus dieser Sache raus. Und zweitens: Sag deinem Freund, er soll seine dummdreisten Posts auf Facebook löschen.«

Das klang vollkommen anders als am Vortag. Da war alles beinahe ein Spiel gewesen. Tom drehte sich zur Seite und tat so, als beobachte er die Suchaktion draußen auf dem Wasser. »Was hat er den gepostet? Mich informiert er darüber nicht.«

»Seine diffamierenden Äußerungen über die damaligen Ermittlungen sind das eine. Das Schlimme aber ist, dass er aus den Akten zitiert und mit seinem Insiderwissen angibt.«

»Ah, er hat über die Sache mit dem Badeanzug geschrieben?«

»Das bringt mich und einige andere Leute in große Schwierigkeiten. Die ersten Journalisten fragen schon, wo die undichte Stelle bei der Stralsunder Kriminalpolizei ist.«

»Milan ist im Augenblick nicht sehr zugänglich. Ich habe dich ja leider vergeblich darum gebeten, dass du mit deiner polizeilichen Autorität …«

»Hör auf mit dem Scheiß. Es ist mir ernst.«

»Mir auch. Ich habe ein paar Dinge, die dich vielleicht interessieren.«

»Ach. Und was soll das sein?«

»Nicht hier.«

»Komm mir bloß nicht mit dem *Hafenkater*.«

»Ich schicke dir Koordinaten aufs Handy.«
»Ich brauche hier noch einige Zeit. Vierzehn Uhr wäre okay.«
»Sag mir noch, wer die Leiche ist.«
»Das könnte dir so passen.«
»Ich kriege es sowieso raus.«
Sie richtete sich auf. Schon halb abgewandt nannte sie widerwillig den Namen des Toten. »Es ist Hanno Grau.«

Tom hatte plötzlich viel Zeit. Und er hatte noch mehr Fragen. Hanno Grau war tot. Eine schockierende Nachricht, die er nicht einordnen konnte. Er wusste allerdings genau, was Milan über diese Angelegenheit gesagt hätte: ›Der Typ hat etwas gewusst, was er nicht hätte wissen dürfen. Als wir hier aufgetaucht sind und dann noch diese Polizistin, ist irgendjemand nervös geworden. Sie haben ihn eiskalt umgebracht.‹ Mit Hanno Graus Tod hatte Milan einen weiteren Mosaikstein in seinem wahnhaften Weltbild. Er würde denken, dass Grau etwas über den wahren Verbleib von Irina gewusst hatte oder an ihrem Verschwinden beteiligt war. Die Zeichen einer großen Verschwörung lagen jetzt in der Luft und Milan würde mit dieser Luft seine Backen bis zum Platzen aufblähen.
Tom kannte sich in den labyrinthischen Gedankengängen des Theatermachers inzwischen gut aus. Und er wusste, dass man sich in diesen Gängen hoffnungslos verlaufen konnte. Noch war ja alles unklar, auch die Todesursache. Aber wenn es tatsächlich so war, dass Hanno Graus Tod und die Nach-

forschungen von Milan und ihm irgendwie zusammenhingen, dann waren sie mitverantwortlich, wenn auch nur sehr indirekt. Der Gedanke ließ ihn frösteln. Er versuchte, sich auf Hanno Grau zu konzentrieren. Sie hatten nur wenige Worte mit ihm gewechselt, aber Tom hatte ihn sympathisch gefunden: seine Ironie, die abgeklärte und direkte Art, mit der er auf Milans Fragen reagiert hatte. Dieser Mann hatte doch nichts zu verbergen. Er hatte nicht nervös gewirkt oder abweisend. Er war einfach ein Fischer mit mäßiger Ausbeute, den zwei Fremde bei der Arbeit gestört hatten. Sicher lief nicht alles gut bei ihm. Es gab ja kaum noch Fischer, die von ihrer Arbeit leben konnten. Viele hatten längst aufgegeben oder waren nur noch im Nebenerwerb aktiv.

Tom fühlte sich matt und ausgelaugt. Die Nachricht von Hanno Graus Tod machte es nicht besser. Und die Prügelei aus der letzten Nacht kam ihm wie ein böser Traum vor. Wie die letzten Überlebenden einer Panzerschlacht hatten sie sich über die Insel geschleppt. Was war nur los? Wie konnte es sein, dass eine so alte Geschichte derart hochkochte? Aber das war die falsche Frage: Diese Geschichte war nicht alt. Sie fühlte sich an, als wäre sie gerade erst geschehen. Die Vergangenheit rückte immer näher. Sie rückte ihnen auf den Pelz.

Während Tom über die Situation nachdachte, ging er auf dem Weg Richtung Neuendorf. In Vitte hatte er sich neben einem belegten Brötchen und einer Flasche Orangensaft auch Unterwäsche und ein T-Shirt gekauft. Auf einer Toilette hatte er sich umgezogen und jetzt fühlte er sich nicht

mehr ganz so sehr wie ein Vagabund. Es war sein dritter Tag auf Hiddensee und er war fest entschlossen, nach dem Gespräch mit Sylke endlich zurückzufahren.
Clara hatte er an diesem Morgen nicht angerufen. Er konnte es nicht. Und er fand es beunruhigend, dass sie sich ihrerseits nicht meldete und sich beschwerte. Immerhin hatte er am Vortag angekündigt, dass er abends zurück sein würde. Ob sie den Elektrikern abgesagt hatte? Oder hatte sie die Küche allein ausgeräumt? All das kam ihm vor wie die Probleme aus einer anderen Welt, aus einem anderen Leben.
Er konnte sie auch jetzt nicht anrufen. Er hatte einfach keine Ausrede mehr, keine Erklärung. Was sollte er sagen? Dass diese Insel ihn festhielt wie ein Klammeraffe? Dass er jedes Mal, wenn er versuchte, eine Fähre zu besteigen, von einer unsichtbaren Hand gepackt und zurückgeschleift wurde? Sie würde ihn für verrückt erklären. Oder sollte er den toten Fischer erwähnen und Clara mitteilen, dass er Sylkes Ermittlungen unterstützen musste? Wenn es irgendetwas gab, das Clara beruhigen konnte, dann war es sicher nicht solch eine Mitteilung.
Bis zur Verabredung mit Sylke blieben noch zwei Stunden Zeit. Als Treffpunkt hatte er ein kleines Waldstück am nördlichen Ende der Dünenheide ausgesucht. Hier konnten sie unbeobachtet miteinander sprechen. Das schien Sylke ja sehr wichtig zu sein. Bei dem Gedanken, wie vorsichtig und empfindlich sie plötzlich geworden war, musste Tom lächeln. Die toughe Ermittlerin – alles Fassade.

Er legte sich abseits des Weges ins Gras und blickte in den Himmel. Die milchig weiße Wolkenschicht hatte inzwischen ein paar Lücken bekommen, in denen sich zartblaue Felder zeigten. Sie veränderten unaufhörlich ihre Form, wurden größer oder verschwanden wieder hinter Hochnebelschwaden. Den Stand der Sonne konnte man nur erahnen. Tom verlor sich in der Betrachtung des Himmels und schlief ein.
Ein Stoß gegen seine Schulter holte ihn zurück in die Wirklichkeit. Er sah einen schwarzen Schuh, ein Bein, das in einer Jeanshose steckte, und irgendwo weiter oben, kurz vorm Himmel, Sylkes Gesicht. Sie hatte ihn wohl schon einige Male vergeblich angesprochen. »Muss man dir ein Nebelhorn ans Ohr halten, damit du aufwachst? Was wolltest du mir sagen?«
Er richtete sich auf und schüttelte sich. Wieder waberte ein leichter Schmerz durch seinen Kopf, aber seine Gedanken sortierten sich schnell. »Willst du dich nicht setzen?«
Sylke sah sich um und ließ sich dann widerwillig im Gras nieder. Der kleine Ausflug weg von den Kollegen und dem Tatort schien nicht zu ihrer Entspannung beizutragen. Sie saßen einander gegenüber, beide an einen Baumstamm gelehnt, als wären sie Kinder, die sich von ihren Geländespielen ausruhten. »Der Freund, der damals mit Milan und Irina auf Hiddensee war, hat sie am Tag nach ihrem Verschwinden noch gesehen. Aber er hat das niemandem erzählt.«
Sylke blickte ihn aufmerksam, aber keineswegs überrascht an. »Warum das? Die beiden Jungs haben damals doch selbst die Suchaktion der Polizei ausgelöst.«

»Hendrik hat Irina versprochen, nichts über das Treffen zu sagen. Sie hatten Sex miteinander. Er wollte nicht, dass Milan etwas davon erfährt, weil der …«

Sylke rollte mit den Augen. »Was seid ihr nur für Typen?!«

»Ja, es ist kompliziert. Später, als Irina verschwunden blieb, hatte Hendrik Angst, dass man ihm irgendetwas anhängen könnte.«

»Damit seid ihr drei jetzt Teil der Ermittlungen.«

»Ich hab damit nichts zu tun.«

»Nee, is klar, du hast damals schon auf der hinteren Mondseite gewohnt. Hat Irina etwas darüber gesagt, warum sie sich so lange auf der Insel herumtrieb?«

Tom schüttelte den Kopf. »Du weißt, dass Milan glaubt, Irinas Vater habe sie heimlich …«

Sie winkte ab. »Hast du bereits mehrfach erwähnt. Wo steckt dieser Hendrik jetzt?«

»Er war gestern hier, wir waren abends unten am Gellen. Da hat er das erzählt. Milan ist deswegen auf ihn losgegangen und hat ihn verprügelt. Ich konnte das Schlimmste verhindern.«

Sylke hörte mit leicht geneigtem Kopf zu. »Daher der blaue Fleck neben deinem Auge. Hab mich schon gewundert. Mit dem Herrn Hendrik Schlüter würde ich gern ein paar Worte wechseln.«

»Er hat die Insel heute früh wieder verlassen.«

Sie hob den Blick. »Ach nee. Dass er sich damit schon irgendwie verdächtig macht, ist ihm klar, oder?«

»Du meinst, wegen dem Fischer? Nein, das ist absurd. Ich glaube, er hat davon gar nichts mitbekommen. Hendrik und

Hanno Grau – die beiden hatten doch überhaupt nichts miteinander zu tun.«
»Das können wir beide nicht wissen. Und es würde zur Spurenlage passen, weil ...« Sie brach mitten im Satz ab.
»... weil was?«, fragte Tom.
»Das kann ich jetzt nicht weiter erläutern. Nur so viel: ein Boot aus Vitte fehlt, es wurde drüben in der Nähe von Schaprode gefunden. Jemand könnte damit den Fischer, der schon früh draußen bei seinen Reusen war, abgepasst und ihn getötet haben. Aber bitte – das ist alles nur eine Vermutung. Ich habe schon viel zu viel gesagt.«
Tom schüttelte den Kopf. »Vergiss die Idee mit Hendrik. Das führt zu nichts.«
»Lass mich meine Arbeit machen.«
»Sicher. Ist denn überhaupt klar, dass Grau ermordet wurde?«
»Kein Kommentar. Ich war heute Vormittag allerdings schon bei seiner Frau, das war keine schöne Begegnung, wirklich nicht.«
Er sah Sylke an. Soweit er sich erinnern konnte, hatte sie am Vortag noch nicht diese grauen Ringe unter den Augen gehabt.
»Die Frau ist am Ende«, erzählte sie. »Sie hat sich jahrelang um ihren Mann gesorgt, weil er an Krebs erkrankt war. Erst kürzlich hat er die Nachricht bekommen, dass er geheilt ist – und genau in dem Augenblick wird er auf diese Weise aus dem Leben gerissen. Das ist schwer zu ertragen, wenn du das alles miterlebst und danebenstehst, aber nicht das Geringste machen kannst.«

Tom wollte das eigentlich auch nicht hören. Er hätte lieber über die Ermittlungen gesprochen. »Ich habe noch eine andere Sache«, sagte er. »Milan hat da etwas herausgefunden. Also es ist nicht so, dass ich dem eine große Bedeutung zumessen würde, aber …«

»Mach's nicht so kompliziert, Tom. Ich hab noch zu tun.«

»Der Rechtsmediziner, der damals das Gutachten geschrieben hat, kam aus Jena.«

»Und?«

»Ist doch ungewöhnlich. Ein anderes Bundesland, weit weg.«

Sylke seufzte. »Es wird Gründe gegeben haben.«

»Das habe ich auch gesagt.«

»Worauf willst du hinaus?«

»Er kannte den Vater von Irina.«

Tom beobachtete Sylke. Er wollte wissen, wie sie auf diese Information reagierte. Aber sie ließ sich nichts anmerken. Dieses Pokerface hatte sie sich erst in letzter Zeit zugelegt.

»Vielleicht hat der Vater des Mädchens darauf hingewirkt, dass der Mann die Sache übernimmt, weil er eine besondere Expertise hat.«

»Auch das habe ich Milan gesagt. Weißt du etwas über diesen Professor Markstein?«

»Ich habe den Namen in der Akte gelesen. Das ist alles. Ich nehme an, er ist längst im Ruhestand. Und ich glaube nicht, dass ich mich weiterhin mit ihm beschäftigen werde.«

»Aber komisch ist es schon, oder? Nur mal angenommen, man wollte dieses Gutachten noch einmal überprüfen, was müsste man …«

»Tom! Das wird nicht passieren. Das ist abgeschlossen.«
»Es geht mir nur darum, dass …«
»Ich weiß. Es geht dir darum, deinen verrückten Freund auf den Boden der Tatsachen zu holen. Also, ganz theoretisch: Normalerweise müsste man den Leichnam exhumieren. Dann könnte man die DNA-Zuordnung überprüfen.«
»Wieso sagst du ›normalerweise‹?«
Sylke lachte. »In diesem Fall wäre das nicht möglich. Irina Kramarov wurde eingeäschert und ihre Asche auf dem Meer verstreut.«
Tom kratzte sich am Kopf. »Okay. Das ist dann also nichts.«
»Nein, das ist erledigt. Und mir wäre es wichtig, dass dein Freund Milan seine Zweifel an dem Gutachten nicht auch noch in den sozialen Medien breittritt. Die Leute versuchen doch aus allem und jedem einen Skandal zu stricken. Natürlich würde irgendwer darauf anspringen und wir haben dann den Ärger.«
»Am besten zitierst du ihn mal zur Vernehmung. Dann wird er vielleicht vorsichtiger.«
»Ich werde das tun, was ich für richtig halte.«
Tom sah, dass Sylke gehen wollte. Sie hatte sich wohl mehr von seinen Informationen erhofft. »Warte noch einen Moment«, sagte er, fast flehend. »Was ist jetzt eigentlich mit diesem Badeanzug, der nicht auffindbar war?«
Sie hielt inne und schob die Lippen vor. Dann zuckte sie mit den Achseln. »Der ist halt weg. Du hast es in der Akte gelesen und die Anmerkung unverzüglich an deinen Freund weitergegeben. Warum sollte ich dir noch irgendetwas dazu sagen?«

»Weil ich diesen Fehler nicht ein zweites Mal machen werde. Ich habe mich von Milan – wie soll ich sagen – distanziert. Ich hab genug von ihm. Was er letzte Nacht mit Hendrik gemacht hat, das war nicht in Ordnung.«
Sylke lächelte. »Ihr Jungs. Immer noch wie damals, was? Prügelt euch, trinkt zusammen Bier. Habt Spaß. Dann prügelt ihr euch wieder. Oder umgekehrt.«
»Das mit dem Spaß ist vorbei.«
Die Idee einer wilden Männertruppe schien Sylke Vergnügen zu bereiten. Sollte sie ihr Vergnügen haben. »War denn von diesem Badeanzug noch etwas übrig, als man die Leiche fand?«
Sie wiegte den Kopf, noch immer lächelnd. »Du gibst nicht auf, oder? Natürlich war nicht viel übrig, aber es reicht allemal, um sich eine Vorstellung davon zu machen, wie er mal ausgesehen hat. Materialproben, Rekonstruktion des Designs. Da könnte man eine Menge rausholen, auch jetzt noch. Es wäre ein weiterer Baustein, den man Irina zuordnen könnte. Aber man hat dem Badeanzug wohl keine große Bedeutung mehr zugemessen, weil es ja ein eindeutiges rechtsmedizinisches Gutachten gab. Deshalb hat irgendwer die Tüte mit den Überresten des Textils aus der Box mit den Asservaten genommen. Überhaupt ist diese Box nahezu leer. Von den Dingen, die Irina bei ihrem Ausflug nach Hiddensee dabeihatte, wurde nichts gefunden. Nach der Freigabe durch die Staatsanwaltschaft hat die Familie die Leiche einäschern lassen. Es ist nichts übrig von ihr. Man hat das Gefühl, sie hätte nie existiert.«

Tom sah Sylke erstaunt an. Es schien fast so, als ob sie ihr Unbehagen bei ihm abladen wolle. Als ob sie von ihm Antworten auf ihre Fragen erhoffte. »Dass es so gar nichts mehr von ihr gibt, das findest du auch beunruhigend, oder?«

Sie hob die Hände. »Ich halte mich an Fakten und Aussagen.«

»Apropos: Was hat Hanno Grau eigentlich zu Protokoll gegeben, als du gestern mit ihm gesprochen hast?«

Sylkes Zeigefinger kippte hin und her wie ein kopfstehendes Uhrpendel. »Das führt zu weit, Tom. Dazu kann ich dir nichts sagen. Es gab ein paar Widersprüche.«

»Die Sache mit der Umarmung, die dieser Segler beobachtet haben will?«

»Wenn du sowieso alles weißt, musst du nicht fragen.«

»Warum wolltest du von Milan wissen, was Irina bei sich hatte?«

»Du lässt nicht locker, oder? Der Segler will einen größeren Rucksack gesehen haben. So einen Wanderrucksack. Aber sowohl Hanno Grau als auch deine beiden Freunde haben damals ausgesagt, dass Irina nur einen kleinen Rucksack dabeihatte, in den gerade mal ihr Schwimmzeug und eine Flasche Wasser hineinpassten. Das sind mir zu viele verschiedene Meinungen.«

»Vielleicht war dieser Segler kurzsichtig und hat sich was zusammengereimt.«

»Seemannsgarn, oder was?«

»Oder er hat zu viel Sonne abbekommen.«

Sylke stand endgültig auf. Sie klopfte sich trockenes Gras und Laub von der Hose. »Du weißt, dass ich mit dir über diese Dinge eigentlich nicht sprechen darf. Ich vertraue darauf, dass du dieses Mal nichts weitergibst.«
Tom erhob sich ebenfalls. »Kannst du Gift drauf nehmen. Über die Todesursache von Hanno Grau wirst du mir wohl nichts verraten, oder?«
Sie trat an ihn heran und tippte gegen seine Brust. »Wie gut, dass du das schon selbst verstanden hast.«

Es war so weit. Er stand am Hafen, zum dritten Mal. Die Fähre kam und legte an. Dieses Mal ging Tom an Bord. Es lief ab wie im Film. Alles war einstudiert, jeder Schritt stimmte, jeder Handgriff. Anstellen am Zustieg, Fahrkartenkontrolle, aufs offene Deck spazieren. Ein warmer Ostwind war aufgekommen und strich über sein Gesicht, wie eine Hand, die es gut meinte. Er musste beinahe lachen, so leicht war es. Die Insel entließ ihn aus ihrer Umklammerung, einfach so. Das schabende Geräusch, als der Schiffsrumpf einen Dalben streifte. Das Grollen der Motoren. Wasser schäumte um den stählernen Rumpf. In der Luft das Kreischen der Möwen.
Tom stand an der Reling und ließ seinen Blick über das Hafengelände schweifen. Handwagen, Sonnenschirme, flanierende Touristen. Weiter hinten der *Hafenkater*. Alles war normal. Und dann war doch etwas anders. Vorn an der Pier, zwischen verstreut herumstehenden Menschen, sah er eine Person, die er kannte. Und gleichzeitig nicht kannte. Eine

Frau um die vierzig. Ihre roten Haare wehten im Wind. Es war jetzt noch mehr Film als zuvor. Es war nur noch Film. Nichts von dem, was passierte, geschah in der Realität. Und doch war alles unheimlich nah und überfrachtet mit Sinneseindrücken. Der Wind, der leicht modrige Geruch vom Bodden her, das Geschrei der Vögel, grundiert vom Stampfen des Schiffsdiesels. Er sah das, was er sah. Obwohl es nicht sein konnte. Er befand sich nicht im Zeltkino. Das Zeltkino stand einige Meter weiter auf einer Wiese. Ein halbrunder grüner Tunnel. Oder war diese ganze Insel ein einziges Kino und er eine Figur aus dem Film, der gerade lief? Die Frau machte sich gut als fiktive Figur. Sie trug ein weißes Kleid. Knielang. Wie eine Schauspielerin fuhr sie sich mit der Hand durchs Haar und blickte auf. Nicht zu ihm, sondern ganz allgemein zur Fähre. Sie beobachtete die Fähre beim Ablegen. Er konnte ihr Gesicht in aller Ruhe studieren. Es war ohne Zweifel das Gesicht aus Milans Computer. Zu 99,9 Prozent entsprach es dem Gesicht, das Milans Simulationssoftware aus den alten Irina-Fotos hochgerechnet hatte. Es war die Frau aus dem Computer, ganz sicher. Es war Irina.

Zwischen ihm und ihr lag ein Streifen dunkelgrünen Wassers, der sich schnell verbreiterte. Unbeirrbar glitt die Fähre durch das Hafenbecken. Tom starrte auf die kleiner werdende Frau auf der Pier. Sie wandte sich ab und schlenderte langsam davon. So, wie sich eine Filmfigur in der letzten Szene abwendet und davongeht, in den Abspann hinein, bis irgendwann nur noch ein winziger weißer Punkt zu sehen ist. Vielleicht würde sie sich jetzt ein Eis kaufen. Der Film verriet das nicht. Er ließ es offen. Er ließ alles offen. Die Fähre glitt aus dem Hafen, ein Rucken ging durch den Rumpf. Dann schaukelten die Wellen des aufgerauten Boddenwassers das Schiff sanft hin und her, so, als würde der große, von Norden her zwischen die Inseln ragende, Meeresarm ein Kind in den Schlaf wiegen wollen. Oder als ob er versuchte, einen vollkommen verstörten Menschen zu beruhigen.

Tom erwog, ins Wasser zu springen. Aber dafür fehlte ihm der Mut. Er machte sich auf den Weg zum Schiffsführer, um eine sofortige Umkehr zu verlangen. Aber er wusste, dass es ihm nicht gelingen würde, sein Anliegen nachvollziehbar zu erläutern. Er fürchtete sich in diesem Augenblick vor sich selbst, fürchtete, dass er sich vollkommen irrational verhalten könnte. So sehr, dass man ihn noch in Schaprode ärztlich begutachten und später einweisen würde. Er war verzweifelt, aber ihm blieb nichts anderes übrig als abzuwarten. Er steckte in einem Film und kam nicht raus.

Auch als er festen Boden unter den Füßen hatte, schwankte in seinem Kopf noch alles hin und her. Was hatte er da gesehen? War das möglich? Hatte Milan von Anfang an recht gehabt? Dieser Gedanke war ungeheuerlich. Es kam ihm so vor, als ob der Boden unter seinen Füßen wegbrach. Er stürzte in die Tiefe und das Eigenartige war: Er fühlte sich dabei leicht und wie von einer Last befreit. Endlich durfte er seinen tagelangen Widerstand gegen diese wahnwitzigen Ideen aufgeben. So viele Beobachtungen und Indizien hatte Milan zusammengetragen und jetzt endlich erlaubte sich Tom, ernsthaft darüber nachzudenken, ob die Sache mit

dem inszenierten Verschwinden Irinas nicht doch wahr sein konnte. Er verstand jetzt, wie schockiert Milan gewesen sein musste, als er sie vom Steilufer aus beobachtet hatte. Zwanzig Jahre lang war sie für ihn eine unsichtbare Begleiterin gewesen. Und dann ging sie unten am Strand entlang, um wenig später wieder spurlos zu verschwinden.
Es gab sie also wirklich. Er wusste nicht, wie er das einordnen sollte. Er hatte keine Orientierung mehr. Es fühlte sich so an, als wäre der Rahmen von dem Bild abgefallen, das die Welt darstellte, in der er bislang gelebt hatte. Jetzt konnten alle Elemente dieses Bildes, Menschen und andere Lebewesen, Landschaften und Häuser, Erfahrungen und Gewissheiten frei herumschweifen. Er durchlebte immer wieder diese Momente am Hafen von Vitte, den Wind, die Geräusche und die rothaarige Frau an der Pier. Diese Eindrücke löschten alles in seinem Kopf aus. Seine Planung reichte nur noch für die nächsten zwei bis drei Minuten. Er kaufte ein Ticket zurück nach Hiddensee. Es war später Nachmittag. Was sollte er dann auf der Insel machen? Würde er an diesem Abend noch ein weiteres Mal nach Schaprode fahren können? Er kam gar nicht auf den Gedanken, den Fahrplan zu studieren. Wie in Trance stand er am Bootsanleger, hielt sein Ticket in der Hand und wartete auf die nächste Fähre.
Der Zeitmotor stotterte. Eben noch hatte er ungeduldig ausgeharrt, die Minuten waren schneckenartig vorangekrochen, drüben über Hiddensee sank die Sonne dem Horizont entgegen. Und dann stand er plötzlich wieder im Hafen von Vitte. Zwischendurch, auf der Überfahrt, hatte sein Kopf zehnmal

diesen Film laufen lassen, unterbrochen von blitzartigen Erinnerungen an Milans Worte, Behauptungen und unwirsche Gesten. Hatte er, Tom, Milan drei Tage lang Unrecht getan? *Hafenkater, Inselfisch, Fischerklause.* Er stromerte durch den Hotspot von Vitte, konnte aber keine Frau mit roten Haaren entdecken. Der Eisladen hatte schon geschlossen, der Friseur ebenfalls. Er warf einen genauen Blick auf die Fischkutter, was vollkommen unsinnig war. Wieso sollte sie sich auf einem Fischkutter verstecken? Auch in die Touristeninformation wäre er vorgedrungen, wenn sie nicht verschlossen gewesen wäre. Dann erweiterte er den Suchradius: Achtern Diek, Wiesenweg. Bis zur *Blauen Scheune.* Ohne etwas zu kaufen, eilte er durch die Gänge des Edeka-Marktes. Die misstrauischen Blicke der Kassiererin nahm er auf sich. Als er den fast leeren Gastraum des Restaurants *Seemanshus* inspizierte, kam er sich ausgesprochen dämlich vor. Seit er die Frau mit den roten Haaren gesehen hatte – er weigerte sich nach wie vor hartnäckig, sie Irina zu nennen, nicht mal in Gedanken! – waren beinahe zwei Stunden vergangen. Sie konnte überall und nirgends sein. Die Insel, die doch eigentlich so klein war, erschien ihm in diesem Augenblick so groß wie Kanada und Russland zusammen. Stark verschwitzt, mit schmerzenden Gelenken und einem dumpfen Druck im Kopf begab er sich irgendwann an den Strand. Die Sonne berührte inzwischen beinahe den Horizont, aber es war noch immer mild, der Wind hatte nachgelassen. Wie an jedem warmen Sommerabend kamen Feriengäste hierher, um den Ausklang des Tages zu genießen.

Manche hielten bauchige Gläser mit Aperol Spritz zwischen den Fingern. Die meisten von ihnen wussten nichts darüber, dass an diesem Morgen draußen auf dem Bodden ein toter Fischer gefunden worden war. Sie wussten auch nichts über eine gewisse Irina Kramarov, die vor zwanzig Jahren auf dieser Insel verschwunden war, aber auf eine wundersame Weise noch immer zu existieren schien. Sie war zu einem Gespenst geworden, einer Wiedergängerin.
Tom ließ seinen Rucksack in den Sand fallen, zog sich aus und ging ins Meer. Es störte ihn nicht, dass er verwunderte Blicke auf sich zog. Nacktbaden war an dieser Stelle absolut nichts Ungewöhnliches, aber er wirkte wohl überhaupt nicht wie ein entspannter Urlauber, eher wie ein Verwirrter oder Verzweifelter, der ins Meer ging, um nie wieder zurückzukehren.
Das Wasser brannte eisig auf seiner verschwitzten Haut, aber er ließ sich nicht viel Zeit, um sich daran zu gewöhnen. Er ging drauflos, geradewegs auf den großen orangeroten Ball zu, der zeitgleich mit ihm ins Meer zu sinken schien. Ein gemeinsames Bad mit der Sonne. Eigentlich hätte die Ostsee kochen müssen, aber sie blieb unverschämt frisch. Als er sich mit dem ganzen Körper hineinwarf, konnte er für Sekunden nicht mehr atmen. Er ruderte wild vorwärts, tauchte ein und schloss die Augen. Das garstig kalte Wasser hüllte ihn ein und zog ihn an sich.

Als er zurück zum Ufer kam, hatte er das Gefühl, schwer wie ein Elefant zu sein. Und kalt wie eine Kröte im Win-

ter. Er torkelte durch das flache Wasser und ließ sich in den Sand fallen. Die Sonne war verschwunden, vom Horizont aus erhob sich eine Wand aus tausend Farben, von dunklem Orange über alle möglichen Rottöne bis hin zu Violett. Darüber lag ein blauschwarzer Deckel, gespickt mit den ersten Sternensprenkeln.
Er zitterte am ganzen Körper. Reichlich spät fiel ihm auf, dass er es versäumt hatte, ein Handtuch zu kaufen. Er wischte sich, so gut es ging, den Sand vom Körper, schlüpfte in T-Shirt und Hose und machte sich auf den Weg, immer am Strand entlang. Wie ein Soldat auf einer vollkommen sinnlosen Mission marschierte er an den gelangweilt auslaufenden Wellen vorbei. Plätschernd verspottete ihn die Ostsee. Er musste wieder warm werden. Das lange Bad im Meer hatte ihm keine Klarheit gebracht, aber immerhin hatte es die unaufhörlich laufende Gedankenmaschine verlangsamt, geradezu eingefroren.
Längst war es viel zu spät, um noch von der Insel wegzukommen. Er lief so lange durch die nächtliche Dünenheide, bis er so erschöpft war, dass ihm wirklich nichts anderes übrig blieb, als nach Vitte zurückzukehren. Es gab keine andere Möglichkeit. Er musste zurück zum Haus von Gernot Gartenschlauch, zurück zu Milan. Wie ein verlorener Sohn, ein reuiger Sünder.
Milan hatte sich einen Rattansessel von der Terrasse auf die Wiese geschoben, ein Stück vom Eingang entfernt, als brauche er Abstand von der dunklen Kammer mit den Glasbausteinfenstern. Eine Stirnlampe saß an seinem Kopf und

kippte eine Handvoll kaltes Licht um ihn herum aus, vor allem beleuchtete sie das Buch in seinen Händen. Auf dem Boden stand eine Bierdose.

Tom blieb in drei Metern Entfernung stehen. »Hallo.«

Die Stirnlampe projizierte Milans ruckartige Kopfbewegung als Lichtspiel auf die Wiese. Der grelle Lichtpunkt traf Tom ins Auge. »Hast du schon mal Max Frisch gelesen?«

Tom schüttelte den Kopf. »Hatte nie das Vergnügen.«

»Früher habe ich Frisch nicht gemocht. Ich fand, dass er die ganze Welt belehren will. Und das ist nicht gut. Aber ich muss sagen, dass einiges von ihm ganz intelligent geraten ist.«

»Wie nett von dir. Er hat ein paar Auszeichnungen mehr als du, oder?«

»Auf so etwas kommt es nicht an.«

»Sagt der, der keine hat.«

»Bist du zurückgekommen, um mich zu ärgern?«

Milan verscheuchte eine Mücke, der Lichtkegel der Stirnlampe vollführte einen kurzen, wilden Tanz auf der Wiese. »›Mein Name sei Gantenbein‹, das ist schon eine interessante Geschichte. Ein Mann, der so tut, als wäre er blind. Ist er aber gar nicht. Er sieht die anderen, die aber denken, dass er sie nicht sehen kann. Das ist ganz schön ernüchternd, manchmal auch lustig. Und er erfindet Geschichten über sich selbst. Er zieht sie an, als wären sie Kleidungsstücke.«

»Ja, und?«

»Ich glaube, du denkst, ich wäre so ein Gantenbein, der sich Geschichten anzieht, als wären sie Kleidungsstücke.«

»Der Gantenbein macht das sicher nicht ohne Grund, oder?«
»Er muss etwas verarbeiten, eine Trennung.«
»Soso.«
Der Lichtpunkt sank langsam nach unten. »Du willst mich wirklich ärgern. Deshalb hättest du nicht zurückkommen müssen.«
Tom zögerte. Er hatte ja keine Wahl. Milan verfügte über das einzige Zimmer auf der Insel, in dem Tom jetzt noch unterkommen konnte. Er sagte das, was er sagen musste, wie ein Geständnis, um das er sich lange gedrückt hatte. »Ich habe die Frau gesehen, die du auch gesehen hast. Die Frau mit den roten Haaren.«
Milans Kopf hob sich ruckartig, das Stirnlampenlicht traf Tom wieder genau ins Auge. »Wirklich? Wo?«
»Am Hafen.«
Er stand auf. Seine Stimme klang hell und flatterhaft. »Hast du mit ihr gesprochen?«
»Ich war schon auf der Fähre und die hatte gerade abgelegt.«
»Oh nein! Was für ein Scheiß. Und was hast du gemacht?«
Tom fühlte sich wie ein Insekt auf dem Seziertisch.
»Ich musste bis Schaprode fahren und hab dann gleich die nächste Fähre in umgekehrter Richtung genommen, aber das hat natürlich eine Ewigkeit gedauert. Sie war längst über alle Berge.«
Milan hielt noch immer sein Buch in einer Hand. Mit der anderen fuchtelte er in der Abendluft herum. »Warum hast du mich nicht angerufen? Von hier aus wäre ich in fünf Minuten da gewesen. Ich hätte sie bestimmt getroffen!« Er wandte

sich ruckartig um und beleuchtete die mit Efeu bewachsene Hauswand. »Ich hätte auch das Fahrrad von unserem Vermieter nehmen können, dann wäre ich in weniger als zwei Minuten … « Der Lichtkegel wanderte die Hauswand entlang und fand kein Fahrrad. »Na gut, es scheint nicht da zu sein. Aber ich hätte es geschafft. Ganz sicher!«

An die Möglichkeit hatte Tom tatsächlich nicht gedacht. »Ich war komplett verwirrt. Ich wusste einfach nicht mehr, was ich denken soll.«

Milan blickte verzweifelt nach oben. Der Lichtstrahl der Stirnlampe verlor sich in der Nacht. »Das ist doch … es ist wie verhext! Sie taucht auf und ist dann wieder weg. Aber immerhin wissen wir jetzt, dass sie noch hier ist. Sie war die ganze Zeit auf der Insel!«

Er hielt inne und drehte sich um sich selbst. Das Licht sauste über die Wiese, als wäre es auf der Flucht. »Was will sie hier?« Er wandte sich Tom zu. »Hast du jetzt kapiert, dass Irina noch lebt?«

»Ich bin mir nicht sicher.«

»Nicht sicher? Hattest du nicht das Gefühl, dass diese Frau aussieht wie Irina?«

»Doch, absolut. Aber es spricht einfach so viel dagegen.«

Milan trat ganz nah an Tom heran. »Jetzt komm doch endlich mal runter von deinem hohen Ross. Meinst du nicht, es wäre der richtige Zeitpunkt zuzugeben, dass nicht ich mich in etwas verrannt habe, sondern du? Hast du das Gesicht der Frau erkennen können? Hatte sie Ähnlichkeit mit den Computersimulationen?«

Tom wich einen Schritt zurück. Er war so geblendet, dass er gar nichts mehr sah. Beinahe wie Gantenbein. Aber der war ja in Wirklichkeit gar nicht blind. Tom konnte sich auch keine Geschichten überziehen, als wären sie Jacken. Ihm passten grundsätzlich die meisten Jacken nicht. In diesem Augenblick hätte er allerdings dringend eine brauchen können. Er fror noch immer. Die Ostsee hatte sämtliche Wärme aus seinem Körper gesogen. »Die Frau war dieser Simulation verdammt ähnlich. Nein, anders: Ich hatte das Gefühl, dass sie mit dieser Simulation identisch war. Kannst du dir das vorstellen? Man sieht das Bild eines künstlich geschaffenen Wesens und dann steht dieses Wesen einfach so auf einer Hafenpier herum. Das ist wie in einem Horrorfilm. Was kommt als nächstes? Treffen wir morgen den Yeti oder Shrek?«

»Bringst du es nicht fertig, einfach mal zuzugeben, dass diese Frau Irina ist und niemand anderes?«

»Ich glaube es erst, wenn ich mit ihr gesprochen habe. Und es gibt eine Frage, die absolut nicht geklärt ist: Wessen Leiche lag am Gellen, wenn es nicht Irinas war?«

Resigniert wandte sich Milan ab. »Du bist unverbesserlich. Aber ich werde dir etwas zeigen. Vielleicht überzeugt dich das. Setz dich auf den Sessel.«

Er drückte Tom auf den maroden Rattansessel und gab ihm den aufgeklappten Laptop. Auf dem Bildschirm war eine virtuelle Wand mit Fotos zu sehen: von Irina, ihrem Vater und Hendrik, vom Rechtsmediziner Markstein und dem Fischer Hanno Grau. Es wirkte wie die Pinnwand eines Ermittler-

teams, das die Zusammenhänge eines komplizierten Falls visualisiert hatte. Beim Klicken auf die Bilder vergrößerten sie sich. Es gab auch Fotos von Orten: der Steinwall beim *Schwarzen Peter*, die steppenartige Landschaft am Gellen, eine große Motorjacht in einer sonnenbeschienenen Marina. Milan zeigte auf ein kleines Foto. »Geh mal da drauf.«
Es war das Bild einer jungen Frau, die Tom nie gesehen hatte. »Das ist Helene«, sagte Milan dunkel. »Ihre Geschichte wird dich interessieren. Warte kurz.«
Er verschwand und kam wenig später mit einem zweiten Rattansessel wieder. Bevor er sich setzte, reichte er Tom eine Bierdose und griff sich auch eine neue. Tom hatte den Laptop zugeklappt, Milan schaltete die Stirnlampe aus. Es war inzwischen vollständig dunkel, über ihnen erstreckte sich ein grandioser Sternenhimmel. Milans Worte klangen durch die Nacht, als gehörten sie zu einer Geschichte aus den Weiten des Weltraums. »Helene war eine Studentin aus Köln. Sie war mit ihrem Freund Silvio auf Hiddensee, vier Wochen nachdem Irina verschwunden war. An einem windigen Tag ist sie in die Ostsee gegangen. Es war schon am Abend, die Rettungsschwimmer von der DLRG hatten bereits Feierabend. Silvio war an diesem Tag zu Besuch bei seiner Großtante in Stralsund. Helene ist also allein ins Wasser gegangen. Spaziergänger fanden spätabends ihre Kleidung und ihre Schuhe am Strand. Sie benachrichtigten die Polizei und die Seenotretter. Die ganze Nacht hindurch und auch am nächsten Tag wurde das Meer abgesucht. Doch Helene war nicht zu finden.«

»Wahrscheinlich hat sie die Unterströmungen unterschätzt. Oder ihre eigenen Schwimmfähigkeiten überschätzt. Sowas kommt leider immer wieder vor.«

»Genau so stand es in der Zeitung. Aber ihre Leiche wurde nie gefunden. Die Polizei hat alle anderen Möglichkeiten sehr schnell fallengelassen.«

»Welche anderen Möglichkeiten?«

Milan trank schlürfend von seinem Bier und rülpste leise. Er sprach mit der rauen Stimme eines Verschwörers. »Zeugen haben ausgesagt, dass sich Helene und Silvio am Tag zuvor gestritten haben sollen. Helenes Freunde gaben an, dass er ein schwieriger Mensch sei. Er war besessen von ihr, ein Kontrollfreak. Helene konnte das nicht mehr ertragen. Sie hatte vor, sich von ihm zu trennen, ist dann aber doch nochmal mit ihm in den Urlaub gefahren. Nach ihrem Verschwinden wurde er von der Polizei befragt, aber er konnte ja ein Alibi vorweisen. Deshalb haben sie die Sache nicht weiterverfolgt.«

»Und was denkst du?«

»Es gab einen erstaunlich guten Bericht in der Ostseezeitung. Ich bin erst gestern darauf gestoßen. Wollte aber nichts davon erzählen, solange ich mir unsicher war. Ich habe mich durch viele Facebook-Profile geklickt und bin auf eine Freundin von Helene gestoßen. Vorhin habe ich mit ihr telefonieren können. Sie hat sich damals an die Polizei gewandt, weil sie nicht an das Alibi glaubte. Diese Großtante in Stralsund hat es zwar gegeben, aber sie habe an Demenz gelitten, sagt Helenes Freundin. Sie glaubt, dass Silvio seine

Tante manipuliert hat. Er hat dafür gesorgt, dass sie ihm ein falsches Alibi gibt.«

Tom klappte noch einmal den Laptop auf. Das Foto von Helene war in einem Garten aufgenommen. Sie saß auf einer Bank und lächelte in die Kamera, im Hintergrund blühende Dahlien. Helene hatte halblange, lockige Haare, ein fröhliches, unbeschwertes Gesicht. Tom versuchte sich vorzustellen, wie es ihr gegangen sein musste, mit einem Freund wie Silvio.

»Diese Sache mit dem falschen Alibi von unzurechnungsfähigen Menschen – das kennt man doch aus billigen Krimis. Ich bin da erstmal skeptisch.«

Milan verzog den Mund. »Es kommt in den Krimis ja auch nur vor, weil es hin und wieder tatsächlich passiert.«

»Und wie wird das aufgelöst? Ist das Alibi wirklich gefälscht?«

»Wenn der Krimi gut ist, dann ist das Alibi überraschenderweise echt und der vermeintlich gestörte Mensch gar nicht so manipulierbar, wie man denkt.«

»Spricht eigentlich gegen deine These.«

Milan grinste. »Wer sagt denn, dass wir uns in einem guten Krimi befinden? Das hier ist eine reale Geschichte. Die ist weder gut noch schlecht, die ist so, wie sie ist. Es kommen inzwischen so viele Dinge zusammen, die man eigentlich nicht glauben kann. Und das Verrückte ist, dass sich am Ende, wenn man einen Strich drunter zieht, ein stimmiges Gesamtbild ergibt.«

»Du glaubst also, in Wirklichkeit hat Silvio seine Freundin getötet und am Gellen verscharrt.«

Tom konnte nur noch die Konturen von Milans Gestalt erkennen. Er schien hinter seiner Geschichte zu verschwinden. »Richtig. Und zwei Jahre später wurde eine Leiche gefunden. Alle dachten sofort an Irina. Denn Helene galt ja als ertrunken. Irinas Vater wusste es besser. In dem Leichenfund erkannte er die große Chance, der Erzählung von einem Mord in den Dünen ein plausibles Ende zu geben. Er musste nur jemanden dazu bringen, die menschlichen Überreste vom Gellen als Irina zu identifizieren, obwohl es sich in Wirklichkeit um diejenigen von Helene handelte. Das übernahm sein alter Kumpel Markstein, ein Experte für die Arbeit mit stark verwesten Leichen. Das Ergebnis der Untersuchungen überraschte niemanden. Kramarov ließ die Überreste seiner vermeintlichen Tochter einäschern. Sowohl Irina als auch Helene trugen einen Badeanzug. Dass dieser Badeanzug später aus der Asservatenkammer verschwand, ist ein weiterer Hinweis, der meine Vermutung bestätigt. Wer immer dafür verantwortlich ist – die Person wollte verhindern, dass irgendwann doch noch mal überprüft wird, ob der Badeanzug wirklich Irina gehört hatte. Hat er nämlich nicht.«
Tom trank die Bierdose aus. Er fühlte sich noch immer wie von innen vereist und der Alkohol verbesserte sein Befinden keineswegs. »Können wir vielleicht reingehen? Ich fühle mich wie ein gerupfter Pinguin im antarktischen Winter.«
Milan schmunzelte. »Und? Was hältst du von der ganzen Sache?«

»Ich muss darüber nachdenken. Ich … weiß es einfach nicht. Vor allem muss ich mich aufwärmen.«
Milan schaltete die Stirnlampe wieder ein. Der Schein war greller als je zuvor. Tom fiel erst jetzt auf, dass Milans große Sport- und Reisetasche am Fuß einer schief gewachsenen Kiefer stand.
»Das ist nicht so einfach«, sagte er gedehnt. »Was glaubst du, warum ich den ganzen Abend hier draußen sitze? Unser Vermieter hat mich heute Nachmittag rausgeworfen.«
»Was?!«
»Er meinte, ich stifte hier zu viel Unruhe. Hat wohl die Facebook-Einträge entdeckt und irgendwie rausbekommen, dass ich dahinterstecke. Er war ganz schön angepisst. Ein richtig mieser Typ ist das.«
Tom schüttelte den Kopf. Die Vorstellung, die ganze Nacht im Freien verbringen zu müssen, erfüllte ihn mit Panik. »Weißt du, wie kalt mir ist?«
»Wir werden das schon irgendwie überstehen«, sagte Milan. »Du kannst meinen Schlafsack haben.«

Zum Zähneputzen nutzten sie die Sanitärräume des Seglerhafens. Dann suchten sie sich auf einem benachbarten Grundstück einen Schlafplatz. Im Schein der Stirnlampe konnte Tom Baumaterialien und einen Haufen Kies erkennen. Ein paar Bäume und Buschwerk würden sie vor neugierigen Blicken schützen, wenn es früh am Morgen hell wurde. Wir sind zwei Vagabunden, dachte er. Ausgestoßene, die immer tiefer sinken. Und er selbst tauchte immer mehr in Milans Geschichte ab, die sich wie ein dunkler Ozean um ihn herum zu schließen schien. Wusste er noch, wo sich der Ausgang aus dieser Geschichte befand?

Sie lagen im Gras. Milan hatte sich in seine Jacke gehüllt, Tom steckte im Schlafsack. Der roch nach verstaubtem Dachboden und ein wenig nach Schweiß. Aber Tom war das egal, er hatte das Gefühl, dass er Milan etwas schuldig war. »Ich habe dir noch nicht gesagt, dass ich dich dafür bewundere, wie hartnäckig du deinen Weg verfolgst.«

Milan drehte sich zur Seite. »Schon gut. Danke. Ich weiß, dass ich dir einiges zumute. Und ich bin selbst erstaunt darüber, dass ich auf immer neue Dinge stoße, die meine Vermutungen bestätigen.« Er stützte sich auf den Ellenbogen und sah Tom von der Seite her an. »Wenn ich an einem Theaterstück schreibe, dann komme ich irgendwann immer an einen toten Punkt. Ich habe das Gefühl, dass die Geschichte öde und banal ist. Dass sie niemanden interessieren wird und dass ich sowieso aufhören sollte zu schreiben. Ich könnte dann alle meine Manuskripte und Aufzeichnungen, all die Ideen, die ich noch habe, in eine Tonne stopfen und anzünden. Es ist schrecklich, es fühlt sich an, als ob ich innerlich tot wäre. Mit jedem neuen Stück nehme ich mir vor, diese schlimme Phase zu umgehen. Ich will so gut vorbereitet sein, dass ich mit einem einzigen Schritt über den toten Punkt hinwegkomme. Ich bin überzeugt davon, dass mein Konzept brillant ist und ich das Stück einfach so runterschreiben kann. Aber das erweist sich dann irgendwann als Täuschung. Dann stecke ich wieder fest. Ich muss einfach durch dieses Tal gehen, muss das

Stück und mich durch eine furchtbare Krise bringen, sonst können weder ich noch das Stück überleben. Es ist eine Qual und die Qual kommt immer wieder.«
Tom sah zu Milan rüber, dessen Stimme hohl und tonlos klang. »Und das, was du hier auf der Insel machst, das ist für dich so etwas Ähnliches?«
»Es ist das Gleiche. Nur mit dem Unterschied, dass ich selbst ein Teil des Theaterstückes bin. Dass mein ganzes Leben mit diesem Text verwoben ist und ich die Schmerzen durchlebe, die mit der Geburt dieses Textes verbunden sind. Auch wenn du mir das vielleicht nicht angemerkt hast: Die letzten Tage waren die Hölle. Dieser Streit mit Hendrik hatte etwas mit meiner Verzweiflung zu tun. Natürlich bin ich sauer auf ihn, aber ich hätte ihn niemals so verprügeln dürfen. Gut, dass du mich vor dem Allerschlimmsten bewahrt hast.«
Allmählich kam etwas von der Wärme zurück, die die Ostsee aus Toms Körper gesogen hatte. Und von dem Gefühl, das ihn früher mit Milan verbunden hatte. Dieses Gefühl war vor langer Zeit abgestorben, in dem Jahr, als die Leiche auf Hiddensee entdeckt worden war. Tom hatte sich nicht um seinen Freund und dessen Verzweiflung gekümmert. Er hatte einfach alles ignoriert.
Milan schien seine Gedanken lesen zu können. »Du hast bis heute nichts von dem geglaubt, was ich über Irina gesagt habe. Ist das jetzt anders?«
Es fiel ihm schwer, darauf eine Antwort zu geben, obwohl die Antwort eigentlich klar war. »Es ist, als hätte ich mich durch eine Wand gegraben. Jetzt liegen wir hier und sehen

ins Unendliche, ins All. Über uns Millionen von Sternen. Keine Glasbausteine mehr, kein enges und stickiges Zimmer. Ich glaube, es ist alles möglich. Ja, ich denke, du hast recht und die Frau, die sich hier herumtreibt, ist Irina.«
Er fühlte sich besser, als er den Satz endlich ausgesprochen hatte. Eine Mauer in seinem Kopf war gefallen. »Ich werde morgen früh zurückfahren,« erklärte er. »Aber ich lege einen Halt am Stralsunder Kriminalkommissariat ein. Vielleicht kann ich mit Sylke sprechen. Ich werde ihr erklären, was du rausgefunden hast. Dann sehen wir weiter.«
Milan antwortete nicht. Es war nur eine Art Seufzer zu hören. Als wäre er jetzt endlich, nach drei Tagen harter Arbeit, an sein Ziel gelangt. Oder wenigstens an ein Zwischenziel.
Tom warf einen Blick auf sein Handy. Der Akku hatte noch zehn Prozent Restkapazität. Clara hatte ihn angerufen, aber keine Nachricht hinterlassen. Es war zu spät, um zurückzurufen. Er wollte die letzten zehn Prozent lieber für Notfälle aufsparen und schaltete das Gerät aus.
Seitdem er nicht mehr so sehr fror, waren seine Gedanken wieder ins Rollen gekommen. Er drehte sich zu Milan um. »Es gibt da noch einige Fragen. Wenn die Frau wirklich Irina ist, dann verstehe ich nicht, warum sie sich jetzt hier aufhält. Bislang muss sie ja ein Leben irgendwo anders mit einer anderen Identität geführt haben. Sie hat sich niemals offenbart, obwohl der Grund für ihr Verschwinden doch mittlerweile verblasst sein müsste. Oder glaubst du, dass sie noch immer in Gefahr ist? Warum spaziert sie jetzt plötzlich in aller Offenheit über die Insel?«

»Es ist in diesem Sommer genau zwanzig Jahre her«, sagte Milan leise. »Vielleicht zieht es sie zurück an diesen Ausgangspunkt. Vielleicht fragt sie sich, wie ihr Leben verlaufen wäre, wenn sie mit uns auf der Fähre zurück nach Schaprode gefahren wäre. Wenn sie all das getan hätte, was andere auch getan haben. Ein Studium in Deutschland, eine normale Karriere, eine Familie mit zwei Kindern, was weiß ich. Ihr Leben war vermutlich vollkommen anders. Wir wissen nicht, ob es glücklich verlaufen ist oder nicht. Aber ich fürchte, dass sie damals schwer gelitten hat. Das mit Hendrik, diese … diese Begegnung, das war doch eine Verzweiflungstat. Sie wollte nicht verschwinden, sie wollte mit uns zusammen sein. Vielleicht wären wir beide, sie und ich, ein Paar geworden, ich weiß es nicht.«

Es fiel Tom schwer, in diese getragenen Worte hineinzugrätschen. Aber ihn verfolgte ein Gedanke, den er nicht für sich behalten konnte. »Nimm's mir nicht übel, aber ich könnte mir noch etwas anderes vorstellen. Wenn du mit deinen Vermutungen recht hast, dann hat sich Irina vor zwanzig Jahren in eine vollkommen neue Richtung entwickelt. Vielleicht war es keine gute Richtung. Vielleicht hat sie viel gelitten. Und wen macht sie dafür verantwortlich? Natürlich ihren Vater, der ist inzwischen aber tot. Es muss allerdings noch mindestens eine dritte Person an dieser Aktion beteiligt gewesen sein. Könnte Irina hergekommen sein, weil sie mit dieser Person abrechnen wollte?«

Tom sah, dass Milan ihn anstarrte. Das Weiße in seinen Augen schimmerte, als wären da zwei Lichter. »Du meinst …«

»Sie wäre hergekommen, um Rache zu nehmen.«
»Das ist verrückt.«
»Aber es würde diesen merkwürdigen Zufall erklären: Ausgerechnet in den zurückliegenden Tagen, in denen Irina hier aufgetaucht ist, wird der Fischer Hanno Grau getötet.«
»Nein, Tom, das kann ich mir nicht vorstellen!«

CLARA

Bilder vom Hafen im Sonnenschein.
Eine Möwe auf dem silbrig glitzernden Wasser.
Die Fernsicht auf die Ostsee, aufgenommen am Steilufer.
Ein Ferienhaus, reetgedeckt, im Schatten hoher Bäume.
Ein umgedrehtes Boot, dunkelgrau, beinahe sieht es aus wie ein gestrandeter Wal.
Ein blaues Fahrrad, das an einer mit Efeu bewachsenen Hauswand lehnt.

Tom hatte Fotos geschickt, nichts Besonderes, typische Touristenbilder, manches an der Grenze zum Kitsch. Aber Clara hatte sich das gefallen lassen. Sie war bildersüchtig. Sie hatte das Gefühl, über diese Bilder mit ihm verbunden zu sein. Abgesehen davon war die Verbindung zwischen ihnen im Augenblick eher schwierig.
Auf den Fotos konnte sie die Insel Hiddensee so sehen, wie er sie für den Bruchteil einer Sekunde auch gesehen hatte. Die Bilder waren besser als Toms hilflose Erklärungen, warum er noch immer mit Milan auf Hiddensee herumhing. Sie waren nur ein schwacher Trost, aber immerhin ein Trost. Zwei Tage lang hatte Tom für sein Ausbleiben dubiose Entschuldigungen vorgebracht. Er hatte von Milans hartnäckiger Verschwörungstheorie erzählt. Von offenen Fragen zu den Ermittlungen, die damals nach Irinas Verschwinden von der Stralsunder Kriminalpolizei geführt worden waren. Eher beiläufig hatte er berichtet, dass Sylke auf Hiddensee aufgetaucht war. Zu wissen, dass sich Tom und Sylke zur

gleichen Zeit auf einer Insel herumtrieben, die von oben betrachtet die Gestalt eines leichtfertigen Seepferdchens hatte, machte Clara nervös.
Am Abend des zweiten Tages war Tom nicht wie vereinbart zurückgekehrt. Er hatte sich auch nicht mehr gemeldet. Das letzte, was Clara von ihm bekommen hatte, war das Foto mit dem blauen Fahrrad, das an einer mit Efeu bewachsenen Hauswand lehnte. Und dazu eine kurze Textnachricht mit drei Smileys: »Gehört unserem Vermieter. Gernot Gartenschlauch.«
Anschließend war nichts mehr gekommen. Ob ihm etwas passiert war? Unwahrscheinlich. Er war doch nicht wegen eines aktuellen Falles dorthin gefahren, sondern um seinem Freund Milan beizustehen. Was sollte da passieren?
Clara musste sich erst wieder daran gewöhnen, dass in ihr Sorgen wie klebrige Pilze heranwuchsen. Sie war ein Jahr lang in Amerika gewesen und hatte in dieser Zeit oft wochenlang kaum an Tom gedacht. Und sich auch keine Sorgen um ihn gemacht. Jetzt war es wieder da, dieses dumpfe Gefühl, dass etwas passieren könnte, das weder für Tom noch für sie gut war. Und auch nicht für ihre Beziehung. Sie wollte dieses dumpfe Gefühl vertreiben, doch es waberte hartnäckig durch ihr Inneres.
Mittags hörte Clara im Radio von einem toten Fischer, aufgefunden im Vitter Bodden zwischen Rügen und Hiddensee. Die Polizei wollte noch nichts dazu sagen, ob es sich um einen Unglücksfall oder etwas anderes handelte. Aber es klang tatsächlich eher nach einem Verbrechen. Wahr-

scheinlich hatten Toms Ausflug nach Hiddensee und der tote Fischer nicht das Geringste miteinander zu tun. Und trotzdem gab die Nachricht Claras Sorgen neue Nahrung. Es war der Tag, an dem die Elektriker die Küche neu verkabelten. Dass Tom nicht beim Ausräumen geholfen hatte, ärgerte Clara, aber anders als ihre unerfreulichen Sorgen ließ sich der Ärger begrenzen. Sie nahm das Ausräumen der Küche auf sich, aber im Gegenzug würde sie nichts zur Instandsetzung des Wohnzimmers beitragen. Und auch in der Küche würden nach dem Auftritt der Elektriker aufgeschlagene Wände und offene Kabelkanäle zurückbleiben. Clara musste in der folgenden Woche für ein Kunstprojekt nach Schwerin fahren. Sie würde einfach so lange dortbleiben, bis Tom die Baustelle wieder in Ordnung gebracht hatte. Das war dann sein Part.

Was sollte sie inzwischen tun? Die Wohnung war praktisch unbenutzbar. Sie ließ die Fotos, die Tom auf ihr Handy gefunkt hatte, über den kleinen Bildschirm gleiten. Der Hafen, glitzerndes Wasser, ein blaues Fahrrad. Eigentlich wäre es schön, dachte sie, mal wieder nach Hiddensee zu fahren. Und dann fiel ihr Pia ein. Pia verbrachte, soweit sie sich erinnerte, den Sommer auf der Insel. Sie betrieb zusammen mit einer Frau, die dauerhaft auf Hiddensee wohnte, eine Sommergalerie oben in Kloster, dem Kultur Hotspot der Insel. Sie gab auch Malkurse für Erwachsene und Kinder. Clara konnte sich an amüsante Kneipenabende mit Pia erinnern, damals in Rostock, als Pia studierte und Clara eine Ausbildung absolvierte. Sie hatten sich ein wenig aus den Augen

verloren, aber das war ihr mit einer ganzen Reihe von Menschen so gegangen, spätestens, seit sie ein Jahr in Amerika verbracht hatte. Sie fand es wichtig, die alten Kontakte nicht vollends einschlafen zu lassen.
Pia war begeistert von der Idee, dass Clara für ein paar Tage nach Hiddensee kommen würde. Sie musste sich im Augenblick allein durchschlagen, weil Gudrun, die Hausbesitzerin und Betreiberin der Galerie, im Krankenhaus in Stralsund lag. Blinddarm. Kommt vor. Leider immer dann, wenn es gerade überhaupt nicht passt.
Clara sagte Tom nichts von ihrer Reise. Sie rief ihn nicht einmal an. Es würde eine schöne Überraschung sein, wenn sie auf der Insel auftauchte. Eilig packte sie ein paar Sachen in ihren Rucksack. Sie gab den beiden Elektrikern den Hausschlüssel. Nach getaner Arbeit sollten sie das Haus abschließen und den Schlüssel in den Briefkasten werfen. Die beiden waren etwas verwundert, aber in seiner stoischen Handwerkerart nahm einer der beiden den Schlüssel entgegen, während der andere, in Staub eingehüllt, gerade einen neuen Kabelkanal in die Wand fräste.
Da Tom ihr Auto mitgenommen hatte, musste Clara mit Zug und Bussen fahren. Eigentlich waren es nur wenige Kilometer von Zingst nach Hiddensee, aber die Küstengeografie und der Zustand des öffentlichen Nahverkehrs ließen den Katzensprung zu einer halben Tagesreise anwachsen. Unterwegs hatte Clara viel Zeit zum Nachdenken. Was wollte sie auf Hiddensee? War die Idee, Pia wiederzusehen, nur ein Vorwand? Fuhr sie aus Sehnsucht nach Tom auf die In-

sel? Oder wollte sie ihn überwachen? Als sie auf der Fähre stand und zusah, wie der flache Inselkörper allmählich näher rückte, wusste sie noch immer nicht, warum sie diese umständliche Fahrt auf sich nahm. So sehr sie mit Tom haderte – in einem Punkt hatte er recht: von diesem Eiland ging eine eigenartige Magie aus, die Menschen magnetisch anzog und nicht mehr losließ.
Es war später Nachmittag, als sie in Kloster von Bord ging. Sie hielt sich nicht lange am Hafen auf, sondern lief zügig in den Ort, an Kirche und Friedhof vorbei, dann rechts den Mühlberg hinauf. Da war es auch schon: Ein weiß verputztes Haus mit Reetdach, nichts Spektakuläres, aber wer so eine Immobilie besaß, hatte in Claras Augen das große Los gezogen.
Neben dem Eingang lehnten zwei großformatige Ölbilder, auf denen schlacksige Figuren in grellen Farben um Aufmerksamkeit buhlten. Es war nicht auszumachen, ob es menschliche Figuren sein sollten und ob es sich überhaupt um Lebewesen handelte. Aber sie schienen in Bewegung zu sein, waren mit schwungvollen, fast wilden Gesten auf die Leinwand geworfen. Das war Pia, dachte Clara. Und kaum war dieser Gedanke durch den Kopf gegangen, stürmte der malende Wirbelwind auf sie zu und warf sie mit einer Umarmung beinahe um.
Seit Langem hatten sie sich nicht gesehen und also viel zu erzählen. Sie setzten sich in die Küche, die von einem beinahe hundert Jahre alten Holzofen beherrscht wurde. Von hier aus war die Türglocke gut zu hören, sodass Pia schnell in die Ga-

lerieräume rübergehen konnte, sollten Besucher kommen. Immerhin hatte sie an diesem Tag schon zwei kleinformatige Bilder verkauft. »Die großen Formate laufen nicht gut hier«, erklärte sie, als sie von einem Kundengespräch zurückkehrte. »Ist auch irgendwie klar. Die müssen das Zeug ja mit der Fähre abtransportieren. Das typische Hiddenseebild ist kleinformatig. Für mich ist das nicht so einfach. Ich brauche Platz auf der Leinwand. Viel Platz.« Sie zeichnete einen ausufernden Kreis in die Luft und lachte. Pia war noch immer Pia. Sie war ständig in Bewegung, hatte ein schmales Gesicht, zerfranste, blonde Haare, einen breiten Mund und lachte gern.

Clara erzählte ihr von ihrem Jahr in Amerika, für das sie ein Stipendium bekommen hatte. Von interessanten Begegnungen und einer Ausstellung in einem Kulturzentrum. Sie erzählte auch von Tom. Dass er entgegen aller Versprechungen nicht zurückgekommen war und sich zuletzt auch nicht mehr gemeldet hatte. Dass sie nicht wusste, ob es gut war, wenn er zur gleichen Zeit wie Sylke auf der Insel war.

»Also wenn du mich fragst, dann solltest du dir dringend überlegen, was du eigentlich von dem Kerl noch willst!«, rief Pia empört. »Das würde ich mir nicht gefallen lassen.«

»Bist du mit jemandem zusammen?«, frage Clara zurück.

Pia schleuderte ihre Worte förmlich raus. »Nee! Lass mich bloß damit in Ruhe. Ich hab genug von Beziehungen.«

Clara musste lachen. »Du weißt so genau, was du willst. Das war schon immer so. Bei mir ist alles komplizierter.«

»Es ist doch nicht das erste Mal, dass Tom sich so eigensinnig benimmt. Du musst ihm klarmachen, dass das nicht geht. Oder ihn rauswerfen. Ganz einfach.«

»So einfach ist es nicht«, sagte Clara. »Ich habe da drüben in Amerika eben auch mein Leben gelebt.«

Pia sah sie an, als wäre sie ein Elefant mit zwei Rüsseln. »Ach. Erzähl!«

»Wir müssen das jetzt nicht vertiefen.«

In der Galerie ertönte die Türklingel. Pia sprang auf. »Muss kurz rüberhuschen. Aber heute Abend sollten wir dieses Thema auf jeden Fall vertiefen. Ich hab ein schönes Abendessen vorbereitet und dann machen wir es uns mit einem guten Glas Wein gemütlich.«

»Fantastisch. Bis dahin gehe ich noch etwas raus.«

Clara konnte sich keinen Aufenthalt auf Hiddensee vorstellen, ohne wenigstens einmal oben auf dem Hochland gewesen zu sein, beim Leuchtturm. Es war noch immer warm draußen, sie nahm nur einen dünnen Pullover mit, für später. Zügig ging sie rüber zum Leuchtturmweg, dann aufwärts bis zum Großen Inselblick, das kleine Plateau abseits des Weges, wo die Gemeinde eine Holzskulptur platziert hatte, die ein Bett mit Kopfkissen darstellte. Kunst zum Drauflegen. Clara gefiel das. Sie mochte diese spielerischen Dinge. In der Kunstszene gab es Leute, die sie für naiv hielten, aber Clara fand, dass Kunst nicht kompliziert sein musste. Kunst ist ein Spiel, dachte sie. Ein großes Spiel, das sich mit den Abgründen des Lebens befasst, aber trotzdem ein Spiel bleibt. Vom Großen Inselblick hatte man eine einzigartige Aussicht über den gesamten Südteil der Insel. Ein Ort, von dem aus man alles sehen kann, dachte Clara, ist etwas Verlockendes. Man fühlt sich von solchen Orten angezogen, man sucht den Überblick. Aussichtspunkte und Türme kamen ihr vor wie eine ferne Erinnerung an absolute Herrschaft, an totale Kontrolle. Wenigstens an die Illusion, dass so etwas möglich sein könnte. Aber jede Lüge, jede Intrige, jeden Schlag ins Gesicht eines anderen zu sehen, ist für keinen Menschen auszuhalten. Es war Clara wichtig, sich von den schlechten Nachrichten aus der Welt, von den Krisen und der Gewalt ein Stück weit fernzuhalten. Sie wollte sich am liebsten nicht einmischen, wollte nur beobachten. War sie deswegen schon ein Mensch, der sich die Welt rosarot malte? Hatte Pia recht, wenn sie meinte, dass sie mit Tom ganz anders umgehen müsse? Alles in Frage stellen? Ihre Gedanken flossen durcheinander, sie hatten keine Struktur, sie waren wie die Ostseite von Hiddensee mit ihren Einschnitten, Buchten, Landhaken und Tümpeln. Land und Wasser gingen ineinander über. Die andere Küste, zur Ostsee hin, verlief beinahe gerade, leicht geschwungen, und mit einem hellen Sandstrand gesäumt, auf den jetzt das Licht der tiefstehenden Sonne fiel. Es wäre alles einfacher, dachte Clara, wenn sie in ihrem Inneren auch solch eine klare Linie finden und ihr einfach folgen würde.

Am westlichen Himmel hingen Wolkenschleier, die sich hier und da zusammenklumpten, erste Vorzeichen eines Wetterumschwungs. Das Licht war gedämpft, fast gelblich. Clara wandte sich ab und ging zum Leuchtturm und noch ein Stück weiter, bis zu dem Punkt, von dem aus man auch den Nordteil der Insel überblicken konnte. Über die beinahe baumlose Anhöhe wehte ein angenehmer Wind. Die Ostsee schimmerte graublau, in der Ferne verlor sie sich im Dunst. Clara hatte plötzlich das sonderbare Gefühl, dass sie nun, wo sie alles gesehen hatte, wusste, warum sie nach Hiddensee gekommen war. Sie war gekommen, um etwas zu tun. Sie wusste nur nicht, was es war. Sie musste einfach einen Schritt nach vorn gehen. Vielleicht war es beinahe egal, in welche Richtung sie sich bewegte, nach Süd oder Nord, hin zu Tom oder weg von ihm. Entscheidend war, dass sie einen Schritt tat.

Sie setzte sich auf eine Bank und wählte Toms Nummer. Die Mailbox-Stimme meldete sich. Darauf hatte sie keine Lust. Dass sie auf Hiddensee war, wollte sie ihm lieber persönlich erzählen. Sie blieb noch eine Weile sitzen. Allmählich änderte sich das Licht. Die Konturen wurden prägnanter, Schatten hockten in den Bodensenken und zwischen Zwergsträuchern. Der Himmel verfärbte sich orangerot, vom Meer her war ein notorisches Rauschen zu hören. Für Minuten genoss Clara das Gefühl, dass die Zeit stillstand. Irgendetwas würde bald passieren. Und wenn es nur ein lustiger Abend mit Pia war.

Auf dem Rückweg nach Kloster wählte sie eine andere Route, nicht am Aussichtspunkt vorbei, sondern durch den Wald. Als sie Gudruns Haus beinahe wieder erreicht hatte, hörte sie hinter sich ein Geräusch. Der Mühlberg war einer der steilsten Wege auf Hiddensee, zumindest hier im oberen Bereich, und er war mit krumm und schief liegenden

Betonplatten ausgelegt, nicht gerade die ideale Fahrradpiste. Und doch näherte sich von der Anhöhe her eine Frau auf einem Fahrrad. Sie fuhr so schnell, dass sie angesichts der zahlreichen Absätze und Lücken zwischen den Betonplatten nur mühsam den Lenker halten konnte. Das Fahrrad war himmelblau. Ein himmelblaues Fahrrad? Clara machte das stutzig. Sie wusste später nicht mehr, ob dieses Fahrrad den Ausschlag gab oder der Anblick der Fahrerin. Ihre Haare wippten auf und ab. In der fortschreitenden Dämmerung leuchteten sie in einem kräftigen Rotton.

Ohne nachzudenken unternahm Clara einen radikalen Schritt, einen Schritt in die Mitte des Weges, den sie gerade erst freigegeben hatte. Sie hob die Hand. »Moment mal!«, rief sie. Für Sekundenbruchteile blickte sie in die weit aufgerissenen Augen der waghalsigen Radfahrerin. Die lenkte zur Seite und riss gleichzeitig an der Handbremse. Augenblicklich blockierte das Vorderrad und rutschte zur Seite. Das ganze Gefährt geriet in eine ungute Schieflage, Kies und Staub wurden hochgeschleudert, der Einkaufskorb flog vom Gepäckträger und dann lag das blaue Fahrrad auf dem Weg. Die Fahrerin, die ein weißes Kleid trug, stürzte zu Boden, drehte sich mehrmals um die eigene Achse und blieb vor einem Brombeerstrauch liegen.

Clara war entsetzt, über sich selbst mindestens so sehr wie über den Unfall. Warum hatte sie das getan? Sie sprang sofort zu der verunglückten Frau. »Ach, bitte, das tut mir leid.«

Die Radfahrerin hatte wohl noch gar nicht begriffen, was passiert war. Sie raffte sich auf, fest entschlossen, ihren Weg fortzusetzen, als wäre nichts passiert. Ihre Stimme zitterte. »Ich muss zum Einkaufsladen. Hab gar nichts mehr zu essen da.« In ihrem Gesicht hingen Sand und Lehm und an der Wange war die Haut abgeschürft. Unverkennbar war es das Gesicht, das Clara auf einem Bild gesehen hatte, angeblich das Gesicht der erwachsenen Irina Kramarov, abfotografiert von Milans Computer. Es war vollkommen verrückt!

Sie schob ihre Gedanken zur Seite. Aber vielleicht waren es die Gedanken selbst, die entsetzt wegliefen und ihr Platz machten, damit sie sich auf das Wesentliche konzentrieren konnte. Das weiße Kleid der Radfahrerin war vollkommen verdreckt, an der Wade verlief ein fingerbreiter roter Strich, der aussah, als hätte jemand dort eine Markierung aufgemalt. Sie fasste die Frau, die schon wieder ihr Fahrrad aufheben wollte, an der Schulter und nötigte sie, stehen zu bleiben. »Warten Sie. Ich glaube, Sie haben sich verletzt.« Jetzt bemerkte auch die Radfahrerin das Rinnsal, das ihre hellgrauen Sneaker beschmutzte. »Oh, nein, was ist …« Beim Anblick des Blutes schien ihr klar zu werden, dass sie ihren Weg nicht so einfach fortsetzen konnte. Ihre Stimme zitterte, aber der Plan in ihrem Kopf war hartnäckig. »Ich muss jetzt unbedingt noch einkaufen.« Sie begann zu schwanken. Clara konnte sie auffangen und ließ sie langsam zu Boden gleiten. Sie zwang sich, ruhig zu bleiben. Es lag an ihr, die Sache in die Hand zu nehmen. »Ich glaube, wir sehen erstmal nach, wo Sie sich verletzt haben.«

Inzwischen beobachtete sie die Frau so, wie man eine Patientin betrachtet. Ihr Gesicht war erschreckend blass ge-

worden. Sie würde möglicherweise ohnmächtig werden. Clara drückte ihren Oberkörper auf den Weg und sah sich ihr rechtes Bein an. Unterhalb der Kniescheibe war ein etwa fünf Zentimeter langer Schnitt. Wahrscheinlich war sie beim Sturz an irgendeiner Kante oder an einer Schraube entlanggeschrammt. Sie nahm ein sauberes Taschentuch und drückte es auf die Wunde. Wie konnte sie es befestigen? Irgendwo hatte sie doch noch … richtig. In ihrem kleinen Rucksack lag ein Stück Bindfaden.
»Drücken Sie mal das Taschentuch auf die Wunde, ja?«
Die Frau richtete sich vorsichtig auf. Sie schloss die Augen, während sie das Taschentuch auf ihr Bein presste. Ihr Gesicht wirkte müde, als hätte sie tagelang nicht geschlafen. Clara schlang den Bindfaden um den Unterschenkel.
»Das ist nur für den Moment. Ich wohne hier ganz in der Nähe, es sind nicht mehr als fünfzig Meter. Schaffen Sie das?«
Die Frau nickte.
»Wir haben genug zu essen da. Sie müssen sich keine Sorgen machen. Und Sie müssen auch nicht mehr einkaufen. Ich heiße übrigens Clara.«
Sie hob das Fahrrad auf, schob es an den Wegrand und lehnte es gegen einen Holzzaun. Der Frau zu helfen, war das Einzige, was sie davor bewahrte, in Verzweiflung auszubrechen. Was hatte sie sich nur dabei gedacht, diesen Sturz zu provozieren? Wie konnte sie so dumm und so rücksichtslos sein?

Pia war in dieser komplizierten Situation Gold wert. Sie versorgte nicht nur die Wunde der gestürzten Radfahrerin mit einem richtigen Verband, sondern verbreitete nebenbei auch noch gute Laune. »Für Flugversuche eignet sich die Steilküste besser als der Mühlberg«, verkündete sie. Das war eben Pia. Sie brauchte Betrieb in ihren vier Wänden, und wenn es ein Lazarettbetrieb war. Clara ging derweil in die Küche und deckte den Tisch. Natürlich für drei. Es gab gebackene Scholle und gratinierte Kartoffeln, dazu grünen Salat. Alles war fertig. »Der Salat ist auf Hiddensee gewachsen, die Scholle nicht weit von hier gefangen«, erklärte Pia, als sie in die Küche kam. Sie schien sich versichern zu müssen, dass das Essen bodenständig und echt war. Der unvermutete Notfall hatte sie wohl auch etwas verunsichert. »Nur die Kartoffeln stammen vom Festland.«

Die Radfahrerin betrat humpelnd den Raum und setzte sich auf die Bank. Clara bemerkte, dass sie ihrem Blick auswich. Stattdessen nahm Pia sie ins Visier, kurz, aber streng. »Ich glaube, du bist Maria noch eine Erklärung schuldig, oder?«

Maria also. Hatte Clara ernsthaft damit gerechnet, dass sie sich als Irina vorstellen würde? Nicht nur ihre eigene unerträgliche Dummheit quälte sie, sie fragte sich auch, warum ausgerechnet jene Frau, die Milan für Irina hielt, auf dem blauen Fahrrad fuhr, das wiederum an der efeubewachsenen Wand jenes Hauses gestanden hatte, in dem die beiden … Ach, es war ihr zu kompliziert.

»Es tut mir wahnsinnig leid«, sagte sie, nachdem sie sich mit einem großen Schluck Weißwein gestärkt hatte. »Es muss eine Kurzschlusshandlung gewesen sein.«

Natürlich war das keine zufriedenstellende Erklärung. Maria sah sie zum ersten Mal an. Ihr Augenaufschlag hatte etwas Trotziges und auch etwas Melancholisches. Es waren schöne Augen, groß, im Kern dunkel. »Entschuldigung, aber ich hatte das Gefühl, dass du sehr gezielt in die Mitte des Weges gegangen bist. Und du hast auch irgendetwas gesagt: ›Moment mal‹ oder so etwas.«

Clara rang sich ein Lächeln ab. »Es ist nicht einfach, das zu erklären. Ich … ich habe dieses Fahrrad wiedererkannt. Dieses ganz spezielle Himmelblau. Es gehört einem Mann aus Vitte.«

Maria verzog den Mund. Jetzt klang sie nur noch trotzig und gar nicht mehr melancholisch. »Das habe ich mir ausgeliehen. Ist doch nicht verboten, oder?«

»Natürlich nicht.«

Es war demütigend. Pia hob die Augenbrauen und schüttelte sich. Sie konnte nicht verstehen, was da passiert war, auf dem Weg ganz nahe bei der Galerie.

Sie aßen schweigend weiter, aber Clara spürte, dass sie etwas erklären musste. Sie legte ihre Gabel auf den Teller, lehnte sich zurück und richtete ihren Blick auf Maria. »Ich kenne einen Menschen, der sich zufälligerweise gerade auch auf Hiddensee befindet und fest davon überzeugt ist, dass du eine gewisse Irina bist, die er seit zwanzig Jahren nicht gesehen hat.«

Es war still im Raum. Nur die Kerze, die Pia auf den Tisch gestellt hatte, knisterte.

»Soso, tut er das?«

Pia hielt die Spannung nicht aus. »Was ist denn das für eine Geschichte? Das musst du aber erklären, Clara. Geht es da

um diesen Milan, von dem du vorhin gesprochen hast?«
Es war nicht besonders hilfreich, dass sich Pia einmischte. Maria sah aus, als hätte sie auf eine Gallenblase gebissen. Sie hörte auf zu essen. »So ist das also«, sagte sie leise. Sie versuchte aufzustehen, aber Clara griff nach ihrem Unterarm. »Bitte, es geht mir nicht darum, dich irgendwie ... irgendwie dranzukriegen. Ich verstehe das doch selbst alles nicht. Ich habe eines der Bilder gesehen, die sich auf dem Laptop von Milan befinden.« Während sie sprach, zog sie ihr Handy aus der Tasche und rief das Bild auf, das Tom von Milans Laptop abfotografiert hatte. »Hier. Dieses hier.« Sie hielt das Gerät den beiden abwechselnd vors Gesicht. »Es ist doch völlig klar, dass dieses Bild niemand anderen als dich zeigt, Maria. Zugleich ist es aber so, dass dieses Bild kein wirkliches Foto ist, sondern von einem Computerprogramm errechnet wurde. Dieses Programm wiederum hat ein Jugendfoto von Irina verarbeitet, als sie ungefähr neunzehn Jahre alt war. Es hat ausgerechnet, wie Irina als Vierzigjährige aussehen würde.«
Maria alias Irina hatte sich wieder hingesetzt. Jetzt lachte sie höhnisch auf. »Was? Das hat Milan erzählt!? Dieser ... dieser Scheißkerl! Der würde dir auch einen Elefanten als Kamel verkaufen.«
»Ich finde das nicht lustig«, sagte Clara.
Sofort wurde Maria wieder ernst. »Nein, ist es auch nicht. Eigentlich ist es sehr traurig.«
Pia mischte sich ein. »Kannst du mehr erzählen? So, dass ich Unwissende von den rätselhaften Worten, die ihr hier

wechselt, etwas verstehen kann?«
Maria senkte den Kopf. Sie spießte mit ihrer Gabel eine halbe Kartoffel auf und steckte sie in den Mund. Stoisch kaute sie auf dem Erdapfel herum. Sie schien Zeit gewinnen zu wollen. Irgendwann war sie fertig mit der Kartoffel. »Ich tue das nicht gern«, sagte sie dunkel. »Es ist keine schöne Geschichte. Und nicht gerade schmeichelhaft. Auch für mich nicht.« Sie atmete tief ein und nickte, als ob sie sich selbst einen Ruck geben müsste. »Wahrscheinlich sollte ich ganz vorn anfangen.«
Pia wiegte den Kopf. »Wir haben Zeit. Ist doch so, oder?« Sie zwinkerte Clara zu und goss noch einmal Wein in die Gläser.
Marias Geschichte setzte etwa vier Jahre zuvor ein, als sie Milan bei einer Theaterproduktion in Görlitz kennenlernte. »Ich war Mitglied des Ensembles und wir haben ein Stück von Milan erarbeitet. Es ist ein harter Stoff, handelt von einem Mann, der darunter leidet, dass sein Bruder, seit frühester Kindheit der wichtigste Mensch in seinem Leben, ermordet wurde. Der Mann kommt damit nicht klar, er kommt mit gar nichts mehr klar. Er schlägt seine Freundin, die sich von ihm trennt, er verliert seine Arbeit. Und am Ende wird deutlich, dass er gar nicht derjenige ist, für den er sich ausgegeben hat, sondern derjenige, der diesen Bruder ermordet hat. Es ist ein verwirrendes und zutiefst verstörendes Stück. Ein Stück über Gewalt, über Opfer und Täter und wie diese Rollen sich überschneiden. Die Probenarbeit war unglaublich intensiv, aber auf eine merkwürdige Weise auch beglückend. Und dann kam, kurz vor der Pre-

miere, der Autor in die Probe. Milan. Er wirkte sehr ruhig, sehr gefasst, saß irgendwo im Zuschauerraum und trank, wie wir später hörten, eine halbe Flasche Wodka leer. Am Ende kam er auf die Bühne und erklärte, dass ihn die Inszenierung mitten ins Herz treffe. Und dass sie ihn so sehr belaste, dass er nicht zur Premiere kommen könne. Dann verschwand er und wurde nicht mehr gesehen.«

Pia lachte kurz auf. »Was ist denn das für ein Kauz?«

»Es kommt noch besser«, sagte Maria. »Einige Wochen später bekam ich einen Anruf. Von Milan. Er fragte, ob wir uns treffen könnten. Ich wollte wissen, worum es geht, aber er sagte nur, es habe nichts mit seinem Stück und seinem etwas unglücklichen Auftritt bei der Theaterprobe zu tun. Ich fand ihn als Typ ja ganz interessant und habe mich mit ihm verabredet. Wir waren zusammen essen, später noch in einer Disko und sind dann zu mir gegangen. Es war schön, von mir aus aber nichts wirklich Ernstes. Milan verschwand wieder und meldete sich zwei Wochen lang nicht mehr. Dann trafen wir uns wieder und so ging es weiter, mehrere Monate lang. Irgendwann erzählte er mir, dass ich ihn an eine Frau erinnere, die er mal gekannt hatte, während der Schulzeit. Er erzählte mir von dieser Irina, wie sehr er sie geliebt habe und wie sehr ich ihr ähnlich sehe, nicht nur wegen der roten Haare, sondern auch sonst. Ich sei genau so, wie er sich Irina als erwachsene Frau vorstelle. Er erzählte auch, dass sie im Alter von neunzehn Jahren möglicherweise einem Verbrechen zum Opfer gefallen sei, und betonte gleichzeitig, dass er nicht daran glaube. Ich fand das alles ziemlich unheimlich. Und ich empfand es als sehr unangenehm, dass er sich offensichtlich nur mit mir traf, weil ich dieser Irina so ähnlich sah. Das wollte ich nicht länger mitmachen. Deshalb beendete ich die Affäre.«

»Klingt schaurig«, kommentierte Pia. Clara sog Marias Geschichte auf, als wäre sie der erste Becher Wasser, den man einer Verdurstenden reicht. Auch ihr war das alles unheimlich. Und während sie zuhörte, spürte sie ein dumpfes Ziehen im Bauch. Hatte Tom eigentlich kapiert, was aus seinem Schulfreund Milan geworden war? Hatte er das ganze Ausmaß dieses Wahnsinns verstanden, der ganz offensichtlich Milans Leben von A bis Z beherrschte?

»Ich habe ungefähr drei Jahre lang nichts von ihm gehört«, sagte Maria. »Aber vor einigen Monaten meldete er sich wieder. Ich wollte nichts mehr mit ihm zu tun haben, aber er beruhigte mich gleich, indem er sagte, es ginge um einen Job, den er für mich habe. Man muss dazu sagen, dass ich kurz vorher mein Engagement in Görlitz gekündigt hatte, die Arbeitsbedingungen dort stimmten einfach nicht mehr. Seitdem versuche ich, mich als freie Schauspielerin durchzuschlagen. Es läuft nicht besonders gut. Meist bekomme ich nur Rollen bei kleinen Stadttheatern oder Off-Theatergruppen – da wirst du mit Gagen abgespeist, von denen nicht mal eine Kirchenmaus leben könnte. Also habe ich mich wieder mit Milan getroffen und mir angehört, was er mir zu bieten hatte. Es klang anfangs harmlos und die Bezahlung war gar nicht schlecht. Ich sollte eine Woche hier auf Hiddensee verbringen und mich ein- oder zweimal an einem bestimmten

Ort zeigen. Abgesehen davon dürfe ich nur zum Einkaufen das Haus verlassen. Aber ich wäre in einem schönen Anwesen mit einem großen Garten untergebracht. Ich habe natürlich gefragt, was hinter dieser merkwürdigen Aktion steckt, aber da er hielt sich sehr bedeckt. Schließlich hat er mir doch erklärt, worum es ging: Ich sollte Irina spielen, um jemanden davon zu überzeugen, dass seine Jugendfreundin noch immer lebt. Er wisse keinen anderen Weg, diesen Menschen zum Nachdenken zu bringen. Und er brauche dessen Hilfe.«

»Das ist skurril«, sagte Pia. »Nein. Es ist makaber.«

»Ich habe mir erst mal nicht viele Gedanken gemacht«, fuhr Maria fort. »Die Bezahlung war wirklich gut. Aber als ich dann hier war, wurde mir das doch unheimlich. Milan hat mir Sachen zum Anziehen gegeben, alles irgendwie etwas aus der Zeit gefallen, billige Fummel, doch er tat so, als sei es Haute Couture. Wir haben so eine Art Modenschau veranstaltet, mit Milan als einzigem Zuschauer. Das war ganz schön unangenehm. Und dann ging es erst richtig los: Anhand von alten Fotos haben wir Irinas Körperhaltung studiert, ich musste sie imitieren. Ihre Bewegungen und Mimik, typische Gesten. Milan hatte zwar behauptet, es ginge nur darum, diesen Freund zu überzeugen, dass Irina noch lebe, aber ich hatte in jeder Minute das Gefühl, dass es genauso sehr darum ging, dass ich Milan eine Geschichte vorspielte, an deren Gültigkeit er glauben konnte, weil er unbedingt daran glauben wollte.

Am zweiten Tag haben wir uns früh morgens am Hafen von Vitte verabredet, noch vor fünf Uhr. Es war menschenleer, nicht mal ein Fischer war dort. Wir studierten einen Auftritt an der Pier ein. Ich sollte mich hinter dem Gebäude der Reederei verstecken und erst in Erscheinung treten, wenn die Rampe zur Fähre nach oben gefahren und die Leinen gelöst wurden. Ich sollte gedankenverloren über die Pier gehen, mich dabei aber so deutlich zeigen, dass man von der Fähre aus mein Gesicht gut erkennen konnte. Zu diesem Auftritt gehörte dieses weiße Kleid, was ich tragen sollte, sodass ich auf jeden Fall jemandem auffallen würde, der an Deck steht und das Ablegen der Fähre beobachtet. Wir haben etwa eine Stunde lang geübt. Milan war besessen von dieser Szene, immer wieder musste ich sie spielen. Hätte er sich als Regisseur bei einer Theaterprobe so aufgeführt, wäre ich ihm an die Gurgel gegangen. Ich hatte das Gefühl, dass er am Ende vollkommen in der Vorstellung gefangen war, ich sei wirklich Irina. Einige Male hat er mich auch mit ihrem Namen angesprochen.«

Maria hielt inne und dieses Mal fiel sogar Pia nichts mehr ein. Sie schüttelte nur stumm den Kopf. Dann wandte sie sich Clara zu. »Und wenn ich das richtig verstanden habe, ist Tom mit diesem Typen befreundet? Das ist unheimlich, wirklich. Das ist spooky. Ich kann's nicht anders sagen.«

Clara hatte Marias Erzählung schweigend gelauscht. Sie war regelrecht in sie hineingerutscht. Es fühlte sich an, als ob sie in ein Loch stürzen würde, das sich im Boden aufgetan hatte, zusammen mit Steinen und Erdreich, mit Pflanzen und Teilen von Häusern. Und irgendwann stürzte so viel Material hinter ihr her, dass sie darunter begraben wurde. Sie wehrte sich dagegen, aber es war kaum möglich, dem Gewicht der nachrutschenden Dinge standzuhalten.

»Du hast … du hast diese Szene an der Pier nicht nur geprobt, du hast sie auch gespielt, am helllichten Tag, während eine Fähre abgelegt hat?«

Maria nickte. »Heute Nachmittag war es soweit. Milan hat mich angerufen und mir gesagt, mit welcher Fähre sein Freund, also dieser Tom, zurückfahren wollte. Da vollführte ich dann den von Milan inszenierten großen Auftritt.«

»Das heißt, er wollte tatsächlich zurückfahren.« Clara legte einen gewissen Nachdruck in diesen Satz. Sie hatte inzwischen das Gefühl, dass Pia Tom für einen Vollidioten hielt, weil er sich tagelang mit einem Menschen wie Milan herumschlug. Und Clara wollte unterstreichen, dass Tom – wenn auch sehr spät – den Entschluss gefasst hatte abzureisen. Immerhin das hatte er geschafft.

»Ja, ich habe ihn gesehen«, sagte Maria. »Milan hatte mir ein Foto geschickt, das er vor zwei Tagen heimlich aufgenommen hat. Tom ist an Bord gegangen. Und er ist auf dem unteren Deck geblieben, da, wo auch die Fahrzeuge stehen. Oben ist ja alles verglast, da hätte ich ihn nicht sehen können, aber unten, da konnte ich ihn gut erkennen. Und ich bin mir sicher, dass er mich bemerkt hat. Deswegen vermute ich auch, dass er später wieder auf die Insel zurückgekehrt ist. Das muss ihn wirklich schockiert haben, als er mich gesehen hat – also Irina. Nachdem er sich tagelang gegen den Gedanken gewehrt hat, dass sie noch lebt.«

Sie gab ein raues Lachen von sich. Clara versuchte noch immer zu begreifen, was sie da gehört hatte. »Du … du warst also die ganze Zeit nur auf der Insel, um Tom diese Szene vorzuspielen?«

»Ganz am Anfang musste ich für Milan am Strand entlangspazieren.« Maria wies mit dem Kopf in Richtung Ostsee. »Da drüben irgendwo, bei der Steilküste. Das hat er dann mit dem Handy aufgenommen und Tom gezeigt. Er hatte auch ein sehr gutes Fernglas. Das beides zusammen – die verpixelten Handybilder und das Fernglas – sollten Tom in die Geschichte reinziehen. Er sollte angefixt werden, aber durfte auch erstmal seine Zweifel ausleben. Und dann hat Milan ihn Schritt für Schritt in seine Wirklichkeit geholt.«

Pia seufzte und stand unvermittelt auf. »Ich brauche noch was zu trinken. Ihr habt sicher nichts dagegen, wenn ich den Gin hole.« Im Weggehen sprach sie mit sich selbst. »Warum macht man so etwas?«

Clara war noch nicht so weit, sich mit solchen Fragen zu beschäftigen. Sie konnte einfach nicht glauben, was sie gerade erfahren hatte. Sie brauchte weitere Details. »Hattest du zwischendurch Kontakt zu Milan? Habt ihr telefoniert?«

»Einige Male, aber immer nur kurz. Von dem Moment an, als Tom nach Hiddensee kam, stand er total unter Strom. Es lief nicht gut. Der Plan stand kurz vor dem Scheitern, weil Tom für Milans Theorie überhaupt nicht zugänglich war und eigentlich gleich wieder abreisen wollte. Und dann ist ihm auch eine Panne passiert: Eigentlich wollte er weiterhin hier oben in Kloster wohnen, aber ihm wurde klar, dass es gefährlich war, wenn Tom hier auch übernachtete. Er hätte mich ja vielleicht doch mal beim Einkaufen treffen können. Mit viel Mühe fand Milan dann eine Unterkunft in Vitte. Und die beiden haben wohl tatsächlich einige Dinge herausgefunden, die Milans Verdacht bestätigen, dass Irinas Tod möglicherweise vorgetäuscht worden sein könnte.«

»Ach, wirklich?«

»Ja, es gab mehrere Hinweise. Und das hat ihn beinahe verrückt gemacht. Sogar diese Polizistin …«

»Sylke«, unterbrach Clara sie und warf Pia zugleich einen grimmigen Blick zu.

»… diese Sylke kam nach Hiddensee, um die Ermittlungen zu überprüfen, die damals gelaufen sind, nach Irinas Verschwinden. Milan war absolut überzeugt von seiner These, doch Tom hat ihn immer wieder vor den Kopf gestoßen. Er hat sich mit Händen und Füßen gewehrt – so hat Milan es ausgedrückt. ›Er zappelt noch‹, hat er gesagt.«

Jetzt musste Clara doch lächeln, obwohl sie das Ganze überhaupt nicht lustig fand. Denn in diesem Augenblick erkannte sie ihn endlich wieder. Er hatte sich nicht einfach durch Milans raffiniertes Spiel manipulieren lassen. Er hatte seinen trotzigen, eigenen Kopf behalten. Aber war ihm das auch an diesem Tag noch gelungen? Als ihm die falsche Irina leibhaftig erschienen war, auf der Pier, wie auf einer Bühne?

Pia stellte drei Gläser mit Gin-Tonic auf den Tisch. Es war eine gute Mischung, nicht zu viel Tonic Water. Clara fühlte sich schon vor dem ersten Schluck leicht benebelt. Dabei musste sie doch einen klaren Kopf behalten. Sie wollte alles verstehen, was hier passiert war. Wieder wandte sie sich Maria zu. »Du solltest doch das Grundstück nicht verlassen. Wie bist du an das Fahrrad gekommen?«

Maria nickte und starrte auf das Glas. Es war ihr anzumerken, dass ihr dieser Teil der Geschehnisse besonders unangenehm war. »Ja, das war so: Gestern hat Milan ein paar Kurznachrichten geschrieben. Er konnte wohl nicht telefonieren. Sein alter Freund Hendrik war aufgetaucht. Eigentlich war das in seinem Plan durchaus eine Option, aber ich hatte das Gefühl, dass es ihn dann doch überrascht hat. Und er war ganz schön nervös. Er schrieb, irgendetwas sei komisch mit Hendrik. Sie wollten abends zum Leuchtturm am Gellen gehen und Milan glaubte, dass da etwas passieren würde.«

»Und da bist du auch dahin?«

»Das war ja nicht so einfach. Ich hatte kein Fahrrad und von Kloster bis zum Gellen, das ist ganz schön weit. Aber ich konnte ein Stück mit einer dieser Kutschen mitfahren. Trotzdem bin ich erst spätabends angekommen. Es war schon dunkel. Kurz vor dem Leuchtturm kam mir jemand entgegen, der es sehr eilig hatte. Kurz vorher hatte ich dieses Fahrrad entdeckt, das zwischen zwei Büschen stand. Und ich hatte das Gefühl, dass der Mann, der mir entgegenkam, eigentlich zu dem Fahrrad wollte. Aber als er mich sah, bog er ab und ging irgendwo anders lang. Ich glaube, er wollte nicht in meine Nähe kommen.«

»Und was war am Leuchtturm los?«

»Keine Ahnung. Die drei waren ziemlich betrunken und es sah so aus, als ob sie sich geprügelt hätten. Jedenfalls musste Tom diesen Hendrik stützen, der auf mich ganz schön ramponiert wirkte. Und Milan klopfte sich Sand von den Klamotten. Er war irgendwie wütend. Tom lotste Hendrik Richtung Neuendorf und Milan trottete hinterher. Sie kamen direkt auf mich zu, aber sie waren ja nicht sehr schnell. Ich wollte auf keinen Fall entdeckt werden und lief ihnen voraus. Als ich an der Stelle vorbeikam, wo das Fahrrad gestanden hatte, sah ich, dass es noch immer da war. Da habe ich mir das Ding geschnappt und bin losgeradelt. Zu Fuß hätte ich ja die halbe Nacht gebraucht.«

Clara spürte einen Stich. Was Maria da erzählte, war nicht mehr nur eine verrückte Geschichte. Dieses Spiel war längst gekippt. Sie verstand nicht, um was es ging, aber es war klar, dass Milan eine üble Kette von Geschehnissen in Gang gesetzt hatte. Aus einer fixen Idee war längst eine blutige Realität geworden. Und möglicherweise hatte der Tod dieses Fischers ja auch etwas damit zu tun. Hatte Maria das nicht verstanden?

»Wieso hast du nach diesem Erlebnis noch weitergemacht? Merkst du nicht, dass Milans Spiel eine zerstörerische Wirkung entfaltet?«

Maria sah sie betroffen an. »Für mich war das ein Job. Verstehst du? Ich kannte weder Tom noch Hendrik und ich bin davon ausgegangen, dass Milan mit dem Ganzen etwas in Bewegung bringen wollte. Er wollte eine vollkommen festgefahrene Situation auflösen. Ich habe ihm geglaubt, als er sagte, es würde nicht anders gehen.«

Clara schüttelte den Kopf. »Ihr habt Tom etwas vorgespielt. Das ist nicht fair. Es ist alles inszeniert. Wie in einem Theaterstück.«
Maria schob ihren Teller ein Stück von sich weg und nahm ihr Glas in die Hand. »Es *ist* ein Theaterstück. Theater ist Milans Leben. Oder anders gesagt: Sein Leben und das Theater lassen sich nicht trennen. Wenn er nicht Autor wäre, würde ich sagen, er muss dringend in psychiatrische Behandlung. Aber ich weiß gar nicht, ob man so etwas behandeln kann. Und ob es nicht einfach zu ihm gehört.«
Clara spürte plötzlich Wut in sich aufsteigen. »Du schaust dir das an und spielst dabei mit, wie ein Mensch seinen Freund mit einer Lügengeschichte in eine Krise stürzt? Findest du das okay?«
Maria rutschte auf ihrem Stuhl hin und her und warf Clara einen dieser dunklen Blicke zu. »Es war eine schlimme Woche, auch für mich. Aber ich muss mich auch etwas wundern, dass dein Tom nicht kapiert, was hier eigentlich vor sich geht.«
Beinahe wäre Clara aufgesprungen, aber Pia hielt sie am Arm fest. »Kommt, lasst uns jetzt bitte nicht streiten. Ich bin noch ganz geschockt von dieser Geschichte. Die macht uns alle fertig, glaube ich. Aber es wäre doch dumm, wenn wir uns jetzt hier an die Gurgel gehen.«
Da hatte Pia wieder mal recht. Clara spürte, dass diese Sache drohte sie aufzusaugen. Sie wollte und musste etwas tun. Ihr Blick aufs Handy zeigte nichts Neues. Tom hatte nicht versucht, sie anzurufen. Sie wusste nicht, wie sie ihm erklä-

ren sollte, was sie an diesem Abend erfahren hatte. Wie sehr er von seinem Freund Milan hintergangen worden war. Es war wohl besser, mit ihm direkt darüber zu sprechen, nicht am Telefon. Und in einem Moment, in dem Milan nicht in der Nähe war. Sonst würde niemand für sein Wohlergehen garantieren können. Clara war sich sicher, dass die Freundschaft zwischen den beiden schon bald ein Ende finden würde.

»Clara, alles in Ordnung?« Pias Stimme drang von fern an ihr Ohr. Die beiden Frauen beobachteten sie mit einer Mischung aus Neugier und Sorge.

Sie versuchte ein Lächeln. »Ja, ja, schon gut. Ich versuche nur, das alles zu verarbeiten. Ist nicht einfach.«

Maria legte ihre Hand auf Claras Arm. »Ich kann das gut verstehen. Entschuldige bitte, wenn ich eben etwas zu forsch war. Mir geht es mit dem Ganzen hier wirklich nicht gut. Ich will einfach nur weg von dieser Insel. Morgen werde ich so früh wie möglich abreisen.«

Pia nickte. »Das ist nachvollziehbar. Und was soll mit dem Fahrrad passieren?«

Maria zuckte mit den Achseln. Bevor sie etwas sagen konnte, mischte sich Clara ein. »Um das Fahrrad kann ich mich kümmern. Ich würde mich gern mit dem Besitzer unterhalten.«

TAG 4

CLARA

Pia verbrachte seit einigen Jahren jeden Sommer auf Hiddensee. Wenn sie von der Insel und ihren Bewohnern sprach, hatte Clara das Gefühl, dass dort jeder jeden kannte. Das stimme nicht ganz, behauptete Pia. Die meisten würden nicht jeden kennen, sondern nur jeden Zweiten. Wenn aber die Durchschnitts-Hiddenseer jeden Zweiten kannten, kannten sie indirekt doch jeden. Über diejenigen, die sie nur indirekt kannten, sprachen sie nur mit denjenigen, die sie direkt kannten. Pia war überzeugt davon, dass es Hiddenseer gab, die seit Jahren übereinander sprachen, aber sich nie leibhaftig begegneten. Klar, dass in dieser Konstellation eine Menge Gerede in Umlauf kam, von dem das meiste nicht besonders freundlich klang und nur die Hälfte stimmte. Das, erläuterte Pia, sei der Nachteil einer kleinen Inselgemeinschaft, die bei alltäglichen Problemen gut zusammenhielt. Und schließlich gab es in diesem Wer-kennt-wen-Geflecht auch einige wenige Inselbewohner, die tatsächlich niemand zu kennen schien. Zu denen zählte auch Toms Vermieter Gernot Gartenschlauch, dessen wahrer Nachname vorläufig nicht herauszubekommen war.

Am Morgen nach der denkwürdigen Begegnung mit Maria saßen Pia und Clara am Frühstückstisch und besprachen, wie sie den Kontakt zu Gernot Gartenschlauch herstellen konnten. »Einfach hinfahren und das Fahrrad abstellen«, sagte Pia. Aber Clara wollte es komplizierter. Sie hätte gern vorher telefonisch Kontakt aufgenommen.

Pia rief zunächst ihre Galerie-Kollegin Gudrun an, die im Krankenhaus in Stralsund lag. Aber auch die kannte Gernot Gartenschlauch nicht, obwohl sie seit vielen Jahren dauerhaft auf Hiddensee wohnte. Weil sie sich im Krankenhaus langweilte, telefonierte sie eine Stunde lang auf der Insel herum (wobei vermutlich wieder etliche Gerüchte ausgetauscht wurden) und irgendwann erreichte sie jemanden aus der Nachbarschaft von Gernot Eggert – so lautete der richtige Name des Mannes. Ein unauffälliger Mensch, hieß es. Er lebe zurückgezogen und allein in seinem Haus, sei angeblich Frührentner, aber das wusste auch der Nachbar nicht genau. Nach längerem Suchen in verschiedenen Notizbüchern fand er schließlich eine Telefonnummer, von der er glaubte, dass sie möglicherweise diejenige von Gernot war. Sie saßen schon seit über einer Stunde am Frühstückstisch und Clara hatte in dieser Zeit dreimal vergeblich versucht, Tom zu erreichen. Sie machte sich inzwischen Sorgen um ihn. Es waren die dunklen Sorgen, nicht die klebrigen Sorgen, bei denen Sylke eine Rolle spielte. Als Pia ihr den Zettel mit der Telefonnummer von Gernot Eggert reichte, seufzte sie erleichtert auf. »Wenigstens etwas.«

»Ich finde das Ganze merkwürdig«, sagte Pia, die sich jetzt schon länger mit Gernot beschäftigt hatte, als ihr lieb war. »Dieser Mann hat seit Jahren keine Zimmer mehr vermietet. Und jetzt auf einmal fängt er wieder damit an? Warum? Und warum spioniert er dann Tom und Milan hinterher?«

»Tut er das?«

»Ja, sicher. Maria hat doch beobachtet, wie er sich eilig von dem Treffen der drei am Leuchtturm entfernt hat.«

»Könnte Zufall gewesen sein, dass er an dem Abend auch dort war.«

Pia schüttelte den Kopf.

»Also ich finde, das ist zu viel Zufall.«

Clara musste lachen. »Du steigerst dich ja richtig in die Sache rein. Hätte ich nicht erwartet.«

»Ich auch nicht. Ich will mit diesem Gernot gar nichts zu tun haben. Aber mir gefällt das alles nicht. Warum treibt sich jemand aus Vitte spätabends an diesem einsamen Leuchtturm herum?«

Clara lächelte. »Und wenn er nicht allein war?«

»Du meinst ...?«

»Er könnte sich doch mit seiner Geliebten getroffen haben, vielleicht eine verheiratete Frau hier von der Insel. Die beiden wurden durch die lautstarke Auseinandersetzung am Leuchtturm gestört und die Dame ist geflüchtet.«

»Nein, das kann ich mir nicht vorstellen. Der Nachbar sagt, dass Gernot sehr zurückgezogen lebt. Kaum jemand kennt ihn. Für mich klingt das alles nach einem Plan. Der Mann wollte Milan und Tom überwachen.«

Clara schüttelte den Kopf. »Das kann eigentlich nicht sein. Erst an dem Tag, als Tom auf die Insel gefahren ist, hat Milan beim Hiddensee-Service nach einem Zimmer gefragt.

Das hat er mir erzählt, als er noch mit mir telefonierte.« Sie brach ab und kniff sich so fest ins Ohrläppchen, dass es wehtat. Es gefiel ihr nicht, dass ihr eine so sarkastische Bemerkung über Tom herausgerutscht war.

»Na, jetzt verstehst du langsam, wohin es mit Tom geht, oder?«

Clara überging Pias Stichelei. »Die beiden sind nur durch Zufall an das Zimmer gekommen und …« Sie hielt inne.

»Was ist?«, fragte Pia.

»Also, es gibt da diese Facebook-Seite. Milan hat darauf etwas über seine Reise nach Hiddensee geschrieben. Da stand, dass er zum Tod von Irina noch offene Fragen habe und deshalb auf die Insel gefahren sei. Wenn der Hiddensee-Service bei seiner Rundmail an mögliche Vermieter beispielsweise Milans Namen genannt hat, dann konnte Gernot ohne Probleme die Verbindung zur Facebook-Seite herstellen. Und wusste, dass Milan die Irina-Geschichte ausgraben wollte.«

Pia hielt sich die Hand an den Mund. »Das wird es sein! Diese Zimmervermietung war kein Zufall. Gernot hat sich da ganz gezielt angeboten.«

Clara war sich schon wieder unsicher. »Das ist nur so eine Theorie. Vielleicht doch eher unwahrscheinlich, oder?« Sie wählte ein weiteres Mal Toms Nummer. Wieder kam keine Verbindung zustande. »Das ist nicht seine Art«, murmelte sie.

Pia verzog den Mund. »Ich will ja nicht wieder damit anfangen …«

»Dann lass es doch einfach.«

»Ich mein ja nur.«

Clara atmete tief ein und wieder aus. Die Ereignisse des Vorabends hatten vieles verändert. Sie spürte, dass sie sensibler auf Pias kleine Spitzen reagierte als sonst. »Das mit Tom und mir«, erklärte sie, »ist etwas Besonderes. Das musst du einfach wissen. Wir sind uns einerseits sehr nahe, aber dann auch wieder gewaltig über Kreuz. Ich glaube, bei anderen Paaren läuft die Beziehung irgendwie gleichmäßiger, als ob sie bei Windstille auf dem Bodden herumdümpeln. Bei Tom und mir ist oft Sturm angesagt. Das ist normal, mach dir nicht so viele Gedanken.«
Halb amüsiert, halb irritiert betrachtete Pia das Croissant, das sie gerade mit Butter bestrichen hatte.
»Okay, ich glaube, ich hab's verstanden.«
Clara richtete sich auf und griff zum Telefon. »Ich rufe den Typen jetzt an. Ich muss mich unbedingt darauf konzentrieren, dass ich ihn nicht mit ›Herr Gartenschlauch‹ anspreche.«
Unter Pias neugierigen Blicken wählte sie die Nummer von Gernot Eggert. Es dauerte quälend lange, bis etwas passierte. Dann meldete sich eine knarzige und abweisende Stimme. Es wirkte so, als sei Gernot gerade bei einer wichtigen Tätigkeit gestört worden. Claras Herz klopfte, als sie ins Gespräch einstieg.
»Vermissen Sie ein himmelblaues Fahrrad, Herr Eggert?«
Eigentlich eine einfache Frage, aber der Mann zögerte ungewöhnlich lange. »Wer will das wissen?«
»Ich bin hier für eine Woche zum Malen und habe das Fahrrad zufällig in Kloster entdeckt.«

»Woher wollen Sie denn wissen, dass es mein Fahrrad ist? Und woher haben Sie meine Telefonnummer?«
Clara versuchte, das Misstrauen, das ihr von der anderen Seite der Verbindung entgegenschlug, auszublenden. Sie sprach mit größtmöglicher Freundlichkeit. »Entschuldigung, das hatte ich nicht erwähnt. Ich habe das Fahrrad fotografiert, als ich vor ein paar Tagen an Ihrem Haus vorbeikam. Und dieses Himmelblau, das ist ja nicht zu verwechseln. Ein Nachbar, den ich zufällig kenne, gab mir Ihre Telefonnummer.«
Es entstand wieder eine kurze Pause. Gernot schien zu überlegen, ob diese Geschichte stimmen konnte. Erstaunlicherweise gab er sich damit zufrieden. »Es wäre gut, wenn Sie mir das Fahrrad zurückgeben könnten.«
»Kein Problem. Ich wollte sowieso nach Vitte, dann bringe ich es Ihnen einfach vorbei. Ungefähr in einer Stunde, okay?«
Gernot war einverstanden.
Aber Pia sah Clara verwirrt an. Obwohl das Gespräch längst beendet war, sprach sie nur im Flüsterton. »Warum erzählst du ihm diesen Unfug? Eine Woche zum Malen hier? Zufällig fotografiert? So ein Quatsch.«
Clara lächelte. »Das ist meine Art, die Dinge anzugehen. Ich hatte das Gefühl, dass es besser ist, mit einer harmlosen Geschichte anzufangen. Wenn ich dem Mann dann gegenüberstehe, werde ich ihn mit einer anderen Geschichte konfrontieren. Mal sehen, was er dann sagt.«
Pia nickte anerkennend, aber ihr Gesicht verriet auch Skepsis. »Das heißt, du fährst jetzt dahin und fragst ihn?«

»Klar. «
»Bist du sicher, dass du dich allein mit ihm treffen willst? Also, ich kann nicht von hier weg.«
»Ist okay. Das habe ich nicht von dir erwartet.«
»Ich weiß nicht, ob das Ganze eine gute Idee ist.«
»Doch, ist sie. Bestimmt.«

»Hier ist Ihr Fahrrad«, sagte Clara und deutete auf das himmelblaue Gefährt, das sie vor Gernot Eggerts Haus abgestellt hatte. Der schmächtige Mann lugte aus seiner Haustür wie eine Giftspinne aus ihrem Versteck. Er hatte dünnes, graues Haar und ein fein geschnittenes Gesicht mit einem stechenden Blick. Sein graublau kariertes Hemd hatte er wohl schon sehr oft getragen. Am Kragen und den Ärmelaufschlägen war die Farbe ganz blass.
Clara hatte erwartet, dass der Mann sich bedanken würde. Aber das fiel ihm ganz offensichtlich schwer. Mehr als ein etwas verkrampftes ›Na, dann‹ brachte er nicht hervor. Wahrscheinlich fiel es ihm ganz grundsätzlich schwer, so etwas wie Dankbarkeit zu empfinden. Clara blieb bei ihrem freundlichen Ton. »Kommt das hier öfter vor, dass etwas gestohlen wird?«
»In letzter Zeit schon«, sagte Gernot. »Früher war das nicht so.«
»Das ist ja schade. Hat das Fahrrad jemand hier vom Haus weggenommen?«
Herr Eggert nickte. »Ja, ja, direkt hier an der Wand stand es.« Er zeigte auf die mit Efeu bewachsene Hausseite, die

Clara auch auf Toms Foto gesehen hatte. »Hatte es wohl nicht abgeschlossen.«
Clara nickte und blieb freundlich. »Irgendwie kann das nicht stimmen.«
»Wieso? Was soll nicht stimmen?«
»Ich habe das Fahrrad in Kloster nicht einfach so gefunden. Eine Frau gab es mir, die Sie und das Fahrrad vorgestern spät abends gesehen hat, und zwar in der Nähe vom Leuchtturm am Gellen.«
Die Augen ihres Gesprächspartners verengten sich ein wenig und auf seiner Stirn erschien eine gefährliche Falte. Er tat sich nicht nur mit Dankbarkeit schwer. Er konnte auch keinen Widerspruch vertragen. Clara wartete nicht auf seine Entgegnung. »Ich glaube, dass Sie am Leuchtturm waren, weil Sie Ihren beiden Mietern gefolgt sind. Sie haben hier einen gewissen Milan Mikitsch beherbergt. Ist er noch da? Oder ist er abgereist? Jedenfalls wussten Sie, dass er etwas über den Tod einer Schülerin herausfinden will, die vor zwanzig Jahren unten am Gellen getötet wurde. Und ich glaube auch, dass Sie etwas über diese Tat wissen. Was das ist und ob sie selbst in dieses Verbrechen verwickelt sind, weiß ich nicht. Aber ich bin mir sicher, dass es bald herauskommen wird. Wollen Sie dazu etwas sagen?«
Sie hatte ihren Text zügig vorgetragen. Und sie hatte sich, was nicht einfach war, gezwungen, in die eisblauen Augen von Gernot Eggert zu blicken. Sein Gesicht erschien jetzt wie aus Stein. Mit einer Hand hielt er sich am Türrahmen fest. Es war klar, dass Claras Worte bei ihm so angekommen

waren, wie sie gemeint waren: als schneller und schwerwiegender Angriff. Er brauchte einen Moment, um sich zu sammeln. »Nichts davon ist wahr«, zischte er. »Verschwinden Sie und hören Sie auf, Unwahrheiten zu verbreiten!« Er löste sich vom Türrahmen und richtete seinen Zeigefinger auf Clara, als wäre er eine Pistole. Seine Stimme wurde fester und lauter. »Das können Sie auch diesem Herrn Mikitsch sagen. Wenn ich irgendwo meinen Namen im Internet lese, dann bekommt ihr umgehend Post von meinem Anwalt.« Er griff nach der Klinke und schlug die Tür zu. Ein leises Klirren der Milchglasscheibe war das Einzige, was Clara noch hörte. Sonst herrschte absolute Stille.

Sie blieb noch wenige Sekunden stehen, um sich zu besinnen. Dann nickte sie langsam und wandte sich ab. Das Gespräch war einigermaßen erfolgreich verlaufen.

Drei Tage lang hatte Clara aus der Ferne verfolgt, wie sich Tom in diese Angelegenheit hatte hineinziehen lassen. Sie hatte sich seine Ausreden angehört und seine Fotos angesehen. Dann war ihr Maria in die Arme gelaufen. Es war wie ein Fingerzeig. Sie dachte an den Moment, als sie oben auf dem Hochland gesessen hatte und sich plötzlich sicher gewesen war, dass sie irgendetwas tun musste. Und inzwischen hatte sie damit angefangen, etwas zu tun. Es war nicht das, was sie sich vorgestellt hatte, aber sie nahm die Herausforderung mit einer Entschlossenheit an, die ihr selbst unheimlich war. Ohne es zu beabsichtigen, war sie auf etwas gestoßen, das ihr Misstrauen weckte. Beinahe war sie

sich sicher: Gernot Eggert wusste irgendetwas über Irinas Verschwinden.
Was das war und ob sie mit ihrem dreisten Vorstoß gegen ihn etwas erreichen würde – vollkommen ungewiss. Ihr war auch nicht klar, worum es ihr selbst eigentlich ging. Wollte sie Tom beweisen, wie man es besser machen konnte? Sie hätte ja gern mit ihm zusammengearbeitet. Aber wenn er nicht auf ihre Anrufe reagierte, blieb ihr keine andere Wahl, als die Sache auf ihre Art voranzutreiben.
Clara war darauf eingestellt, dass sie Geduld benötigen würde. Nicht weit von Gernots Haus war ihr eine Baumgruppe aufgefallen, daneben ein Bretterstapel und ein Haufen mit Gartenabfällen. Zunächst ging sie daran vorbei, kehrte dann aber in einem Bogen wieder zurück. Sie suchte sich einen Platz auf dem Bretterstapel, von dem aus sie Gernots Haustür beobachten konnte, ohne von ihm gesehen zu werden. Sie machte es sich bequem und packte das mitgebrachte Fischbrötchen aus.
Es war wieder einer dieser Tage, an denen sich die Hitze schon am Vormittag über das Land senkte und auch der Wind kaum Abkühlung brachte. Der Wetterwechsel, der sich am Vorabend angekündigt hatte, schien jetzt doch auszubleiben. Zum Glück hatte sie einen Platz im Schatten. Sie hoffte, dass sie Gernot mit ihrem Angriff irgendwie aus der Reserve locken konnte. Dass er vielleicht in Panik geriet und etwas Unbedachtes unternahm. Aber in und um sein Haus herum geschah nichts. Nicht einmal das Fahrrad stellte er wieder an seinen Platz an der Hauswand zurück.

Volle zwei Stunden verbrachte Clara auf dem Bretterstapel. Hin und wieder gingen Menschen auf einem nahegelegenen Pfad vorbei, zumeist Urlauber auf dem Weg zum Hafen oder zum Strand. Ihre Hoffnung, dass Gernot etwas unternehmen würde, sank im gleichen Maß, wie ihr Wunsch nach einer Toilette stieg. Vielleicht hatte sie doch alles falsch eingeschätzt. Die Möglichkeit, dass sie ihn vollkommen ungerechtfertigt beschuldigt hatte, war ihr zutiefst unangenehm. Allein deshalb blieb sie eine weitere halbe Stunde sitzen. Ihre Stimmung sank und erreichte mit dem Höchststand der Sonne ihren absoluten Tiefpunkt. Enttäuscht erhob sie sich, um die Toiletten am Hafen aufzusuchen.

Später stand sie noch eine Weile unentschlossen auf der Pier und betrachtete die sanft hin und her schaukelnden Boote. Ein entspannter Sommertag, aber Clara fühlte sich schlecht. Bevor sie zurückging nach Kloster, schaute sie noch einmal bei Gernots Haus vorbei. Unterwegs kam sie an einer Bushaltestelle vorbei, an der mehrere Personen standen. Im letzten Augenblick schreckte sie zurück. Unter den Wartenden befand sich auch Gernot Eggert!

Er trug eine Schirmmütze auf dem Kopf und einen schwarzen Rucksack auf dem Rücken. Was hatte er vor? Clara hatte eine ungefähre Vorstellung von seinem Ziel. Aber sie konnte unmöglich mit ihm zusammen im gleichen Bus fahren. Sie rannte wieder zum Hafen und suchte den erstbesten Fahrradverleih auf. Das Ausfüllen der Zettel dauerte eine gefühlte Ewigkeit. Der Verleiher wollte das Fahrrad noch einmal aufpumpen, aber Clara nahm ihm das Gefährt aus den Händen und sprang auf den Sattel.

Der gelbblaue Inselbus stand gerade an der Haltestelle Wiesenweg. Sie konnte ihn nicht umrunden, ohne gesehen zu werden. Also warten. Dann fuhr er los und sie folgte in ausreichendem Abstand. Sie warf sich in die Pedale, um nicht den Anschluss zu verlieren, aber der Bus war natürlich schneller. Sie verlor ihn aus den Augen, bevor sie den Ort überhaupt verlassen hatte.

Das bedeutete nicht unbedingt das Ende ihrer Verfolgungsjagd. Auf Hiddensee gibt es nicht viele Verzweigungen. Es führt nur ein einziger Weg ans Ziel, nur diese eine Straße nach Süden, nach Neuendorf, von wo aus es dann weitergeht zum Gellen. Clara radelte zügig. Am *Hotel Heiderose* war sie nassgeschwitzt, am Ortseingang von Neuendorf war ihr schlecht vor Erschöpfung. Sie fragte sich, ob das, was sie tat, einen Sinn ergab. Ob es richtig war. Ob es nötig war. Mischte sie sich hier nicht in Angelegenheiten ein, die sie gar nichts angingen? Sie hätte den Tag genauso gut bei Pia oder mit einer Wanderung zum Enddorn verbringen können. Oder auf den Bessin, den Landhaken, auf dem man so schön in ein von Wasser umschlossenes Niemandsland spazieren konnte.

Aber sie hatte sich anders entschieden. Als sie die Endhaltestelle am Hafen erreichte, stand der Inselbus noch da. Die Fahrgäste waren längst in alle Richtungen verschwunden. Clara fuhr weiter nach Süden. Sie musste jetzt sehr gut aufpassen. Es war heikel. Der Weg über den Steinwall am

Schwarzen Peter war kürzer, aber, soweit sie sich erinnern konnte, für das Fahrrad zu uneben. Also nahm sie den Weg an der Ostseeseite. Sie überholte mehrere Wanderer und einige Langsamfahrer, aber Gernot Eggert konnte sie nirgendwo entdecken. Kurz vorm Leuchtturm am Gellen fiel ihr eine Gestalt mit Schirmmütze und schwarzem Rucksack auf. Das musste er sein. Gernot schritt zügig und mit eckig wirkenden Bewegungen voran. Er kam ihr vor wie die Karikatur eines Soldaten. Clara schob das Fahrrad ins Unterholz und folgte ihm zu Fuß. Er ging am Leuchtturm vorbei und weiter in südlicher Richtung am Waldsaum entlang. Es waren jetzt nicht mehr viele Urlauber unterwegs. Immer, wenn Gernot hinter einer Biegung verschwand, rannte sie ein paar Schritte, um wieder näher ranzukommen.

Für die Betrachtung der Landschaft hatte sie eigentlich keine Zeit, dennoch drängte sie sich in ihre Augenwinkel: die sonderbaren Kiefern, deren Äste in einem Bogen nach oben gewachsen waren und sich dann doch wieder auf den Boden neigten, also wollten die windgeschüttelten Bäume sich dort festhalten. Oder als ob sie sich betend verneigten. Betende Bäume! Wer kam denn auf so eine Idee? Viele der jungen Kiefern strebten gar nicht erst zum Himmel, sie hockten auf dem Boden wie große Nadelbäusche, dazwischen Birken, die es auf dem mageren Boden nur zu schmächtigem Wuchs brachten. Die Bäume waren luftig auf einem wellenartigen Grund verteilt, alte Dünen, die Clara wie ein versteinertes und überwachsenes Meer erschienen, eine fantastische Welt voller fantastischer Farben.

Schon am Morgen, beim Blick in Pias Werkstatt, hatte sie Lust verspürt, selbst wieder zum Pinsel zu greifen. Sie hatte sich eine windzerzauste Landschaft vorgestellt, filigraner gezeichnet als das auf Pias wüsten Bildern zu sehen war. Am liebsten wäre sie jetzt auf der Stelle stehen geblieben, hätte ihr Skizzenbuch, das sie immer dabeihatte, aus dem Rucksack geholt und angefangen zu zeichnen. Stattdessen rannte sie einem kauzigen Rentner hinterher.

Während sich ihre Gedanken zunehmend um das Malen drehten, hatte sie die Grenze zur Kernzone des Nationalparks erreicht: eine Reihe von Pfosten mit gelben Verbotsschildern, dazu ein niedriger Drahtzaun. Man konnte nach rechts zur Ostseeküste gehen oder nach links zum Bodden. Von Gernot war nichts mehr zu sehen.

Clara tat etwas, wovor sie große Scheu hatte. Sie überstieg den Zaun und ging in die verbotene Zone hinein. Ein Fahrrad zu klauen oder in ein fremdes Haus einzusteigen, machte ihr weniger aus, als ein Gebiet zu betreten, das nur Tieren und Pflanzen vorbehalten war. Das kam ihr wie ein Frevel gegenüber einem Heiligtum vor. In diesem Fall fühlte sie sich gezwungen. Wenn Gernot etwas Verbotenes vorhatte – was immer es war – dann würde er das vermutlich genau in diesem Bereich tun, in dem Menschen eigentlich nichts zu suchen hatten.

Wieder musste sie sehr vorsichtig sein. Die Vegetation lichtete sich: Heidegewächse und Späte Holzkirschen, hier und da noch Kiefern oder kümmerliche Birken. Das alles auf einem Gewirr aus Anhöhen und Senken. Sie wandte sich nach halblinks, zur Boddenseite. Der steppenartige Bewuchs ging in Schilffelder über. Gernot war nirgends zu entdecken. Clara wandte sich zur anderen Seite. Das Rauschen der Ostsee wurde lauter. Und dann sah sie ihn. Gebückt stand er in einer Senke, den Rucksack neben sich. Er trug dünne Handschuhe und buddelte mit einem Klappspaten im sandigen Untergrund. Clara hockte sich hinter einen Sanddornstrauch.

Nach wenigen Minuten hob Gernot Dinge aus dem Loch, das er gebuddelt hatte. Sie sahen wie Stofffetzen aus, vermengt mit Erde und Sand, zwischendurch auch kleine feste Gegenstände, von denen Clara nur einen erkennen konnte: Sie glaubte, einen Schuh zu sehen. All diese Gegenstände ließ Gernot in seinen schwarzen Rucksack fallen. Was sollte sie tun? Sie spürte, dass sie sich entscheiden musste. Wenn Gernot diese Sachen erst vernichtet oder anderswo versteckt hatte, war es zu spät. Sie holte Luft und entschloss sich zu einem Überraschungsangriff. Geradewegs und mit aufrechter Haltung ging sie auf den Mann zu.

Als ihr Fuß einen trockenen Ast zerbrach, hielt Gernot in seinen Bewegungen inne. Langsam richtete er sich auf. Sein Gesicht war starr, verzerrt. »Was wollen Sie hier?«

Clara blieb am Rand der Senke stehen. »Das könnte ich Sie auch fragen. Was graben Sie da aus?«

Er kniff die Lippen zusammen und sah auf seinen Rucksack, als würde ihm erst jetzt auffallen, dass er etwas nicht gerade Alltägliches tat. »Es ist nicht so, wie Sie denken«, sagte er leise. »Wirklich nicht! Ich kann nichts dafür. Ich habe doch mit alledem nichts zu tun.«

Sie trat näher heran, aber sie konnte nicht erkennen, was schon alles im Rucksack lag. »Was graben Sie da aus?«
Gernot lachte plötzlich auf. Es war ein ebenso höhnisches wie verzweifeltes Lachen. »Falls Sie glauben, dass es sich um Leichenteile handelt, dann muss ich Sie enttäuschen.«
»Herr Eggert, sagen Sie mir, was hier passiert ist.«
»Warum sollte ich das tun?«
»Es geht mir nicht darum, Sie zu beschuldigen oder zu verpfeifen. Wenn es stimmt, dass Sie nichts mit dem Tod der Schülerin zu tun haben, dann müssen Sie doch nichts befürchten.«
Wieder dieses Lachen. Es gefiel Clara nicht, aber sie hatte auch das Gefühl, dass dieses Lachen Gernots letztes Bollwerk war, mit dem er sich vor der Vergangenheit schützte.
»Sie haben keine Ahnung! Sie wissen nicht, wie es auf dieser Insel ist. Und überhaupt in dieser Gegend. Wenn die mich verurteilen wollen, dann tun sie es. Und es gibt einige, denen das eine große Freude wäre.«
Er nahm seinen schwarzen Rucksack mit der einen Hand, den Spaten mit der anderen, und stieg aus der Senke heraus. Clara wich einen Schritt zurück. Der Mann mit der Schirmmütze stand jetzt zwischen ihr und der Ostsee, von der im Hintergrund ein schmaler Streifen zu sehen war. »Nochmal«, sagte sie so ruhig, wie ihr das möglich war. »Was haben Sie da ausgegraben?«
Gernot strich sich mit dem Handrücken über die schweißnasse Stirn. Er sog die Luft ein und hob den Blick zum Himmel. »Ich war derjenige, der das Mädchen auf ein Boot brin-

gen sollte, an dem Tag, als ihre Freunde und sie hier auf Hiddensee waren. Aber es gab ein Problem. In der Nacht, in der das passieren sollte, war es zu windig. Ich konnte nicht sicher ans Ufer fahren. Deshalb musste ich das um einen Tag verschieben und dann ...«

»Moment«, unterbrach ihn Clara, »diese Geschichte ist also wahr? Irina sollte wirklich heimlich ins Ausland gebracht werden? Sie sollte eine neue Identität bekommen?«

Gernot nickte schwerfällig. Es schien so, als bereite es ihm körperliche Schmerzen, Claras Fragen zu bestätigen.

»Das … das ist doch unglaublich!«

»Was ist daran nicht zu glauben? Ihr Vater war ein reicher und sehr gefährdeter Mann. Er hat sich Sorgen um seine einzige Tochter gemacht. Ob das berechtigt war – ich kann es Ihnen nicht sagen. Aber das Ergebnis spricht ja dafür.«

Clara starrte ihn an. »Ergebnis? Welches Ergebnis?«

Er zeigte seine Zähne. Es war wohl ein missglücktes Grinsen. »Dass sie tot ist. Oder zweifeln Sie auch daran?«

»Ich … ich weiß nicht … ich bin gerade etwas verunsichert.«

Er schien ihre Verwirrung regelrecht zu genießen. »Ihnen hat dieser Milan auch einen Floh ins Ohr gesetzt, was? Sie glauben auch, dass die junge Frau, die hier gefunden wurde, nicht Irina war? Das ist lächerlich. Natürlich war sie es. Und wissen Sie, wer in dieser ganzen Geschichte der Idiot ist? Das bin ich. Ich bin der Depp, den sie am Ende verhaften werden. Aber ich werde dafür sorgen, dass sie es nicht tun. Wenn sie diesen Ort hier nochmal absuchen, werden sie nichts mehr finden.«

Clara fixierte ihn. »Was ist passiert in dieser Nacht?«
Wieder strich er sich mit dem Handrücken über die Stirn. »Ich weiß nicht, warum ich Ihnen das erzählen sollte. Sie werden es mir genauso wenig glauben, wie es mir die anderen glauben würden.«
Clara schüttelte den Kopf. »Wenn es stimmt, was Sie sagen, dann muss das auch so behandelt werden.«
Er lachte wieder auf. »Sie sind naiv. Wirklich.« Er hob den Spaten auf und klappte ihn zusammen. Dann steckte er ihn in den Rucksack. Er ging ein paar Schritte auf eine leicht erhöhte Stelle und blickte sich nach allen Seiten um.
»Wollen Sie jetzt gehen?«, fragte Clara.
»Und was, wenn ich das tue?«
Inzwischen befand sich Gernot zwischen ihr und dem nördlichen Teil der Insel. Er hatte es irgendwie geschafft, ihr den Weg Richtung Neuendorf abzuschneiden. Widerwillig registrierte sie, dass ihre Stimme zitterte. »Es geht mir nur um die Wahrheit. Ich habe kein Interesse daran, Ihnen etwas anzuhängen.«
»Also gut«, sagte er. »Es war so, dass ich das Mädchen hier in dieser Gegend treffen sollte, nachts gegen ein Uhr, in Höhe der Seetonne vierzehn. Mein Boot hatte ich am Ostseestrand liegen, unbeleuchtet natürlich. Ich kam hierher, konnte sie aber nicht entdecken. Nach einer Weile fand ich die Stelle, an der sie zuletzt gewesen sein musste. Da lag ein Rucksack mit allerlei Zeugs drin. Anziehsachen, Bücher, Schreibzeug, ein Stofftier, eine kleine Schmuckkassette. Verpflegung und Wasser für zwei oder drei Tage. Von Irina war nichts zu se-

hen. Ich wartete eine Stunde, dann verbuddelte ich die Sachen im Sand. Der Mond schien hell genug, um sich zu orientieren. Ich war mir sicher, dass ich die Stelle wiederfinden würde. Dann habe ich mich zurückgezogen.«

»Und warum machen Sie sich jetzt Sorgen? Es ist doch zwanzig Jahre lang nichts passiert.«

»Damals, als die Leiche gefunden wurde, hatte ich Glück. Jetzt ist die Polizei wieder da. Wenn sie hier nachgraben, dann werden sie alles aufdecken. Heute arbeiten die anders, mit Spürhunden und Detektoren. Ich habe damals die Sachen mit bloßen Händen angefasst. Die finden auch nach Jahrzehnten noch DNA-Spuren. Mit der heutigen Technik finden die alles. In dieser Ermittlungsmaschine gibt es noch immer Leute, die mir gern eins auswischen würden.«

»Und wer hat dann … Irina getötet?«

Gernot hob die Achseln. »Wieso fragen Sie mich das? Wieso nur mich?«

Clara sah ihn schweigend an. Sie hatte sich das alles anders vorgestellt. Was hatte sie sich überhaupt vorgestellt? Dass hier die Wahrheit auf einer digitalen Laufschrift angezeigt würde?

Gernot wurde plötzlich unruhig. »Sehen Sie«, sagte er, »Sie glauben mir nicht. Ich habe es mir gedacht. Niemand glaubt mir. Haben Sie von dem toten Fischer gehört? Haben Sie bestimmt. Das war der Hanno. Wir waren befreundet. Er war der Einzige, der immer zu mir gehalten hat. Bis zu der Zeit, als dieses Mädchen hier auftauchte. Ich weiß nicht, was da los war. Es hat sich alles aufgelöst. Alles ist schlimmer geworden. Das Misstrauen. Die warten doch nur drauf, mich loszuwerden.« Gernot sprach immer schneller und schnappte zwischendurch nach Luft wie ein gestrandeter Fisch. »Passen Sie auf. Ich werde Ihnen was zeigen.« Er kam auf Clara zu. Zwei Schritte vor ihr stellte er den Rucksack ab. Er griff hinein und holte einen Gegenstand heraus. Clara rechnete damit, dass es etwas von den Dingen war, die er ausgegraben hatte. Aber als seine Hand ihre Bewegung stoppte, blitzte darin die Klinge eines Messers. Sie war genau auf ihren Oberkörper gerichtet.

TOM

Als es hell wurde, irgendwann zwischen vier und fünf Uhr morgens, wachte Tom zum ersten Mal auf. Er versuchte sich zu bewegen, aber mit jedem Versuch, seine Position zu verändern, verbreitete sein Rücken alarmierende Schmerzsignale. Er hatte das Gefühl, dass der trockene, harte Boden ein Relief in seinen Körper geprägt hatte. Ihm fiel nichts Besseres ein, als starr auf dem Rücken liegen zu bleiben, weil die Schmerzen so kontrollierbar waren. Neben ihm atmete Milan, gleichmäßig und entspannt. Er hatte sich einen rotbraunen Pullover übergezogen. Tom musste an ein schlafendes Eichhörnchen denken.

Vom Bodden her waren die Schreie von Möwen zu hören, irgendwo sprang ein Dieselaggregat an. Mit vom Schlaf getrübten Blicken betrachtete er die Umgebung. Sie waren auf einem Bauhof gelandet, ein kleines Stück Wiese, direkt neben einem Lager mit Pflastersteinen, Gehwegplatten und Sandhaufen in verschiedenen Farben und Körnungen. Ganz in der Nähe lagen mehrere Stromsäulen, wie man sie an Bootsstegen aufstellt. Bei diesem Anblick fielen ihm mehrere Dinge gleichzeitig ein:

- die beiden Elektriker, die am Vortag möglicherweise die Küche neu verkabelt hatten. Möglicherweise aber auch nicht.
- Clara und wie sie wohl inzwischen über ihn dachte
- der Akku seines Handys

Als er das Gerät einschaltete, sah er gerade noch, wie die Ladeanzeige von einem Prozent auf null Prozent wechselte.

Dann erlosch das Display wieder. Er seufzte und versuchte ein weiteres Mal, eine etwas weniger schmerzhafte Position zu finden. Mit geschlossenen Augen lauschte er auf das Morgenkonzert rings um ihn herum. Irgendwo fuhr ein Fahrrad einen holprigen Weg entlang, das Dieselaggregat verstummte röchelnd, wenig später startete im Hafen ein Schiffsmotor, vermutlich ein Fischer. Vielleicht war es sogar derjenige, der eben gerade per Fahrrad eingetroffen war. Wo sonst als auf der Insel Hiddensee fuhren Fischer mit dem Fahrrad zur Arbeit? Er war ein ganz kleines bisschen glücklich darüber, wie sich einzelne Sinneseindrücke zu einer Geschichte zusammenfügten. Die Möwen konterkarierten seine Gedanken mit höhnischen oder anklagenden Rufen, je nach Interpretation.
Er döste noch einmal kurz weg und schreckte hoch, als keine zehn Meter von ihm entfernt ein orangefarbenes Fahrzeug vorbeifuhr. Es zog einen Anhänger mit Kastenaufbau, der mindestens dreimal so groß war wie die winzige elektrische Zugmaschine. Das musste die Hiddensee-Logistik sein. Sie bereiteten sich auf die Ankunft der ersten Fähre vor. Tom wollte diese Fähre unbedingt erreichen und zwängte sich unter Schmerzen aus dem Schlafsack. Milan war vollkommen immun gegen die nach und nach anwachsende akustische Kulisse. Er schnarchte leise vor sich hin. Tom deckte ihn mit dem Schlafsack zu, nahm sein Gepäck und schlich sich zum Schiffsanleger. Die Fähre kam, er stieg zu und sie legten ab. Alles verlief ohne Probleme. Und ohne mysteriöse Erscheinungen auf der Pier.

Gegen acht Uhr versuchte er in Schaprode, Claras Kombi zu starten. Der Anlasser orgelte wie ein betrunkener Bernhardiner, aber der Wagen sprang nicht an. Zwei weitere Versuche verliefen ohne Erfolg, dann legte sich der Bernhardiner endgültig schlafen. Tom stieg aus und stützte sich mit dem Kopf auf die Dachkante des betagten Fahrzeugs. Autobatterie leer, Handyakku leer – es kam alles zusammen und er selbst fühlte sich auch so, als wäre er einer dieser ausgelutschten Stromspeicher.
Er ging zum Hafen. Der Reedereischalter war geschlossen, aber an der Bootstankstelle fand er einen hilfsbereiten Mitarbeiter. Der organisierte den Kollegen eines Kollegen. Eine knappe Stunde später lief der Kombi wieder. Der Helfer klemmte das Starterkabel ab und Tom steckte ihm einen Zwanziger zu. Die Sonne hatte den Wagen ordentlich aufgeheizt. Er fuhr mit offenen Fenstern und gönnte sich in Bergen eine Pause an einer Bäckerei. Seine Frage nach einer Steckdose wurde mit harschen Worten abschlägig beantwortet. Er bedankte sich übertrieben höflich für die Auskunft und setzte seine Fahrt fort, weiterhin ohne telefonische Verbindung zur Außenwelt.
In Stralsund fuhr er gleich zum Kriminalkommissariat, fand aber direkt am Neubau in der Barther Straße keinen Parkplatz. Besser war es eine Straßenecke weiter beim Landratsamt. Es war später Vormittag. Anständige Menschen hatten zu diesem Zeitpunkt schon einen guten Teil ihres Tagewerks vollbracht. Er schnupperte an seiner Kleidung und fragte sich, ob es eine gute Idee war, in seinem Zustand das Polizei-

revier zu betreten, diesen gepflegten Neubau mit mutmaßlich vielen gepflegten Mitarbeitern. Aber hatte er eine Wahl? Noch im Auto sitzend trug er etwas zusätzliches Deodorant auf. Als er gerade den Kombi verschlossen hatte, packte ihn von hinten eine Hand am Oberarm. Er wurde grob um die eigene Achse gedreht. Bevor er reagieren konnte, schleuderte ihn die Hand mit Schwung gegen das Auto. Ein heißer Schmerz schoss durch seine linke Schulter und ließ ihn beinahe in die Knie gehen.
»Du Schwein! Du hast mich verraten!«
Es war Hendrik. Tom kapierte gar nichts und der Angriff ging munter weiter. Hendriks Hand legte sich um seinen Hals, er spürte die Dachkante des Kombis in seinem Nacken.
»Warum hast du das gemacht? Hatten wir das nicht anders besprochen?«
Die Angst zu ersticken puschte Tom hoch. Er packte Hendriks Arm und konnte sich etwas Entlastung verschaffen. »Wenn du mich erwürgst, kann ich dir nicht antworten«, brachte er keuchend hervor. Angesichts dieser zwingenden Logik löste Hendrik seine Hand, verpasste Tom aber noch einen kräftigen Boxhieb gegen die bis dahin verschonte Schulter.
Sein Gesicht sah aus wie ein expressionistisches Gemälde. Die blauen, roten und violetten Flecken, die Milans Faustschläge vor zwei Tagen hinterlassen hatten, wurden inzwischen durch grüne und gelbe Farbbeimischungen bereichert. Auf der linken Schläfe klebte ein Pflaster, das eine verkrustete Wunde nur teilweise verdeckte. Abgesehen davon war das Gesicht vor Wut verzerrt.

Tom hielt sich die Schulter und starrte Hendrik ratlos an. Er hatte ihn noch nie so aggressiv erlebt.
»Ich weiß nicht, wovon du sprichst.«
»Du hast diesem Polizeidrachen verraten, dass ich auf Hiddensee war und gestern früh weggefahren bin.«
»Ja, und?«
»Und du hast ihr auch erzählt, was ich euch beiden am Abend zuvor in vertraulicher Absicht berichtet habe.«
Tom registrierte aufmerksam, dass sich Elemente von Juristendeutsch in Hendriks Vorwürfe mischten. Es schien so, als sei er im Inneren bereits dabei, eine Klageschrift gegen Tom vorzubereiten. Vielleicht lag sie sogar schon beim Anwalt oder im Gerichtspostfach. Er bemühte sich um eine angemessene Entgegnung. »Diese Informationen musste ich weitergeben, weil sie für die Ermittlungen der Polizei wichtig sein könnten. Irina hat mindestens einen Tag länger gelebt, als man bisher angenommen hat. Aber es wird deswegen doch niemand ernsthaft glauben, dass dir daraus ein Problem entsteht.«
»Tut es aber. Die wollen mir irgendwas anhängen. Die sind vollkommen verrückt! Vor allem dieser Polizeidrachen.«
»Bislang kannst du ja noch frei draußen rumlaufen und andere Menschen malträtieren.«
Hendriks Faust stieg schon wieder bedrohlich in die Höhe, aber er konnte sich noch beherrschen. Vielleicht wurde ihm jetzt doch klar, dass sich sein Auftritt, sollte er aus irgendwelchen Gründen einen Weg in die Polizeiakten finden, nicht unbedingt zu seinem Vorteil auswirken würde. Tom

versuchte es weiterhin mit Deeskalation. Er konnte schon jetzt richtig stolz auf seine besonnene Reaktion sein. Aber eigentlich war er einfach nur zu müde und zu verspannt, um Hendrik die Ohrfeigen zu verpassen, die er verdiente. »Ich verstehe das nicht«, sagte er mit betont sanfter Stimme. »Wurden dir konkrete Tatvorwürfe gemacht?«

»Nein, sie haben mich nur als Zeugen befragt. Aber ich spüre doch, dass da was im Busch ist.«

»Gibt es irgendeinen Grund, warum sie dir etwas anhängen könnten?«

Hendrik schüttelte den Kopf. Plötzlich wirkte er unentschlossen und bedrückt. »Nein, überhaupt nicht«, sagte er finster. »Sie haben immer wieder gefragt, wie ich nach Schaprode gekommen bin. Und ich habe gesagt, dass ich die erste Fähre genommen habe.«

»Aber?«

»Es stimmt nicht ganz.«

»Das Wassertaxi?«

Hendrik kniff die Lippen zusammen und machte eine ausweichende Bewegung. Schien er eben noch eine Anklage vorzubereiten, so suchte er in Tom jetzt einen Beistand. »Mann, ich musste einfach weg von dieser Insel. Aber die Fähre ist mir vor der Nase weggefahren. Das wird dieser Polizeidrachen natürlich rausbekommen.«

Tom wurde ungeduldig. »Und wie bist du stattdessen nach Schaprode gelangt?«

»Ich hab so ein Fischerboot genommen, das da am Ufer lag, gleich neben dem Hafen. War ja noch früh, hat grad keiner geguckt. Die lassen auf der Insel alles stehen und liegen, ohne Schloss und Riegel. Alles naive Deppen.«

Tom musste beinahe lachen. Diese Kombination aus Arroganz und Dummheit war wirklich bemerkenswert. Er wollte keinen weiteren Wutanfall provozieren und sagte nicht, was er dachte. »Ich glaube, ich verstehe die Zusammenhänge jetzt ansatzweise.«

»Echt jetzt?«

»Ist dir unterwegs irgendwas aufgefallen? Zum Beispiel dieser Fischer, der dann wenig später tot im Wasser trieb? Oder sein verlassenes Boot?«

Hendrik schüttelte den Kopf. »Absolut nicht. War aber auch ziemlich dunstig. Ich hatte Mühe, die Richtung zu finden.«

Tom staunte. Über Hendriks Naivität, aber auch über die Art der Befragung durch die Polizei. Sylke hatte sich entschlossen, ihn komplett im Ungewissen zu lassen.

»Also, ich kann es dir jetzt nicht erklären«, sagte er gedehnt und genoss die Verzweiflung seines Gegenübers. »Aber wenn du denkst, dass du ein Problem hast, würde ich dir zustimmen.«

Hendrik starrte ihn an. »Tom, was soll das? Jetzt sag schon, was los ist. Was weißt du über die Ermittlungen?«

Er kam sich vor wie bei einem Ratespiel. »Es hat mit dem Boot zu tun, das du benutzt hast. Und mit dem Zeitpunkt, zu dem du auf dem Vitter Bodden warst. Mehr kann ich wirklich nicht sagen.«

Trotz seiner vielfältigen Gesichtsfarben war deutlich zu erkennen, dass Hendrik blass wurde. »Also, die glauben, dass

von diesem Boot aus … dieser Fischer umgebracht wurde? Und jetzt sind meine Spuren an diesem Boot! Ist das so? Was mache ich denn jetzt?«
Er blickte Tom mit einer geradezu kindlichen Verzweiflung an.
»Wenn du von mir einen Tipp hören willst: Versuch's mal mit der Wahrheit.«

Die Tür zum Polizeirevier war verschlossen. Eine Stimme aus der Gegensprechanlage fragte nach Toms Anliegen. Er behauptete, er habe einen Termin bei Kriminaloberkommissarin Bartel. Man ließ ihn im Vorraum des Gebäudes warten. Sylkes Gesicht verriet, dass sie über seinen Besuch alles andere als erfreut war. Sie fuhren mit dem Aufzug in die zweite Etage, wo sie ihr Büro hatte. Kollegen, die ihnen entgegenkamen, grüßte Sylke kurz und zackig, so, als wolle sie ihre Verunsicherung überspielen. Als sie am Ziel angekommen waren, schloss sie die Bürotür hinter sich. Es war plötzlich sehr still. Sylke trug Jeans und ein blaues Hemd mit kurzen Ärmeln, es wirkte beinahe wie eine Reminiszenz an die Polizeiuniform. Aber es war eben keine wirkliche Uniform. Tom wurde plötzlich klar, wie es Sylke hier ging: Ursprünglich kam sie von der Schutzpolizei, war aber dann zur Kriminalpolizei gewechselt. Sie war ehrgeizig, aber man akzeptierte sie nicht. Sie gehörte noch immer nicht richtig dazu. Sie kämpfte um Anerkennung und hatte Angst, ihre mühsam erarbeitete Position zu verlieren.
Sie war in der Mitte des Büros stehengeblieben. Ihr Gesichtsausdruck, fand Tom, passte ganz gut zum Mobiliar: sachlich,

ohne Kanten, um Freundlichkeit bemüht, aber gerade wegen dieser Bemühung doch wieder abweisend.
»Was willst du hier, Tom? Kannst du nicht anrufen?«
»Mein Akku ist alle.«
Sie blickte an ihm herunter. »Du siehst insgesamt etwas … zerrupft aus.«
»Ich meine wirklich nur den Handy-Akku.«
Sie verzog die Mundwinkel. Für ein echtes Lachen reichte es nicht. »Wenn die Kollegen wüssten, dass du derjenige bist, der verbotenerweise Informationen aus Ermittlungsakten weitergegeben hat, dann würdest du nicht mehr so fröhlich durch diese Flure spazieren.«
Er musste grinsen. »Du aber auch nicht.«
Ungefragt setzte er sich auf einen Stuhl vor Sylkes Schreibtisch. Er fühlte sich nach der Begegnung mit Hendrik noch immer wackelig auf den Beinen. »Ich muss mit dir nochmal über den Fall Irina sprechen.«
»Ich habe einen Fall Hanno Grau und der reicht mir im Augenblick.«
»Und was wäre, wenn beide Fälle zusammenhingen?«
Sie rollte mit den Augen, nahm ihr Handy aus der Gesäßtasche, um es auf den Schreibtisch zu legen. Dann ließ sie sich in ihren Bürostuhl fallen. »Also?«
»Ich habe Irina gesehen.«
In dem Moment, in dem Tom den Satz aussprach, merkte er, dass es exakt die gleichen Worte waren, die Milan ihm drei Tage zuvor zugerufen hatte. Die ersten Worte ihres Telefonats, nach vielen Jahren. Er hatte diese Worte für vollkom-

men unwirklich gehalten, rätselhaft, eine Aussage, die keinen Zusammenhang und keinen Sinn ergab, wie ein Bild, das ohne Halt und Rahmen in der Luft hing. Und genau so mussten sie Sylke in diesem Augenblick auch vorkommen.

»Tom, bitte! Ich hab jetzt keine Zeit für eine Märchenstunde. Ich brauche Fakten.«

»Du musst erst hinter die Fassade des Märchens blicken, um die Wahrheit zu erkennen«, sagte er, selbst verwundert über eine derart kryptische Formulierung. Immerhin unterbrach Sylke ihn nicht gleich wieder. Wahrscheinlich hörte sie nur zu, weil sie im Fall Hanno Grau nicht weiterkam. »Nimm bitte für eine halbe Minute das Märchen als Realität. Irina lebt. Ich hab sie gesehen, am Hafen in Vitte. Vor zwanzig Jahren wurde sie gegen ihren Willen von der Insel Hiddensee weggebracht – man könnte auch sagen: entführt. Dahinter steckte ihr Vater, der sie schützen wollte. Hanno Grau war damals an der Sache beteiligt. Ich denke, er wurde engagiert, um sie unauffällig auf eine größere Jacht zu bringen. Zwanzig Jahre später kehrt Irina zurück. Sie hadert noch immer mit der Aktion von damals, vielleicht glaubt sie, dass dadurch ihr Leben verpfuscht wurde, ich weiß es nicht. Jedenfalls ist sie zurückgekommen, um sich an Hanno Grau zu rächen.«

Sylke blickte an die Decke und schüttelte den Kopf. »Tom, ich weiß nicht, was ich sagen soll. Driftest du in den Kreis dieser Leute ab, die an Chemtrails, Weltverschwörungen und Geheimlabore im Keller des Weißen Hauses glauben? Ich bin wirklich enttäuscht von dir.«

»Ich habe sie gesehen«, sagte Tom noch einmal trotzig.
»Lassen wir es doch bitte einen Moment so stehen.« Widerwillig registrierte er Sylkes spöttischen Gesichtsausdruck. Immer tiefer rutschte er in die Rolle, die Milan kurz zuvor ihm gegenüber gespielt hatte. »Wenn du all die Indizien zusammenzählst, die in den letzten Tagen aufgetaucht sind, dann musst du doch mindestens stutzig werden. Ein Beweisstück verschwindet, der Rechtsmediziner und Irinas Vater kannten sich, es ist Geld geflossen. Dann taucht Irina auf und zwei Tage später stirbt Hanno Grau, der damals schon befragt wurde. Glaub mir, ich habe mich mit Händen und Füßen gewehrt. Auch als ich Irina gesehen habe, wollte ich zuerst nicht wahrhaben, dass sie es war. Ich habe Milan gefragt, wer denn die Leiche gewesen sein soll, die zwei Jahre nach Irinas Verschwinden gefunden wurde. Und Milan ist auf den Fall einer ertrunkenen jungen Frau gestoßen, die …«
»Helene Münter aus Köln«, unterbrach Sylke ihn.
Er sah sie erstaunt an. »Du kennst den Fall?«
Sylke schob die Unterlippe vor und nickte.
»Du hast also auch diese Spur verfolgt? Du bist nicht völlig abgeneigt, Milans Weltverschwörungstheorie zu glauben? Das ist … das ist fantastisch. Sylke, ich … «
»Hör auf, Tom.« Sie beugte sich vor und sah ihn an, als wolle sie ihm den Weltuntergang verkünden. »Es gehört zu meiner Arbeit, allen noch so abwegigen Pfaden nachzugehen, vor allem, um auszuschließen, dass ich etwas übersehen habe. Um diese Pfade für immer zur toten Spur erklären

zu können. Die meiste Zeit meiner Arbeit gehe ich solchen toten Spuren nach. Ich gebe zu, dass die Indizien, die dein Freund mit einer unerträglichen Besessenheit zusammenträgt, ausreichen, um zumindest einen Blick in diese Richtung zu werfen. Verstehst du meine Worte, Tom? Ich glaube es nicht! Nach wie vor nicht. Mach dir keine Illusionen. Aber ich will es ausschließen. Für mich ganz persönlich. Und vielleicht …« Sie zögerte etwas, bevor sie weitersprach. »… vielleicht auch für dich. Denn du bist noch immer ein Freund.«
Tom beugte sich vor und sah ihr in die Augen. Sylkes Blick hatte etwas Mildes bekommen, beinahe etwas Melancholisches. Tom hatte diesen Blick so noch nie gesehen – oder es war schon längere Zeit her. Hatte er ganz vergessen, dass sie auch Gefühle hatte? Hatte sie das vielleicht selbst verdrängt oder von sich weggeschoben? Er streckte seine Hand nach ihr aus, hielt aber in der Bewegung inne und legte sie nur auf den Schreibtisch. »Wenn das so ist, dann …«
»Ich habe den Ex-Freund von Helene Münter überprüft«, unterbrach Sylke ihn. Sie schien ihren sentimentalen Moment überwinden zu wollen. »Er ist verheiratet, zweifacher Familienvater, polizeilich unauffällig.«
»Das ist alles?«
Sie rollte mit den Augen. »Es gab eine Anzeige wegen häuslicher Gewalt. Die wurde aber wieder zurückgezogen. Ist auch schon zwölf Jahre her. Der Eintrag müsste eigentlich schon aus der Datei gelöscht worden sein und wäre vor Gericht nichts wert.«
»Das passt aber doch ins Bild.«

»Tom, wenn das stimmen sollte, dann … ich habe zu wenige Anhaltspunkte. Ein gefälschtes Rechtsgutachten – das wäre ein gewaltiger Skandal. Milan darf auf keinen Fall damit auf Facebook hantieren!«

»Du musst es halt hieb- und stichfest machen. Dann bist du plötzlich die große Ermittlerin. Du musst jetzt schnell sein.«

Sie presste die Lippen zusammen. »Wenn ich diesen Verdacht nur andeute, wird das Wellen schlagen.«

»Du brauchst Mut. Geh nach vorn.«

Sie ließ sich in die Lehne ihres Stuhls fallen, der ächzend nach hinten wippte. »Du hättest Erweckungsprediger werden sollen. Leider bin ich für solche Appelle nicht empfänglich. Erstens muss ich mich jetzt dringend auf den Fall Hanno Grau konzentrieren, in dem wir auch ein paar neue Erkenntnisse haben. Und zweitens stützt sich ja diese Irina-lebt-Theorie komplett auf die Arbeit deines Freundes Milan. Wenn ich den als Kronzeugen einer absolut schwer verdaulichen Theorie anschleppe, dann fliegt mir hier der ganze Laden um die Ohren. Milan ist derjenige, der öffentlich aus Polizeiakten zitiert und die Arbeit der damaligen Ermittler verhöhnt. Das trifft auch die heutige Polizei. Es trifft auch mich. Hier ist ganz schön was los. Meine Vorgesetzten wissen, dass ich diejenige bin, der ein paar – wie soll ich sagen – Informationsbausteine vom Karren gefallen sind. Und wenn ich jetzt den Dieb anschleppe und sage, die Leute sollen sein Märchen für wahr halten, dann könnte es sein, dass ich hier rausfliege, bevor ich nur einen Schritt weitergekommen bin.«

»Aber das ist doch absurd.«
»Nenn es, wie du willst. Strategie. Politik. Keine Ahnung. Ich kann hier im Augenblick nichts machen. Die Leiche, die damals gefunden wurde, ist und bleibt Irina Kramarov.«
Der Ärger in Toms Innerem breitete sich aus wie eine giftige Wolke. Dass Ermittlungen aus ›strategischen‹ Gründen nicht weitergeführt wurden, fand er unerträglich. »Man müsste dringend mit dem Rechtsmediziner reden«, ereiferte er sich. »Mit Jörn Markstein. Das ist der entscheidende Baustein! Und das kannst nur du.«
»Wer sagt das?«
»Du meinst …?«
»Markstein ist im Ruhestand und lebt in einer Seniorenresidenz in Rostock. Fahr hin. Sprich mit ihm. Von mir aus. Aber behalt das Ergebnis um Gottes willen für dich. Rede nur mit mir darüber, niemals mit Milan.« Sie grinste plötzlich. »Oder erst dann, wenn ich zur Ausbildungsmission nach Kasachstan strafversetzt wurde.«
Mit einer ruckartigen Bewegung griff Sylke in ihre Hosentasche. Sie warf einen mehrfach zusammengefalteten Zettel auf den Schreibtisch. »Da steht die Adresse drauf. Ich muss jetzt wieder arbeiten.«
Tom hob die Hand, ließ sie wieder sinken und schüttelte den Kopf. »Das ist … warte, noch einen Moment. Also, vielen Dank, dass du …«
»Mach's kurz, Tom.« Sie hatte wieder zu ihrem dienstlichen Ton zurückgefunden. Es war ihr Standardtonfall. Alles andere war eine Ausnahme, eine seltene Gnade. Tom spürte,

dass er nicht mehr viel Zeit für das Gespräch hatte. »Du hast von neuen Erkenntnissen im Fall Hanno Grau gesprochen.« Er überging ihr stummes Kopfschütteln. »Ich habe gerade unten am Parkplatz Hendrik getroffen. Er war sehr aufgewühlt. Ich glaube, dass Hendrik nichts mit der Sache zu tun hat.« Sylkes Kopfschütteln wurde heftiger. »Tom, es geht so nicht. Ich muss jetzt meine Arbeit machen.«

»Hendrik weiß, dass ihr ihn verdächtigt. Aber du hast es ihm nicht gesagt. Das ist nicht korrekt.«

»Kein Kommentar.«

»Du schickst mich zu Markstein und lässt dir bei Hendrik nicht in die Karten gucken?«

Sie drehte ihren Stuhl zur Seite und blickte eine Weile auf die verschlossene Bürotür. Dann wandte sie sich Tom plötzlich wieder zu. Ihre Stimme klang hart. »Er hat ein Boot benutzt, das zum Zeitpunkt der Tat ungefähr dort gewesen sein muss, wo Hanno Grau über Bord fiel. Bei seiner Ankunft in Schaprode wurde er beobachtet. Er war erkennbar aufgeregt, hat sich schnell entfernt. Wir werden ihn damit konfrontieren, wenn wir ein Motiv erkennen können.«

»Da könnt ihr lange suchen. Es gibt keins.«

Sylke schlug mit der flachen Hand auf den Tisch. »Nein, Tom! So geht das nicht. Du musst mir das Feld hier überlassen. Es ist kompliziert genug.« Sie machte eine kurze Pause. Dann sprach sie schnell und eindringlich weiter. Sie wollte eigentlich nichts sagen, aber sie tat es trotzdem. »Nur ein Beispiel: Die Widersprüche rund um die Aussagen von Hanno Grau. Als er damals auf dem Steinwall Irina begegnete – trug sie da einen kleinen oder einen großen Rucksack? War es nur ein kurzer Wortwechsel oder ein intensives Gespräch? Haben die beiden sich am Ende umarmt oder nicht? Es ist alles so … unscharf. Und es geht mir nicht aus dem Kopf, dass dieser Segler gleich in mehreren Punkten etwas falsch beobachtet haben soll. Wenn du auf einem Boot unterwegs bist, musst du ständig genau hingucken: nach Seezeichen, nach Wetterwechseln, nach Treibgut, nach Flachstellen im Wasser. Warum sollte dieser Segler an dem Abend alles falsch interpretiert haben?«

»Was folgerst du daraus?«

»Vorerst gar nichts. Aber ich weiß auch, dass Irina in den beiden Jahren vor ihrem Tod mit ihrem Vater bereits auf Hiddensee Urlaub gemacht hat. Er schätzte diese abgelegene und übersichtliche Insel. Was wäre, wenn Irina und Hanno Grau sich schon kannten?«

»Du meinst, dass dieser Fischer, der damals doppelt so alt war wie Irina …«

»Ich will nicht spekulieren. Du hast mich gefragt, ich habe geantwortet. Mehr werde ich jetzt nicht sagen.«

»Und Hendrik? Warum sollte er …?«

»Wir sind hier fertig, Tom.«

Toms Gedanken kreisten noch um das Gespräch mit Sylke, als er den Anlasser betätigte. Der alte Kombi sprang dieses Mal nach kurzem Zögern an und Tom steuerte in westlicher Richtung aus der Stadt. Er war froh, wieder etwas Abstand zu gewinnen, von Stralsund, von Hiddensee und vor

allem von Hendrik. Aber seinen Gedankenschleifen konnte er nicht entkommen. Sie umgaben ihn wie Fesseln, die man nicht spürte, die trotzdem jede Bewegung hemmten.
Auf der Bundesstraße 105 konnte er nach Zingst fahren, endlich nach Hause. Er musste dann nur irgendwann nach rechts abzweigen. Aber er tat es nicht, sondern blieb auf der Bundesstraße. Er hatte das Gefühl, dass er etwas zu Ende bringen konnte. Und dass er es zu Ende bringen musste. Das kostete ihn kaum mehr als zwei Stunden. Und vielleicht würde er dann endlich wissen, ob es richtig war, das zu glauben, was seine Augen gesehen hatten und was Milan ihm seit drei Tagen einredete.
Die Seniorenresidenz lag am Rand von Rostock, ein zweistöckiger, elegant geschwungener Klinkerbau, der in einen malerischen Park eingebettet war. Als er die Eingangstür durchschritten hatte, kam er sich vor wie in einer Hotellobby. In der Mitte ein halbrunder Tresen, am Rand Sitzgruppen und Kübel mit hohen Pflanzen. Eine digitale Informationstafel wies auf Veranstaltungen hin, die in nächster Zeit beginnen würden. Ein Töpferkurs, Italienisch für Fortgeschrittene und abends ein Konzert mit den *Golden Sixties.*
Tom trug an der Rezeption sein Anliegen vor und wurde gebeten, noch einmal Platz zu nehmen. Wenig später kam eine Mitarbeiterin. Tom behauptete, ein alter Freund der Familie Markstein zu sein und aus beruflichen Gründen gerade zufällig in der Gegend zu tun zu haben.
»Herr Professor Markstein ist im Augenblick im *Tropic Garden*«, erklärte die Betreuerin. »Ich bringe sie hin.«

Der *Tropic Garden* befand sich in einem gläsernen Anbau an der Rückseite des Hauses. Über einen gewundenen Weg aus Holzplanken ging es auf eine Terrasse, die ebenfalls mit Holz ausgelegt war. Außer Markstein hielten sich noch zwei alte Damen dort auf, die sich auf einer Bank sitzend leise unterhielten, umgeben von Palmen, Schlingpflanzen und einem meditativ plätschernden Wasserfall.

Der Professor, ein schlanker, weißhaariger Mann, saß für sich an einem Tisch, vor sich einen Becher Kaffee und ein Wasserglas. Die Betreuerin stellte Tom vor und entfernte sich dann. Ohne zu fragen, nahm Tom auf einem hölzernen Stuhl neben Markstein Platz. Der musterte ihn mit einem aufmerksamen und auch irgendwie gewitzten Blick.

»Ich brauche Ihren Rat, Herr Professor Markstein«, erklärte Tom mit einer freundlichen, fast unterwürfigen Stimme. Mit dem Einstieg schien er nicht ganz falsch zu liegen. Markstein sprang sofort darauf an. »Zu welcher Inspektion gehören Sie?«

Tom lächelte. »Ich arbeite eng mit der Kriminalpolizei in Stralsund zusammen, bin aber Privatermittler.«

Der alte Mann hob die Augenbrauen. »Ach, das ist sicher ein aufregender Beruf, oder?«

Tom zuckte mit den Achseln. »Leider geht es oft nur um die Überwachung von untreuen Ehefrauen oder -männern.«

Von Markstein war ein wissendes Lachen zu hören. Tom deutete auf die dünne, graue Aktenmappe, die auf dem Tisch lag. »Sieht ja fast aus, als wären Sie auch noch aktiv.«

»Aber entschuldigen Sie! Selbstverständlich bin ich aktiv.

Die Kollegen schicken mir manchmal Akten zu, meistens geht es um Leichen, die schon jahrelang irgendwo herumlagen.« Er tippte auf die Mappe. »Ich darf es Ihnen leider nicht zeigen, aber hier drin steht etwas über eine Leiche, die lange Zeit im Moor lag. Sehr spannend.«
Tom nickte anerkennend. »Ich komme auch wegen eines Falles, der schon länger zurückliegt.«
»Na, bei mir liegen ja alle Fälle irgendwie lange zurück.«
»Erinnern Sie sich an einen gewissen Valentin Kramarov?«
Markstein kniff die Augen zusammen. »Warum müsste ich den kennen?«
Tom versuchte, irgendetwas aus seinem Gesichtsausdruck herauszulesen. Unbehagen vielleicht. Aber er war sich nicht sicher. »Sie waren mit Kramarov bekannt oder befreundet. Er hat dem Aviation-Club Jena einmal 5 000 Euro gespendet.«
»Ach, diese Geschichte«, entfuhr es Markstein und Tom hatte das Gefühl, dass er diese Worte sofort bereute. Es war ihm wohl wirklich unangenehm.
»Prima, Sie erinnern sich. Das ist fantastisch. Es geht um den Fall der jungen Irina Kramarov, der Tochter. Ich muss von Ihnen etwas erfahren, das sehr wichtig für mich ist.«
Er beugte sich zu Markstein vor, den ein Hauch von Kaffee und einem altmodischen Rasierwasser umgab. »Ich verspreche Ihnen, dass ich über unser Gespräch niemandem irgendetwas erzählen werde. Es bleibt unter uns. Ich weiß, dass es vielleicht unangenehm für Sie ist. Aber Sie sind ja raus aus der Berufswelt – also zumindest zum größten Teil. Sie sind frei.

Andere dagegen leiden bis heute unter dieser Geschichte.«
Er beobachtete Markstein, aber dessen faltiges Gesicht wirkte so unbeweglich wie eine hochalpine Felsenlandschaft. Tom sprach langsam, um ganz sicher zu sein, dass seine Worte bei seinem Gesprächspartner ankamen. »Vor achtzehn Jahren wurde auf Hiddensee die Leiche einer jungen Frau gefunden. Kramarov hat dafür gesorgt, dass Sie das rechtsmedizinische Gutachten erstellt haben. Das ist doch richtig, oder?«
Markstein zögerte. Dann nickte er zu Toms Freude und Überraschung. »Ja, wird wohl so sein, wenn Sie das sagen.«
»Sie haben damals in das Gutachten geschrieben, dass die Überreste der Toten eindeutig Irina Kramarov zuzuordnen sind.«
Wieder nickte Markstein. Tom sprach jetzt ganz langsam, jedes Wort sorgfältig abwägend. »Ich weiß, dass Sie in Ihrem Beruf sehr kompetent und zuverlässig gearbeitet haben. Und es ist keine Selbstverständlichkeit zuzugeben, dass es da diese eine große Ausnahme gab. Ich will von Ihnen gar keine Details wissen und ich sage noch einmal, dass unser Gespräch nirgendwo Erwähnung finden wird.«
Er wartete, bis Markstein, der jetzt sehr ernst geworden war, noch einmal genickt hatte.
»Es gibt klare Hinweise darauf, dass die Leiche, die damals gefunden wurde, nicht Irina war. Irina ist wieder aufgetaucht. Sie lebt und wurde von mehreren Menschen gesehen. Wir denken, dass Irinas Vater damals ein großes Interesse daran hatte, ihren Tod öffentlich zu machen. Er wollte

sie schützen. Das ist jetzt alles lange her. Kramarov ist tot, nur Sie leben noch. Wir wissen, dass Kramarov Sie gebeten hat, das Gutachten in seinem Sinn zu formulieren. Ich möchte Sie inständig bitten: Geben Sie mir ein Zeichen, dass diese Vermutung richtig ist. Nur einen Hinweis, ein kurzes Kopfnicken reicht.«

Markstein starrte ihn an. »Sie meinen, dass ich da etwas gefälscht hätte? Ein Gutachten gefälscht?«

»Niemand wird Sie dafür belangen, das verspreche ich Ihnen. Aber es würde mir sehr helfen, wenn Sie mir das bestätigen.«

Der alte Mann lehnte sich zurück und seufzte. Sein Gesicht war unverändert, nicht freundlich, nicht abweisend, einfach komplett neutral. Er schien das, was gesprochen worden war, begreifen zu wollen. Noch während er überlegte, nahm er, ohne dass Tom das vorhersehen konnte, das Wasserglas vom Tisch und kippte Tom den Inhalt ins Gesicht. Dann lachte er kurz auf. »Machen Sie doch nicht solche Scherze.«

Tom wischte sich mit dem Ärmel durchs Gesicht. Er brachte seinen hochkochenden Ärger mit etwas Mühe unter Kontrolle. »Entschuldigung, Herr Professor Markstein, könnten Sie meine Frage … Sie haben meine Frage verstanden? Es geht um die tote Frau von der Insel, Irina Kramarov.«

»Ja, die tote Inselfrau.«

»Auf Hiddensee.«

Plötzlich summte der Professor. »Hiddensee, dat söte Länneken.« Er fuhr mit der Hand über die graue Aktenmappe. »Da haben Sie sich ja was Schönes ausgedacht. Aber es ist nicht so, wie Sie denken. Wirklich nicht.«

»Wie ist es dann?«
Markstein starrte ihn an, als würde er jetzt endlich verstehen, was Tom eigentlich wollte. »Wollen Sie es wirklich wissen? Sind Sie sicher?«
»Ich will wissen, wer die Tote war, damals vor achtzehn Jahren.«
»Hm, vor achtzehn Jahren. Ich kann Ihnen genau sagen, wer sie war.«
»Und?«
Tom hielt es kaum aus vor Spannung. Aber Markstein brauchte noch Zeit. War er sich klar darüber, welche Brisanz seine Aussage haben konnte? Oder empfand er das Ganze als intellektuelles Spiel? Als Farce? Tom hatte das Gefühl, dass die gesamte Konversation nicht auf festem Grund stand. Es fühlte sich an, als führen sie auf einem schwankenden Fluss am *Tropical Island* vorbei. »Sie müssen es mir bitte sagen«, beschwor er den alten Mann. »Sagen Sie es mir und dann werde ich dieses Gespräch vergessen. Ich brauche nur Gewissheit, um mit meiner Angelegenheit weitermachen zu können. Wenn ich diese Gewissheit habe, ist alles gut. Also bitte – wer war die Frau?«
Markstein ergriff seinen Oberarm und zog ihn ganz dicht zu sich heran. Es roch jetzt auch ein wenig nach faulem Zahnfleisch. »Sie wollen wirklich den Namen?«
»Ich bitte darum.«
Er presste die Lippen zusammen und nickte langsam. Sein Mund berührte beinahe Toms Ohr, als er endlich den Namen flüsterte. »Es war Leni Riefenstahl.«

Der alte Mann richtete sich auf und lachte lauthals. Tom sah ihn entgeistert an. »Herr Markstein, ich wollte eigentlich keine Witze machen.«
»Nein, ich auch nicht. Ich mache nie Witze.« Er lachte erneut laut meckernd. Die beiden Damen am anderen Ende der Terrasse wandten sich ihnen zu, mehr empört als erstaunt. Tom presste die Lippen zusammen. Er griff nach der grauen Aktenmappe und hob den Deckel an. Markstein protestierte nicht. In der Mappe lagen lose, weiße Blätter. Auf dem obersten war eine Skizze zu erkennen, gezeichnet mit einem schwarzen Fineliner. Eigentlich war es mehr Gekritzel als ein Bild, man konnte an eine Kinderzeichnung denken, aber vor allem war das Bild hässlich. Mit viel Fantasie konnte man verschieden große Menschen erkennen, die nebeneinander auf einem gestrichelten Untergrund standen. Vielleicht waren es auch Bäume. Oder eine Mischung aus Menschen und Bäumen. Tom sah die anderen Blätter durch, aber sie waren allesamt leer. Er hielt Markstein die Zeichnung hin. »Ist das von einem Ihrer Enkelkinder?«
Markstein griff in seine Hemdtasche, fischte einen Stift heraus und hielt ihn in die Höhe. »Soll ich für Sie auch etwas malen?«
Tom schüttelte den Kopf. »Wissen Sie noch, was Sie von Beruf waren?«
»Ich war ab 1935 bei der Reichsschrifttumskammer. Zuletzt als Direktor. Zoodirektor. Ich hab es mit den ganz hohen Tieren aufgenommen. Ja, da staunen Sie. Ausgewachsene Löwen.« Er schien in eine andere Welt abzudriften, eine

Welt, die mit derjenigen, in der sie sich gerade noch befunden hatten, nichts mehr zu tun hatte. Aufgeregt zeigte er auf eine Gruppe von Palmen, die sich in etwa zehn Metern Entfernung aus dichtem Buschwerk erhoben. »Sehen Sie diese Bäume da? Dahinter, in diesem dunklen Busch, da versteckt sich der Löwe. Sie müssen ganz genau hinsehen, dann erkennen Sie ihn.« Er zog Tom wieder am Oberarm zu sich heran. »Immer kurz vor dem Abendessen kommt er raus, um sich seine Beute zu holen, aber ich stelle mich ihm mutig entgegen. Ich schicke ihn zurück. Einfach so. Man muss mit fester Stimme reden. Man darf einem Löwen nicht in die Augen sehen. Aber man darf auch nicht wegrennen. So läuft das hier. Jeden Nachmittag. Es ist ein großes Abenteuer. Wenn Sie bleiben, können Sie es miterleben. Und wenn der Löwe wieder weg ist, gibt es Kartoffelsalat. Ich esse für mein Leben gern Kartoffelsalat.«
Tom löste sich vorsichtig aus der Umklammerung und lehnte sich zurück. Enttäuscht betrachtete er den alten Mann, der mit leuchtenden Augen vor ihm saß. Er war noch nicht fertig. »Sie müssen wissen, dass wir hier in der Reichsschrifttumskammer einen eigenen Kartoffelacker haben. Deutsche Kartoffeln sind das Gesündeste, was es gibt. Damit wirst du hundert Jahre alt. Ach, was sage ich: zweihundert. Ich werde nächstes Jahr zum Mars fliegen. Wollen Sie mit? Man muss sich anmelden, vorn an der Rezeption. Da stehen immer diese netten jungen Dinger mit den weinroten Kittelschürzen. Da können Sie sich anmelden. Das wäre doch was? Wir beide, wir fliegen zum Mars und dann gründen wir

dort eine neue Reichsschrifttumskammer. Also eine Marsschrifttumskammer. Kommen Sie mir nicht mit Ausreden. Grippe oder sowas. Das lass ich nicht gelten. Essen Sie Kartoffeln. Das hält Leib und Seele zusammen. So, jetzt müssen Sie mich entschuldigen. Ich muss pissen.«

Er war wieder zu Hause, in Zingst, aber nichts war so wie erwartet. Nervös tappte er durch die Räume. Die Küche war ausgeräumt und neu verkabelt. Clara hatte sich also tatsächlich darum gekümmert. Aber sie selbst fehlte. Nach seinem enttäuschenden Besuch in der Seniorenresidenz war dies die nächste irritierende Erfahrung.
Er war einmal in jedes Zimmer gegangen, um ganz sicher zu sein. Dann schloss er sein Handy an den Strom an. Endlich. Und ging duschen. Als er zurückkehrte, klingelte das Gerät. Eine unbekannte Nummer. Die Frau hatte eine kräftige Stimme, man spürte, dass sie eine zupackende Person war. Aber jetzt schien sie nervös zu sein. Sie hieß Pia und sagte, sie hätte schon dreimal versucht, Tom zu erreichen. Er konnte sich dunkel daran erinnern, dass Clara mal eine Pia erwähnt hatte. Eine Freundin aus Rostock. »Ich mache mir große Sorgen um Clara.«
»Wo ist Clara denn? Bei Ihnen in Rostock?«
»Ich rufe von Hiddensee aus an.«
»Aber … da komme ich gerade her. Wieso hat mir Clara nicht gesagt, dass sie …?«
Pia war keine Frau, die ein Blatt vor den Mund nahm. »Du bist ja noch schlimmer, als ich gedacht habe.«

Das Gespräch war schwierig. Er begriff überhaupt nichts, abgesehen davon, dass irgendetwas mit Clara nicht stimmte.
»Was ist denn passiert?«
»Ich kann Clara seit Stunden nicht mehr erreichen. Sie ist mit diesem blauen Fahrrad unterwegs.«
Die Häufung rätselhafter Aussagen war erstaunlich. Tom hatte angefangen, mit dem Telefon am Ohr durch die Wohnung zu wandern, über einen schmalen Pfad zwischen Kartonfelsen und einer Wand aus Möbeln. Es war später Nachmittag, die Sonne warf ihr warmes Licht durch das eingestaubte Wohnzimmerfenster auf die Einrichtung.
»Ein blaues Fahrrad?«
»Na, das von der Maria.«
»Wer ist Maria?«
Pia schien selbst zu merken, dass ihre Informationen lückenhaft waren. »Wichtig ist jetzt vor allem, dass Clara sich mit diesem Gernot treffen wollte. Später schrieb sie, dass sie wahrscheinlich zum Gellen fahren würde, aber seitdem kann ich sie nicht mehr erreichen.«
Toms Verzweiflung wuchs mit jeder Sekunde. »Moment! Gernot? Meinst du unseren Vermieter?«
»Ja, er ist irgendwie in diese Sache verwickelt. Sein Fahrrad hat er am Gellen zurückgelassen, als er euch belauscht hat. Maria hat es dann einfach genommen.«
»Er hat uns belauscht? Und was ist mit dieser Maria?«
Es war der einzige Moment in dem Gespräch, in dem Pia zögerte. »Das ist … das ist etwas kompliziert. Am besten kommst du her, dann erkläre ich dir das.«

»Ja, klar, ich komme sofort.«

»Sag einfach Bescheid, wenn du weißt, wann du ankommst. Du kannst hier übernachten. Gudrun ist ja noch nicht wieder da.«

Noch ein Name, mit dem er nichts anfangen konnte. Er hatte das Gefühl, dass sich in den wenigen Stunden, in denen er nicht auf Hiddensee gewesen war, mehr ereignet hatte als in den letzten zweihundert Jahren. Bevor er sich bei Pia bedanken konnte, hatte sie die Verbindung schon unterbrochen. Sein leerer Blick verfing sich im Esszimmer. Auf dem Tisch gab es noch ein kleines Feld, das nicht mit Kartons und Hausrat zugestellt war. Da lag ein Frühstücksbrett mit Krümeln drauf, daneben stand ein Kaffeebecher. Clara war ihm also hinterhergefahren, offenbar schon am Vortag, einfach so, hatte ihn überraschen wollen. Vielleicht wollte sie auch nur zu Pia, das war ja egal. Während sie auf Hiddensee war und sich mit diesem Gernot herumschlug, hatte er die Insel wieder verlassen. Ihm war zum Heulen zumute.

Gernot Gartenschlauch. Was hatte er mit alledem zu tun? Tom dachte daran, wie dem Mann das Wasser ins Gesicht gespritzt war und Milan und er sich über ihn lustig gemacht hatten. Gernots Tollpatschigkeit hatte ihnen geholfen, sich nicht zu zerstreiten.

Sein Blick wanderte durchs Wohnzimmer. Das Haus war prall gefüllt mit den Ausdünstungen seines schlechten Gewissens. Der Rest war Baustelle. Alles floss ineinander, gefährlich heiß und eiskalt zugleich, wie Lava, die ins Meer rinnt, so fühlte es sich in seinem Inneren an. Er sah auf die

Uhr, es war schon halb sechs, und er wusste gar nicht, ob er es überhaupt noch schaffen würde, an diesem Tag nach Hiddensee zu kommen.
Der Akku seines Telefons stand bei zweiunddreißig Prozent. Tom ging nach oben, wo sich das Schlafzimmer und ein winziges Arbeitszimmer befanden. Irgendwo hatte er eine Powerbank. Mit der konnte er das Handy auch unterwegs laden. Verzweifelt suchte er den Schrank und die Schreibtischschubladen nach dem Ding ab. Es war nicht zu finden. Er würde noch zehn Minuten warten, um wenigstens mit vierzig oder fünfzig Prozent Akkuladung loszufahren.
Dann war er wieder auf der Straße, zurück nach Stralsund und weiter nach Schaprode. Die Zeit verging gleichzeitig unendlich langsam und rasend schnell. Er fühlte sich wie im Märchen ›Der Hase und der Igel‹. Und natürlich war er der abgehetzte Hase, der Dumme, der immer hin und her rannte und nie als erster ankam, obwohl er doch so schnell war.
Immerhin erwischte er noch eine Fähre nach Vitte. Unterwegs informierte er Pia und bat sie, zum Hafen zu kommen. Er versuchte auch, Sylke zu erreichen, aber sie ging nicht an ihr Handy. Sollte er die zentrale Nummer des Polizeireviers von Stralsund wählen, um Clara als vermisst zu melden? Wie sollte er denen das erklären? Clara war erwachsen und gerade einmal seit acht Stunden weg. Er wusste ja selbst nicht genau, was los war und ob diese eifrige Pia mit ihrer Sorge nicht doch übertrieben hatte.
Auf dem Weg zum Gebäude der Insel-Information, wo er sich mit Pia verabredet hatte, stieß er auf eine kleine Gruppe

hitzig diskutierender Menschen. Zwei Männer und eine Frau umringten laut palavernd einen Mann, der auf den Holzstufen vor dem Fischimbiss saß. Der Mann war verdeckt, sodass Tom die schwarze Mähne erst sah, als er nur noch wenige Schritte entfernt war. Milan hielt eine Flasche Bier in einer Hand, ein Fischbrötchen in der anderen. Er blickte trotzig kauend geradeaus und bemerkte Tom überhaupt nicht. Es schien so, als ob er gar nichts mitbekam, er wirkte vollkommen abwesend. Möglicherweise war er auch betrunken.

»Du kommst hierher und glaubst, dass du alles besser weißt«, rief einer der beiden Männer, dessen Füße in hohen Gummistiefeln steckte. »Ganz typisch. In alten Geschichten rumwühlen und falsche Behauptungen aufstellen. Wie kannst du dir das zutrauen? Einen Tag lang ist der Hanno tot und schon wirfst du mit schmutziger Wäsche nach ihm! Weißt du, was ich davon halte?«

Er bekam keine Antwort. Hatte er wohl auch nicht erwartet. Um seine Worte zu bekräftigen, schlug der Mann das Fischbrötchen aus Milans Hand. Die Bestandteile flogen quer über die mit Holzplanken belegte Terrasse. Milan blickte säuerlich auf und bemerkte in dem Augenblick Tom. Er nickte ihm mit finsterer Miene zu. »Da bist du ja wieder. Na los, sag was.«

Seine Stimme klang tatsächlich so, als wäre das Bier in seiner Hand nicht das erste an diesem Tag. Tom zögerte. Der andere Mann, wohl auch ein Fischer, gab Milan einen Tritt vors Schienenbein. »Hier, kennst du sie?« Er zeigte auf die

Frau neben sich. Sie trug eine blaue Latzhose und ein weißes T-Shirt. Ihr mittellanges, strähniges Haar rahmte ein von der Sonne gerötetes Gesicht ein. »Das ist Babette Grau, die Frau vom Hanno.« Er legte einen Arm um ihre Schulter. »Die sollte jetzt eigentlich zu Hause sein, aber stattdessen kommt sie her und kümmert sich um das Boot von ihrem Mann.« Er wischte sich mit dem Handrücken über das Gesicht. Offensichtlich war er so ergriffen, dass er nicht weiterreden konnte. Auch Babette Grau schwieg. Der erste Fischer hatte dagegen noch viel zu sagen. »Wer sagt denn, dass du nicht selbst am Tod von Hanno beteiligt warst? Hm? Ist doch ein komischer Zufall. Es wäre gut, wenn du hier ganz schnell verschwinden würdest, am besten geradewegs in den Knast.«

Als Tom hörte, was der Fischer sagte, schob er sich zwischen ihn und Milan. »Ich weiß ja nicht, wieso ihr hier streitet, aber es kann nicht sein, dass Milan am Tod von Hanno Grau beteiligt war. Wir beide hatten zusammen ein Zimmer gemietet. Und ich bin mir sicher, dass er die ganze Nacht in diesem Zimmer war.«

»Ach, noch so einer. Muss das sein?«

Tom fand es unangenehm, plötzlich mitten in diesen Zwist geraten zu sein. Er kam sich vor, als hätte man ihn gegen seinen Willen vor ein wütendes Publikum gezerrt. Aber was blieb ihm anderes übrig? »Ich kann verstehen, dass euch der Vorfall von gestern ganz schön schockiert«, sagte er. Klang das nicht gestelzt und unpassend? Er traute sich nicht, die Witwe des toten Fischers anzusehen. Die ganze Situation war uner-

träglich. Aber er hatte das Bedürfnis, Milan in Schutz zu nehmen. »Ihr müsst aufpassen, dass ihr nicht Dinge zusammenbringt, die nicht zusammengehören. Milan ist hier, weil er glaubt, dass bei den Ermittlungen zum Verschwinden seiner Schulfreundin Irina etwas falsch gelaufen ist. Und er hat eine Menge Anzeichen dafür gefunden. Ihm geht es nicht darum, irgendjemandem zu schaden. Er will wissen, was mit diesem Menschen, den er sehr gemocht hat, passiert ist. Es ist zwanzig Jahre her, aber er kann Irina einfach nicht vergessen. Könnt ihr das nicht verstehen? Er macht das, was er macht, einzig und allein aus Liebe. Und ich habe ihn dabei etwas unterstützt. Es stimmt, dass unsere Anwesenheit hier einigen Staub aufgewirbelt hat, aber das kommt daher, dass damals vielleicht etwas ganz anderes passiert ist, als alle bisher dachten.«
Wie kam er dazu, so eine Ansprache zu halten? Immerhin blieb sie nicht ganz ohne Effekt. Die drei sahen ihn skeptisch, aber auch irgendwie betroffen an. »Schön und gut«, brummte der erste Fischer und zeigte auf Milan. »Er soll sich hüten, noch einmal irgendetwas Schlechtes über Hanno zu verbreiten. Das ist unanständig. Das macht man nicht.«
Er wandte sich ab, blieb aber ein paar Schritte weiter stehen, als er merkte, dass der zweite Fischer und Babette Grau sich noch nicht zurückziehen wollten.
Tom wandte sich an Milan. »Was hast du über Hanno gesagt?«
»Geschrieben hat er was«, mischte sich der zweite Fischer ein. »Auf Facebook. Feiger Arsch. Er hat behauptet, dass Hanno etwas mit dem Verschwinden seiner Freundin zu tun gehabt haben soll. So ein Schwachsinn.«

Tom kratzte sich an der Stirn. Er musste an Sylkes Ausführungen zu Hanno Grau denken. Über die widersprüchlichen Aussagen. Milan schien in die gleiche Richtung zu denken, aber er hatte im Augenblick wohl keine Lust, etwas zu dazu zu sagen. Er stand schwankend auf und legte Tom seine Hand auf die Schulter. »Danke, dass du so für mich in die Bresche springst. Ich glaube, ich sollte allmählich von hier verschwinden.«
Tom schüttelte den Kopf. »Es gibt ein Problem mit Clara. Sie hat sich wohl mit unserem Vermieter verabredet und ist seitdem verschwunden.«
»Mit Gernot Gartenschlauch? Was hat der denn damit zu tun?«
Tom begann, in aller Kürze zu erklären, was er von Pia wusste. Während er sprach, beobachtete er eine groß gewachsene Frau, die außer Atem von ihrem Fahrrad sprang und es an der Insel-Information abstellte. Noch während sie mit ihrem Fahrradschloss hantierte, nickte sie Tom zu. Es musste Pia sein. Er wusste nicht, woran sie ihn erkannt hatte. Vielleicht hatte Clara ihr ein Foto gezeigt.
Milans Stimme klang schwerfällig. »Gernot Gartenschlauch. Das ist doch alles Quatsch.«
Tom wurde ungeduldig. »Ich muss zum Gellen. Unbedingt! Da wollte Clara hin. Ich brauche ein Fahrrad, aber die Verleihstationen haben alle schon zu.«
Milan zuckte mit den Schultern und Tom wurde von Sekunde zu Sekunde klarer, dass mit ihm an diesem Tag nichts mehr anzufangen war.

»Ich habe mit Professor Markstein gesprochen«, sagte er. Milans Augenlider hoben sich träge. »So so.«
»Ja, von ihm wird man nichts mehr erfahren. Er ist komplett durch den Wind. Schwere Demenz, würde ich sagen.«
»Es spielt für mich keine Rolle mehr«, sagte Milan.
»Aber du wolltest doch unbedingt herausfinden, ob dieses Gutachten manipuliert ist! Das Beste wäre, wenn wir endlich mit Irina sprechen könnten.«
Milans Stimme klang dunkel. »Irina ist nicht mehr auf der Insel. Das spüre ich.«
Tom verstand nicht, was mit ihm los war. Alle Energie, mit der er in den letzten Tagen an seiner Mission gearbeitet hatte, schien ihn verlassen zu haben. Ausgerechnet jetzt, wo sich alles irgendwie zuspitzte. Er packte Milan an den Schultern. »Ich habe auch mit Sylke gesprochen. Sie war ganz offen für meine Gedanken. Also, ich glaube, sie hält es inzwischen auch für möglich, dass Irina noch lebt. Sie hat sich sogar mit dem Fall der ertrunkenen jungen Frau beschäftigt. Helene Münter.«
Milan hob die Schultern und blickte zur Seite, wo die Überreste seines Fischbrötchens lagen. Was war nur für ein Waschlappen aus ihm geworden! Tom sah sich nach Pia um, die in einigen Metern Entfernung stehen geblieben war. Sie schien keine Lust zu haben näherzukommen, solange Milan in der Nähe war. Die ganze Situation war äußerst merkwürdig und Tom hatte das Gefühl, immer weniger zu verstehen. Dann spürte er eine Hand an seinem Oberarm. Es war Babette, die Frau von Hanno Grau. Genauer gesagt die

Witwe. »Ich habe gehört, Sie vermissen jemanden?«
»Ja, meine Freundin, sie wollte heute zum Gellen und ist nicht zurückgekommen. Seit Stunden ist sie telefonisch nicht zu erreichen.«
Babette wies mit dem Kopf auf die Steganlage an der gegenüberliegenden Seite des Hafens. »Ich wollte gerade das Boot von meinem Mann neu vertäuen. Morgen soll's stürmisch werden. Wir könnten vom Wasser aus versuchen, Ihre Freundin zu entdecken.«
Überrascht sah er Babette an. »Das ist … wirklich großzügig. Aber Sie müssen nicht einen Tag, nachdem …« Er stockte, Babette half ihm weiter. »… nachdem mein Mann gestorben ist? Es ist gut, wenn ich irgendetwas tun kann. Zu Hause halte ich es nicht aus.« Sie wies auf Milan, der wie ein begossener Pudel neben ihnen stand. »Aber der da kommt nicht mit.«
Tom nickte. »Dann … dann nehme ich das Angebot gern an. Ich will nur eben …« Er sah sich nach Pia um.
»Wir sollten bald losfahren«, sagte Babette. »Es ist nicht mehr viel Zeit, bis es dunkel wird.«
»Einen Moment.«
Er ging zu Pia, die weiterhin in einiger Entfernung wartete. Ihr Blick war sorgenvoll, aber Tom hatte das Gefühl, dass das nicht alles war, was sie beschäftigte. Sie reichte ihm die Hand und wies mit dem Kopf auf Milan.
»Ich glaube, ich muss dir einiges erklären.«
»Jetzt gerade ist es ganz schlecht. Babette will mir helfen, Clara zu finden. Mit ihrem Boot.«

»Das ist ja nett. Aber du solltest wissen…«
»Können wir das später klären?«
Pias Antwort klang wie ein mattes Echo. »Ja, ist vielleicht besser, wenn wir das später klären.«
Er nickte ihr zu und wollte sich von Milan verabschieden. Zu seinem Erstaunen hatte der sich schon auf den Weg gemacht. Tom konnte gerade noch sehen, wie er hinter einer Hausecke verschwand.

Das Boot sah ganz anders aus als der alte Holzkahn, mit dem Hanno Grau zum Fischen gefahren war: Der weiße Kunststoff war zwar schon etwas angelaufen, aber das Boot wirkte sehr gepflegt. Es hatte einen überdachten Fahrerstand, dahinter eine vier Quadratmeter große Fläche mit breiten Bänken auf jeder Seite. Der Motor war leise, aber man spürte, dass er kräftig anziehen konnte, wenn es sein musste. Die Frontscheibe hatte Babette heruntergeklappt.
Tom stand neben ihr und beobachtete, dass sie das Boot mit einer Gelassenheit bediente, als würde sie jeden Tag auf diese Weise rausfahren. Er war dankbar, dass sie ihm half, hatte aber Hemmungen, das auszusprechen, wahrscheinlich aus Sorge, dass es irgendwie übertrieben klingen würde und dass er sie wieder an ihren Schmerz über den Verlust ihres Mannes erinnern würde. Es war dumm, aber er kam nicht aus dieser Blockade heraus.
Überhaupt war er verunsichert. Milans sonderbares Auftreten hatte ihn irritiert. Als wäre etwas in ihm zerbrochen, ausgerechnet jetzt, wo endlich klar war, dass Irina noch lebte.

In den letzten Tagen hatte er von Milans Energie gezehrt. Er hatte sich über ihn aufgeregt, hatte sich seinen Visionen widersetzt und zugleich auch etwas von diesem unbedingten Willen nach Aufklärung in sich aufgenommen. Vielleicht lag es jetzt an ihm, das fortzusetzen, was Milan angefangen hatte. Sie fuhren schweigend aus dem Hafen, ein angenehmer Luftzug wehte ihnen entgegen. »Ich habe Hanno das Boot zum fünfzigsten Geburtstag geschenkt«, erklärte Babette. »Er hat sich sehr gefreut, aber zum Fischen ist er lieber mit seinem alten, offenen Boot rausgefahren, so, wie er das seit Jahrzehnten gemacht hat. Dieses hier hat er nur für Angelausflüge mit Gästen oder Freunden genommen.«
Tom bewunderte sie dafür, dass sie so gelassen über ihren toten Mann sprechen konnte. Das machte ihm auch alles etwas einfacher. Sie drehte die Geschwindigkeit hoch und folgte dem durch grüne und rote Tonnen gekennzeichneten Fahrwasser, immer parallel zur Insel. Tom nahm das Fernglas, das Babette ihm reichte, und begann, das Ufer abzusuchen. Nebenbei erkundigte er sich nach Gernot.
»Ich weiß nicht viel über ihn«, erzählte Babette, »Obwohl ich schon lange auf dieser Insel lebe. Gernot und Hanno waren befreundet, die haben schon als Kinder zusammen am Strand gespielt. Aber irgendwann ist das auseinandergegangen. Ich habe nie verstanden, warum das passiert ist.«
»Wann war das?«
»Ist schon lange her, ich vertue mich immer mit den Jahren.«
Tom sah zu ihr rüber. »Vielleicht ungefähr in der Zeit, als Irina Kramarov verschwand?«

Babette zuckte mit den Achseln. »Kann schon sein. Ich weiß es nicht mehr so genau.«
»Was hat Gernot früher gemacht?«
»Zu DDR-Zeiten war er bei der staatlichen Fischereiaufsicht. War nicht besonders beliebt im Dorf. Und es hieß auch immer, er wäre ganz schön eng mit der Stasi. Soll die Fischer überwacht haben. Ich meine, von der Strecke her ist es ja kein Problem, mit so einem Kutter nach Dänemark rüberzufahren. Die standen ständig unter Beobachtung. Gernot war schon immer ein eher schwieriger Typ, irgendwie kompliziert. Und immer misstrauisch. Manchmal hat er geprahlt, mit seinen guten Beziehungen in die Sowjetunion. Er war auch ein paar Mal zu irgendwelchen Lehrgängen in Moskau. Wegen dieser ganzen Dinge hatte er dann nach der Wende große Probleme.«
Tom musste an Kramarov denken. Auch der kam ja aus Russland. Gab es da irgendeine Verbindung? Hatte Gernot auch nach dem Ende der Sowjetunion noch Kontakte zum Staatsapparat? Ein Gedanke fuhr Tom durch den Kopf: War es möglich, dass Gernot Irina im Auftrag der Russen hatte umbringen sollen? Verbarg sich hinter dem tollpatschigen Gernot Gartenschlauch ein gefährlicher Agent?
Babette schien etwas Ähnliches zu denken. »Ich weiß nicht, was damals mit eurer armen Freundin passiert ist, aber aus reinem Zufall ist sie ihrem Mörder wohl nicht begegnet. Oder glaubst du etwa auch an diesen Spuk, von dem dein Freund Milan spricht? Dass Irina hier immer noch rumlaufen soll? Der sieht doch Gespenster, dein Freund.«
»Ich … ich weiß es nicht.« Er wollte keine Diskussion über

Irinas Existenz anfangen. Sie war ihm begegnet, zweifellos. Und er hielt es für denkbar, dass sie sich an Hanno Grau gerächt haben könnte. Unmöglich, so etwas mit Babette zu besprechen, hier, auf dem Wasser, während sie half, Clara zu suchen. Er wollte allerdings zu gern wissen, was sie über die damaligen Ereignisse dachte. »Kann es sein, dass Hanno über die Sache mit Irina irgendetwas wusste? Hat er vielleicht von der Tat etwas mitbekommen?«

Babette brauchte eine Weile, bis sie antwortete. »Er war doch so ein grundehrlicher Kerl. Er hätte das nicht für sich behalten. Nicht einmal, wenn sein bester Freund damit etwas zu tun gehabt hätte.«

Sein bester Freund. Meinte sie Gernot? Und war es denkbar, dass dieser Gernot Hanno umgebracht hatte? Er traute sich gar nicht, daran zu denken. Was würde dieser Kerl mit Clara anstellen, wenn es zum Streit kam? Irgendetwas musste sie herausbekommen haben.

Während die Gedanken in ihm rumorten, beobachtete er das Ufer, an dem sie langsam vorüberglitten. Tom bat Babette, etwas näher ranzufahren, aber sie schüttelte den Kopf. »Das ist die Kernzone des Nationalparks. Wenn uns dabei jemand beobachtet, muss ich eine hohe Strafe bezahlen.«

Immerhin war das Fernglas sehr gut. Manchmal verdeckte der Schilfgürtel Toms Sicht, aber meistens hatte er einen klaren Blick auf den Inselkörper, der von einem rot-violetten Abendhimmel dramatisch in Szene gesetzt wurde. Seine Augen tränten, er musste für einen Augenblick das Fernglas absetzen. Babette sah ihn von der Seite an. »Sie ist dir

ganz schön wichtig, oder? Ich weiß, wie das ist.« Er konnte nicht antworten und nickte nur.
Wenig später erreichten sie die Südspitze von Hiddensee. Tom hatte weder von Clara noch von einem anderen Menschen ein Lebenszeichen entdecken können. Das Boot trieb lautlos durch das Boddengewässer. Die Wellen plätscherten leise gegen den Bug, als hätten sie irgendetwas zu erzählen. Aber ihre Sprache war nicht zu verstehen.
»Was sollen wir jetzt machen?«, fragte Babette. In ihrer Stimme schwangen Zweifel mit. »Wir haben nicht mehr viel Zeit, höchstens noch eine Stunde. Dann sieht man gar nichts mehr. Wenn wir jetzt auf der anderen Seite der Insel suchen wollen, müssen wir ein Stück nach Süden fahren, dann auf die Ostsee raus. Da können wir dann aber dichter ans Land heranfahren. Sollen wir es probieren?«
Für Tom war die Antwort vollkommen klar. »Bitte, lass uns weitermachen.« Und endlich gelang es ihm auch, sich bei Babette zu bedanken. »Was du hier machst, ist alles andere als selbstverständlich.« Ein bekümmertes Lächeln erschien auf ihrem Gesicht. Sie lenkte das Boot auf einen neuen Kurs, weg von der Insel. Um auf die Westseite von Hiddensee zu gelangen, mussten sie eine große Flachstelle umrunden. Nachdem sie eine Weile geschwiegen hatten, sprach Babette unvermittelt von ihrem Mann. Ihre Worte klangen so, als kämen sie aus weiter Ferne. »Ich habe jahrelang versucht, mit dem Gedanken klarzukommen, dass er sterben würde. Er war schwer krank. Krebs. Es war eine schlimme Zeit. Wie oft bin ich mit ihm nach Stralsund gefahren, weil er es

allein nicht geschafft hätte. Zuletzt haben wir gehofft, dass er geheilt ist. Es war noch zu früh, um sicher zu sein, aber ich habe fest daran geglaubt. Und dann passiert so etwas.«
Ihr Gesicht hatte im rötlichen Licht des Abendhimmels das Aussehen einer traurigen Bronzestatue. Tom wusste nicht, was er sagen sollte. Es gab einfach nichts, was man sagen konnte. Wieder verfolgte ihn dieser quälende Gedanke, dass Milan und er vielleicht doch irgendeine Mitschuld am Tod des Fischers Hanno Grau trugen.
Sie fuhren wieder in nördlicher Richtung und auf der rechten Seite kam das Ufer der Insel näher. Die Wellen waren nicht sehr hoch, aber sie trafen das Boot von der Seite, sodass es unangenehm schwankte. Tom richtete das Fernglas auf das Ufer. Er hatte jetzt das Abendrot in seinem Rücken. So konnte er Strand und Dünen noch erkennen. Der Bewuchs war hier nicht sehr hoch, es gab kaum Bäume, aber viel Strandhafer und allerlei Gesträuch. Einmal schlug sein Herz höher und er glaubte, eine Gestalt zu erkennen, aber dann merkte er, dass es nur ein sonderbar geformter Sanddornbusch war. Doch kaum eine Minute später, als er gar nicht damit rechnete, sah er etwas, dass ihn erstarren ließ. Er sah ein Gesicht. Dieses Gesicht glotzte ihn an. Er zeigte auf die Stelle und brachte nicht mehr heraus als einen unartikulierten Laut. Babette änderte den Kurs des Bootes.
Sie kamen schnell näher. Die Gestalt stand regungslos am Strand und starrte ihnen entgegen. Es war Gernot. Das Boot taumelte in den Wellen. Tom suchte die Umgebung ab, aber er konnte niemand sonst entdecken. In Bruchteilen von Se-

kunden versuchte er, alle möglichen Schlüsse aus diesem Bild zu ziehen: Clara war nicht da: schlecht. Sie lag aber auch nicht leblos am Strand: gut. Gernot rannte nicht weg, er hatte wohl keinen Grund zu fliehen. Das war doch eigentlich auch gut. Er stand nur in einer sonderbaren, leicht gebeugten Haltung am Strand herum. War er verletzt oder nicht ganz bei Sinnen? Das wiederum war wohl ein eher schlechtes Zeichen.

Babette reduzierte die Geschwindigkeit, das Boot glitt auf das Ufer zu. Sie stoppte den Motor erst, als ein schabendes Geräusch Grundberührung verriet. Tom sprang raus, seine Füße sanken im sandigen Boden ein, das Wasser umspülte seine Knie, die Wellen erreichten seine Oberschenkel. Mit großen Schritten ging er auf Gernot zu. Der richtete sich jetzt langsam auf, wie ein alternder Westernheld, der zu seinem letzten Duell antritt.

Er sagte etwas, aber Tom konnte es nicht verstehen. Die Wellen rauschten gegen das Ufer. »Wo ist Clara?« Er war jetzt nur noch zwei Meter von Gernot entfernt. Sein Gesicht wirkte wie eingefroren, so, als ob er nicht glauben konnte, was gerade vor sich ging.

»Bitte sprechen Sie mit mir. Ist mit Clara etwas passiert?«

Gernots Worte klangen tonlos, wie unter Hypnose gesprochen. »Haut ab. Verschwindet. Lasst mich in Ruhe.«

Tom wiederholte seine Aufforderung. Ein trüber Blick traf ihn. »Sie wollte es mir nicht glauben. Sie wollte es einfach nicht glauben!«

»Wo ist sie jetzt?«

Gernot sah an ihm vorbei. Langsam hob er seinen rechten Arm. Und erst jetzt bemerkte Tom, dass seine Hand einen länglichen Gegenstand umschloss. Von hinten hörte er Babettes Stimme: »Vorsicht, er hat ein Messer!«

Irgendetwas rumorte im Boot. Tom fixierte weiterhin den hageren Mann, der vor ihm stand, als hätte er schon lange keinen Menschen mehr auf seiner Insel zu Besuch gehabt. Noch einmal fragte er nach Clara. Babette rief dazwischen. »Geh zurück, Gernot! Und lass das Messer fallen! Sofort!« Ihre Worte schienen Gernot überhaupt nicht zu erreichen. Er machte einen Schritt vorwärts und hob seinen rechten Arm. Deutlich konnte Tom das Glitzern der Klinge im Abendlicht erkennen. Er wich einen Schritt zu Seite, hinter ihm ertönte ein furchtbar lauter Knall, gleichzeitig wurde die fast schon dunkle Umgebung für kurze Zeit von einem Blitz erleuchtet, ein Ruck ging durch Gernots Körper, als hätte er einen Hammerschlag abbekommen, das Messer fiel klackend auf einen Stein, dann stürzte er mit einer halben Drehung in den Sand. Die Zeit schien auf merkwürdige Weise stehen zu bleiben, aber alles kam Tom plötzlich sehr dunkel vor, so, als wäre der Tag genau in diesem Augenblick vor Schreck abgehauen und hätte das Feld der Nacht überlassen. Er lief zu Gernot, der sich mit beiden Händen den Oberschenkel hielt. Auf seiner beigen Hose zeichnete sich ein schwarzer Fleck ab. Tom sah sich verzweifelt um, Babette war nicht zu sehen, der Motor heulte auf. Er kapierte in diesem Moment nicht, dass sie das Boot irgendwie sichern musste, bevor sie es verlassen konnte.

Der Mann, der einmal sein Zimmervermieter gewesen war, lag zusammengekrümmt auf dem Strand, umgeben von angespültem Grünzeug. Tom handelte in diesem Augenblick wie eine Maschine. Sein letzter Erste-Hilfe-Kurs lag viele Jahre zurück und in seiner Panik rutschten ihm Bilder aus Krimiserien vor das innere Auge. Bein abbinden, das konnte nicht falsch sein. Ein Seil oder eine passende Binde war nicht in Sicht. Weder er noch Gernot trugen einen Gürtel. Ihm fiel nichts Besseres ein, als sich das T-Shirt vom Oberkörper zu zerren. Er drehte Gernot auf den Rücken, schob seinen Arm zur Seite und band das Stück Stoff um das Bein. Gernot jammerte und blickte angsterfüllt in den Himmel.

»Was ist mit Clara?«, fragte Tom.

Gernots Worte kamen nur stoßweise aus seinem Mund. »Sie … wollte … mir nicht … glauben.«

»Wo ist sie? Was haben Sie mit ihr gemacht?«

Gernot schien mit dem Kopf auf das Wasser hinauszudeuten. »Mir ist schlecht«, sagte er heiser, dann drehten sich seine Augen nach oben und sein Kopf fiel nach hinten. Tom schlug ihm mit der flachen Hand gegen die unrasierte und bleiche Wange, aber Gernot war nicht mehr ansprechbar.

Babette war neben Tom aufgetaucht. »Wir müssen ihn schnell von hier wegbringen.« Sie trugen den Mann, der schlaff war wie ein mit Wasser gefüllter Sack zum Boot, das Babette bis fast auf den Strand gefahren hatte. Dann wuchteten sie ihn über die Bordwand und schoben das Boot so weit zurück, dass es wieder frei schwimmen konnte, und kletterten hinein.

Tom kam sich vor, als wäre er zum Roboter mutiert. Er machte alles, was notwendig war, begriff aber nicht, was es bedeutete. Und ob es überhaupt etwas bedeutete. Babette schien mit der Sache besser klarzukommen. Sie startete den Motor, fuhr das Boot ein Stück rückwärts, und gab ihm Anweisungen. »Du wählst jetzt den Notruf und sagst, dass wir einen schwerverletzten Mann an Bord haben. Wir bringen ihn in den Hafen von Barhöft. Sie müssen einen Notarzt dahin schicken.«

»Barhöft ist der nächste Hafen von hier?«

Babette nickte. Aus einer Box zog sie ein altes Hemd von ihrem Mann und reichte es ihm. »Ist jetzt vielleicht doch zu kalt, um hier mit nacktem Oberkörper rumzulaufen, oder?« Tom wunderte sich, dass sie auch daran noch dachte. Der feste, beinahe harte Stoff kratzte unangenehm auf seiner Haut.

Der Mann in der Notrufzentrale wirkte im ersten Moment ungläubig. Dann fädelte er das Gespräch in eine Routine ein, die auch zu den merkwürdigsten Situationen zu passen schien. Seine Fragen zu Blutung, Atmung und Puls des Patienten klangen wie abgelesen. Hilfe sei unterwegs, erklärte er.

Gernot Gartenschlauch lag reglungslos auf der Steuerbordbank. Der dunkle Fleck an seiner Hose war größer geworden, Blut lief an der Kunststoffwand hinunter, aber Tom traute sich nicht, das T-Shirt zu lösen, um es noch fester zu ziehen. Babette drehte sich um.

»Was hat er gesagt? Irgendetwas zu Clara?«

»Nichts Brauchbares. Ich hatte das Gefühl, dass er irgendwohin deuten wollte, aber das kann auch eine Täuschung gewesen sein.«

Das Abendrot hatte an Leuchtkraft verloren, es verlosch. Er blickte zurück auf die Insel, die sich als flaches schwarzes Gebilde von einem Himmel abhob, dessen Blaugrau nur um Nuancen heller war. Irgendwo in dieser Finsternis musste sich Clara befinden und Tom war sich nicht mehr sicher, ob sie noch lebte. Es war zum Verzweifeln.

Die Viertelstunde, die sie bis nach Barhöft benötigten, erschien ihm so lang wie eine halbe Nacht. Es war immer noch sehr mild, aber mit nachlassender Anspannung begann Tom zu frieren. Das Boot pflügte durch die Wellen, es schaukelte und schlug immer wieder klatschend in kleine Brecher ein. Tom hockte auf dem Boden und passte auf, dass Gernot nicht von der Bank rutschte. Zum Glück war das Fahrwasser befeuert, es war inzwischen zu dunkel, um die unbeleuchteten Tonnen zu erkennen.

Als sie in den Hafen einfuhren, zuckten Blaulichter hinter der Steinmole. An der Pier wurde gerade ein Scheinwerfer aufgestellt, jemand schwenkte eine Lampe. Babette legte mit der Backbordseite an. Ein Dutzend Hände griff nach der Leine, die Tom rüberwarf. Noch bevor das Boot fest vertäut war, standen schon drei Rettungskräfte an Bord. Tom stieg an Land und sah zu, wie sie den noch immer bewusstlosen Gernot in den Rettungswagen umlagerten.

Ringsherum standen einige Leute, die von dem nächtlichen Aufruhr aus ihren Booten gelockt worden waren. Ein Mann in T-Shirt und Jogginghose balancierte auf der flachen Hand einen Pappteller mit belegten Brötchen und Bratwürsten. »Heute Abend haben wir gegrillt«, sagte er. »Das Fleisch ist schon kalt, aber besser als gar nichts.« Jemand anders brachte einen Sechserträger mit Wasserflaschen herbei. Tom bedankte sich. Sie schafften die Sachen zu Babettes Boot. Ein Sanitäter fing ihn ab, als er an Bord klettern wollte. »Die Polizei wird gleich hier sein. Wir haben sie alarmiert, wegen der Schusswunde. Also, das muss natürlich untersucht werden.« Babette hatte auf der hinteren Bank gesessen und stand jetzt auf. »Sicher, ist klar«, sagte sie gehorsam. Tom hatte bis zu diesem Moment noch gar nicht darüber nachgedacht, welche Konsequenzen der Schuss haben konnte. »Hoffentlich bekommst du jetzt keine Schwierigkeiten. Du hast auf Gernot geschossen, weil er mich angegriffen hat. Das werde ich natürlich bestätigen. Du hast dich nicht strafbar gemacht.« Sie nickte. Ihr Gesicht wirkte im Licht des Scheinwerfers, als wäre es aus Sandstein gemeißelt. »Bevor du danach fragst: Hanno hatte hier auf dem Boot immer eine alte Armeepistole liegen. Er war in den letzten Jahren ganz schön misstrauisch. Wir haben manchmal Schießübungen gemacht. Hanno wollte, dass ich mich verteidigen kann.«

»Verteidigen? Gegen wen?«

Sie zuckte mit den Schultern und lächelte. »Ich weiß es nicht. Er wollte das so. Auf Hiddensee ist es sehr friedlich. Manche Leute haben Angst vor Wildschweinen, die nachts die Wiesen zwischen Vitte und Neuendorf umgraben. Wenn man denen begegnet, muss man vorsichtig sein.«

Toms Telefon klingelte. Es war Sylke. »Ich habe mitbekommen, was da draußen bei euch los ist. Bin gerade noch im Büro.« Es klang so, als müsse sie sich für ihren Arbeitseifer entschuldigen.

»Die Kollegen sind gleich da und werden sich ein Bild von der Situation machen. Wegen des Schusswaffengebrauchs.«

Tom warf Babette, die neben ihm stand, einen Blick zu. »Frau Grau wollte mir helfen«, sagte er mit Nachdruck. »Gernot Eggert hatte ein Messer in der Hand und ging auf mich los. Sie hat mich gerettet.«

»Das wird alles überprüft. Wir brauchen morgen eine Aussage von dir.«

»Vor allem müsst ihr jetzt nach Clara suchen. Sie hatte sich mit Gernot verabredet. Ich mache mir wirklich große Sorgen.«

Doch diese schienen Sylke nicht zu erreichen. »Wir können erst am Morgen wieder suchen. Allerdings verstehe ich nicht, warum sich jetzt auch noch Clara in diese Sache eingemischt hat.«

»Sie wollte mir helfen«, sagte Tom trotzig.

»*Uns* wollte sie helfen.«

Obwohl er Sylke nicht sehen konnte, wusste er, dass sie in diesem Augenblick mit den Augen rollte. Sie traute Clara wenig zu. Eigentlich gar nichts.

»Noch etwas anderes«, sagte sie mit einem sonderbar dunklen Tonfall. »Wenn sich dein Freund Hendrik Schlüter bei dir melden sollte…«

»… er ist nicht mein Freund …«

»… wenn er sich trotzdem bei dir melden sollte, dann sagst du mir bitte sofort Bescheid. Wir fahnden nach ihm.«
»Ihr macht was?!«
»Ich glaube, du hast mich verstanden. Wir haben an dem alten Kahn von Hanno Grau Lackspuren gefunden, die eindeutig dem Boot zuzuordnen sind, mit dem Hendrik Schlüter in den frühen Morgenstunden den Vitter Bodden überquert hat.«
»Das muss ein Irrtum sein«, entfuhr es Tom. Er wechselte einen Blick mit Babette, die neben ihm stand. Sylkes Ton wurde plötzlich scharf. »Du bist immer sehr schnell mit deinen Bewertungen, Tom. Ich meine mich zu erinnern, dass du gesagt hast, du würdest Hendrik nicht besonders gut kennen. Außerdem betonst du bei jeder sich bietenden Gelegenheit, dass er kein Freund ist.«
»Ja, stimmt, ich mag ihn nicht. Aber trotzdem kann ich mir nicht vorstellen, dass er …«
»Halten wir uns doch einfach an Fakten. Es gibt Spuren.«
»Aber kein Motiv.«
»Doch, auch das. Hendrik hat sein letztes Zusammentreffen mit Irina jahrelang verschwiegen.«
»Dafür hatte er ja Gründe.«
Sie waren dabei, sich gerade in einen kläglichen Streit zu verwickeln. Dabei gab es jetzt doch Wichtigeres. Abgesehen davon wunderte sich Tom über Sylkes Auskunftsfreude. Sie schien ihm etwas beweisen zu wollen.
»Wir wissen inzwischen, dass Irina und Hanno Grau sich schon vor dem Ausflug der drei Abiturienten kannten. Irina war zweimal auf Hiddensee.«

Tom horchte auf. »Ach, ja? Davon hat Milan nichts gesagt.«
»Irina wird es verschwiegen haben, vielleicht hatte sie Gründe dafür. Ich vermute, dass der Fischer Irina helfen wollte, von der Insel zu verschwinden. So würden sich einige widersprüchliche Aussagen erklären. Es könnte sein, dass Hanno Grau das Zusammentreffen von Hendrik und Irina beobachtet hat. Vielleicht wurde er Zeuge eines Mordes. Später hat er Hendrik erpresst und wurde selbst getötet.«
»Könnt ihr das irgendwie nachweisen?«
»Noch nicht. Fakt ist aber, dass er Geld brauchte. Er wurde schwer krank und konnte lange Zeit nicht arbeiten. Als selbstständiger Fischer bist du da schnell in Existenznot.«
»Und du meinst, dass er Hendrik bis jetzt unter Druck gesetzt hat?«
Sylke klang so verdammt selbstsicher. »Für mich schließt sich da ein Kreis.«
In Toms Telefon piepte es. Zu seinem Erstaunen bekam er einen weiteren Anruf. Er sah auf das Display und traute seinen Augen nicht. »Sylke, ich muss jetzt Schluss machen«, rief er ins Telefon und drückte sie weg, bevor sie protestieren konnte. Dann nahm er das andere Gespräch an.
»Clara? Bist du das?«

Ihre Stimme klang so unglaublich nah. »Na, wer sollte es denn sonst sein?«
»Ich dachte, du bist … was ist passiert? … Und wo steckst du?«
Ihre Stimme klang nicht nur nah, sondern auch entspannt, beinahe amüsiert. »Du hast dir Sorgen gemacht, ja?«

»Aber sicher! Das ist kein Spaß, Clara. Warum hast du dich die ganze Zeit nicht gemeldet?«
Er warf wieder einen Blick auf Babette. Sie kaute auf einem der Brötchen herum und sah ihm mit großen Augen beim Telefonieren zu.
»Das war total verrückt«, sagte Clara. »Ich musste ein Stück schwimmen, weil mir das Gespräch mit Gernot Gartenschlauch nicht gefiel. Er heißt übrigens Gernot Eggert. Als ich hier ankam, war mein angeblich wasserdichtes Handy tot. Und jetzt gerade ging es plötzlich wieder. Hast du eine Möglichkeit, auf dieses Inselchen südwestlich von Hiddensee zu kommen? Ich glaube, es heißt Bock. Lustiger Name, oder?«
Tom hatte das Telefon laut gestellt, sodass Babette die letzten Sätze mitgehört hatte. Sie nickte und Tom übersetzte das Nicken in eine Nachricht. »Ja, das geht. Wir sind sogar ganz in der Nähe, in Barhöft.«
»Na, prima. Es gibt an der Südseite dieser Insel einen Steg. Vielleicht ist es schwierig, den bei Nacht zu finden, aber ich gehe jetzt dahin. Und wenn ein Boot in die Nähe kommt, leuchte ich mit meinem Handy. Also dann bis später.«
Er konnte es nicht glauben und starrte sein Telefon noch sekundenlang an, nachdem Clara die Verbindung beendet hatte.
»So ein Glück, dass es ihr gut geht«, hörte er Babette neben sich sagen. Es klang so aufrichtig, dass sich Tom gleich wieder elend fühlte. Babette hatte einen Tag zuvor ihren Mann verloren. Trotzdem hatte sie ihn stundenlang durch die Ge-

wässer rund um Hiddensee gefahren. Sie hatte ihn vor dem Angriff Gernots geschützt und jetzt freute sie sich mit ihm darüber, dass mit Clara alles in Ordnung war. Wie musste es ihr dabei gehen? Beinahe traute er sich nicht, die Frage auszusprechen. »Würdest du sie wirklich noch von dieser Insel holen?«

Sie lächelte müde. »Na sicher, aber dann bitte sofort. So langsam will ich nämlich auch zurück nach Vitte.«

Tom drehte sich um. »Was machen wir mit der Polizei?«

»Das kann ich jetzt nicht mehr. Muss bis morgen warten.«

Er verstaute die restlichen Brötchen und eine Wasserflasche für Clara in seinem Rucksack, die übrigen Flaschen legte er auf einen Tisch vor dem Büro des Hafenmeisters. Als er zurückkehrte, hatte Babette bereits die Bugleine gelöst. Sie wartete, bis er an Bord war und drückte das Boot von der Pier weg. Der Motor säuselte. Einer der Sanitäter kam aus dem Rettungswagen, wo Gernot noch immer vom Notarzt versorgt wurde. »Solltet ihr nicht auf die Polizei warten?«

»Ich melde mich morgen früh auf dem Revier«, rief Babette.

»Wir haben gerade schon mit der Kommissarin telefoniert«, fügte Tom hinzu. »Das geht in Ordnung.«

Babette warf ihm einen kurzen Blick zu. »Hat sie das gesagt? Du kennst die Kommissarin schon länger, oder?«

»Es ist nicht immer einfach mit ihr, aber wir kommen meist gut miteinander klar.« Zweifellos eine beschönigende Zusammenfassung seiner Erfahrungen mit Sylke. »Und nein, sie hat das so nicht gesagt, ich wollte nur den übereifrigen Sanitäter beruhigen.«

Während Babette das Boot langsam aus dem Hafen steuerte, sog Tom die milde Nachtluft ein, die etwas modrig roch. Sie erschien ihm wie einer der angenehmsten Düfte, die er seit Langem wahrgenommen hatte. Er fühlte sich in diesem Moment so leicht, als würden sie schweben.

Da sie keinen Notfall abliefern mussten, fuhr Babette langsamer. »Hat die Kommissarin irgendetwas zu Hanno gesagt, ich meine, zu den Ermittlungen?«

Tom zögerte. Sollte er mit ihr darüber sprechen, dass ihr Mann womöglich jemanden erpresst hatte? Es war ihm zutiefst unangenehm. Babette sah ihn forschend an. »Du musst mich nicht schonen. Alles, was ich weiß, hilft mir weiter. Ich will doch verstehen, was passiert ist.«

»Ich bin mir sicher, dass Sylke sich täuscht«, sagte Tom. »Sie verdächtigt meinen früheren Mitschüler Hendrik, derjenige, der damals mit Milan und Irina nach Hiddensee gefahren ist. Vor zwei Tagen war er hier, wir haben uns abends getroffen. Er hat sich mit Milan gestritten und ist dann sehr früh wieder nach Schaprode gefahren. Zufällig genau zu dem Zeitpunkt, als auch dein Mann draußen auf dem Bodden war.«

»Wie ist er denn dahingekommen?«

»Er hat ein Fischerboot geklaut.«

Als Tom diese Worte aussprach, konnte er plötzlich verstehen, dass Sylke Hendrik verdächtigte. Diese Geschichte machte einen sehr unguten Eindruck. Dennoch sperrte sich alles in ihm, den Gedanken zuzulassen. Aber hatte er nicht schon deutlich verrücktere Gedanken zulassen müs-

sen? Zum Beispiel den, dass Irina noch lebte? Und jetzt das: Sein ehemaliger Mitschüler Hendrik ein Mörder? Und wenn es nach Sylke ging, war er sogar ein Doppelmörder. Das alles konnte nicht stimmen. Er stellte sich vor, wie Sylke spätabends noch in ihrem sauberen und aufgeräumten Büro saß und nach einem Täter suchte. Genau so fühlte sich diese Theorie an – fiktiv wie nachts am Schreibtisch ausgedacht.
Auch Babette kam mit Sylkes Vermutung nicht zurecht. »Warum sollte er das getan haben? Die kannten sich doch gar nicht.«
»Vielleicht doch«, sagte Tom mit einem gewissen Nachdruck. »Eben über Irina. Die Polizei geht momentan davon aus, dass sich Hanno und Irina schon vor diesem unseligen Ausflug gekannt haben. Weißt du etwas darüber?«
Sie schüttelte den Klopf. »Nee, ist ja schon lange her. Und ich kann mich da an gar nichts erinnern.«
Inzwischen hatten sie eine der blinkenden Tonnen erreicht. Um an den Steg von Bock zu gelangen, mussten sie das Fahrwasser verlassen. Babette orientierte sich nach einer Seekarte auf ihrem Smartphone. »Tonne 28«, murmelte sie, »dann irgendwie halblinks.«
Der Wind hatte sich gelegt, Sterne und Mond versteckten sich hinter Wolkenschleiern. Es war eine schöne, aber auch dunkle Nacht. Links von ihnen erhob sich ein Schatten aus dem schwarzen Allerlei, es musste Bock sein. Als sie am Abend zum ersten Mal hier vorbeigefahren waren, hatte Tom noch deutlich erkennen können, dass die Insel bewaldet war.

Nach wenigen Minuten glaubte er einen Strich wahrzunehmen, der vom Ufer aus aufs Wasser führte. Dann entdeckte er einen Lichtpunkt, der sich auf und ab bewegte. »Da ist sie«, sagte er, aber Babette hatte das Licht längst bemerkt. Lautlos glitt das Boot die letzten Meter durch das beinahe spiegelglatte Wasser. Babette legte seitlich am Steg an, Clara nahm die Leine. Dann standen sie auf dem wackeligen Bauwerk und umarmten sich. Es kam ihm so vor, als habe er sie seit Wochen nicht gesehen. Auch Babette stieg aus und befestigte das Boot an einem Pfahl, der über den Steg hinausragte. Als Tom die beiden einander vorstellte, spürte er förmlich, wie sich Claras Körper anspannte. Er hatte keine Erklärung dafür und erzählte, was passiert war. »Wir haben dich am Gellen gesucht. Dabei sind wir auf Gernot Eggert gestoßen. Er war vollkommen verstört und hat mich mit einem Messer angegriffen. Babette hat auf ihn geschossen. Sie hat mich gerettet. Und danach hatte ich natürlich wahnsinnige Angst um dich – weil ich ja wusste, dass du dich mit ihm verabredet hattest.«
Clara blickte zwischen ihm und Babette hin und her. »Das ist … ja … sehr dramatisch«, brachte sie mühsam hervor. Dann löste sie sich plötzlich von ihm. Er fand ihr Verhalten merkwürdig.
»Wir sollten jetzt fahren, oder?«
»Ich gehe eben nochmal pinkeln.« Sie drehte sich um und verschwand in der Dunkelheit. Tom sah ihr verwirrt nach und folgte ihr langsam. Hinter sich hörte er auch Babettes Schritte.

Der Steg führte durch einen breiten Schilfgürtel und endete auf einem niedrigen Wall, am Rand des Waldes. Nach ein paar Schritten spürte Tom plötzlich Claras Hand am Unterarm. Sie zog ihn unter einen Baum. »Das ist Wahnsinn«, flüsterte sie ihm zu. »Hat sie die Pistole noch bei sich?«

»Wieso fragst du danach?«

Clara konnte nicht mehr antworten, denn Babette war inzwischen nachgekommen und stand am Ende des Stegs. Ihre Worte klangen ungeduldig, sogar etwas verärgert. »Können wir jetzt fahren?«

»Ja, sicher«, sagte Tom. Er spürte, dass Clara sein Handgelenk umfasste, als wolle sie ihn festnehmen. »Ich werde nicht mitkommen.«

Ihr Verhalten war ihm unbegreiflich. »Clara, was ist los?«

Sie antwortete nicht, sondern ließ ihn los und trat Babette entschlossen entgegen. »Frau Grau, ich glaube, dass Sie Irina damals getötet haben.«

Tom erstarrte. Was für ein ungeheuerlicher Satz! Es war für einen Augenblick merkwürdig still. Selbst Birken, Röhricht und Gräser schienen ihr leises Rascheln und Rauschen zu unterbrechen. Babette fixierte Clara. »Ich habe mir die Mühe gemacht, mitten in der Nacht hierherzukommen, um Sie abzuholen, und Sie haben nichts Besseres zu tun, als mir so etwas an den Kopf zu werfen?«

Sie kam einen Schritt näher. Claras Hand, die jetzt wieder Toms Unterarm hielt, packte fest zu. Ihre Stimme zitterte. »Sie haben vorhin auf Gernot geschossen, um ihn ruhig zu stellen. Vielleicht wollten Sie ihn sogar töten.«

Tom wollte seinen Arm zurückziehen, aber Clara hielt ihn weiterhin fest. Er wandte sich ihr zu und sah keinen Grund, seinen Ärger zu verheimlichen. »Gernot hat mich mit einem Messer angegriffen. Sie wollte mir helfen.«
»Gernot ist verwirrt und verstört«, sagte Clara. Sie sprach schnell, ohne Pause. Als müsse sie die Worte loswerden, bevor alles zu spät war. »Ich habe ihm zuerst nicht geglaubt. Ich habe gedacht, dass er Irina umgebracht hat. Deshalb hat er mich bedroht und ich bin hierher geschwommen. Hier hatte ich Zeit, noch einmal nachzudenken. Ich bin mir jetzt sicher, dass Gernot nicht der Täter ist. Aber seine Spuren sind an dem Rucksack, den er in der Nacht von Irinas Tod gefunden und vergraben hat. Und jetzt hat er Angst, dass man alles findet und ihn zum Schuldigen macht.«
Babette kam einen weiteren Schritt näher. »Und was hat er Ihnen sonst noch ins Ohr gesetzt, der dumme Gernot?«
Tom nahm bei aller Verwirrtheit wahr, dass über Babettes Schulter eine Tasche hing. Diese Tasche hatte zuvor im Fußraum unter dem Steuerplatz gelegen. Jetzt steckte ihre rechte Hand in dieser Tasche und in die Stille hinein war ein klackendes Geräusch zu hören. Clara ignorierte das Geräusch, sprach stattdessen noch schneller als zuvor.
»Er hat die Kontrolle verloren. Aber Kontrolle ist ihm ungeheuer wichtig. Er hat furchtbare Angst davor, dass er zum Schuldigen erklärt wird. Er hatte schon immer Angst, sein Leben lang. Früher hat er die gesamte Insel bespitzelt. Auch jetzt noch, nach über dreißig Jahren, fürchtet er, dass er dafür büßen muss. Er ist ein einsamer Mensch und Hanno

war einmal sein bester Freund. Aber diese Freundschaft war nach Irinas Verschwinden plötzlich zu Ende. Gernot wusste, dass Hanno in Irina verliebt war. Er konnte nicht darüber sprechen, weil er seinen einzigen Freund nicht verlieren wollte. Aber er wusste es. Und wer sollte einen besseren Grund für einen Mord haben als die Ehefrau, wenn ihr Mann ernsthaft plant, mit einer Neunzehnjährigen durchzubrennen? Ich glaube, dass Hanno das vorhatte. Schon am Tag vorher hat er ihr einen großen Rucksack gebracht. Aber sie hat ihn nicht mehr gebraucht.«

Babette stand vollkommen regungslos da. Dann hob sie langsam die Hand aus ihrer Tasche und ein schwarzes, glitzerndes Ding kam zum Vorschein.

»Es hat doch keinen Sinn mehr, Babette«, sagte Clara, jetzt ganze leise, beinahe traurig. Dabei zitterte ihre Stimme. »Sie können es nicht ewig aufhalten. Ich habe eben gerade, bevor ihr hier ankamt, mit meiner Freundin Pia telefoniert. Ich habe ihr alles weitergegeben, was Gernot zu mir gesagt hat. Sie hat das Gespräch aufgenommen und wird es protokollieren. Wenn Gernot überlebt, wird auch er eine Aussage machen.«

Babette hob langsam ihren Arm und richtete die Waffe auf Clara. »Das haben Sie sich schön zusammengereimt«, sagte sie. Plötzlich wechselte ihr Arm die Richtung und nahm Tom ins Visier. »Und du? Bist ein wirklich feiner Kerl. Lässt dir von einer Frau helfen, die gerade ihren Mann verloren hat, und führst sie dann an so einen Ort wie diesen. So einen Elendsort.«

»Das ist kein Elendsort«, sagte Clara trotzig.

»Es ist einfach der Ort, an dem alles endet. Bitte verstehen Sie das. Ich flehe Sie an. Ich wünschte mir, dass es anders wäre. Ich wünschte mir wirklich, dass ich das nicht hätte sagen müssen. Aber es ist zu Ende. So oder so.«

Eine quälend lange Zeit verging, in der Tom nur Babettes Atem hörte. Sie schien sich gegen Claras Worte auflehnen zu wollen, verstrickte sich in einen inneren Kampf, dessen einziges äußeres Zeichen ihr schnaufender Atem war. Im Hintergrund das leise Plätschern des Wassers im Schilf. Schließlich ging ein Ruck durch ihren Körper. »Setzt euch hin«, sagte sie. »Na los! Hinsetzen.«

Zögernd, den Blick auf die Frau mit der Waffe gerichtet, gehorchten sie. Clara ließ Toms Unterarm los, nahm aber, als sie im Gras saßen, sogleich seine Hand. Babette blieb stehen und blickte eine Weile auf sie herab. Sie wies mit der Pistole auf Clara. »Ich will Ihnen was sagen. Nicht, dass Sie mich missverstehen. Was Sie zu wissen glauben, das ist Ihre Sache. Ich sage Ihnen, was ich weiß: Ich weiß, dass ich einmal einen vernünftigen Mann geheiratet habe, mit dem ich auf dieser Insel alt werden wollte. Wir haben in schwierigen Verhältnissen gelebt, in schwierigen Zeiten. Es geht hier für die Fischer seit Jahrzehnten nur abwärts. Viele Leute verstehen das. Aber wirklich fühlen, was das bedeutet, kann keiner. Wir kratzen hier alle unseren Lebensunterhalt zusammen. Zimmervermietung, Angelfahrten, Fahrradverleih. Es ist mühsam. Hanno hat lange Zeit das Beste draus gemacht. Er wollte Fischer sein und bleiben. Aber als diese Irina kam, da hat es ihn aus der Bahn geworfen. Ein knappes Jahr vor der Katastrophe fing es an. Sie war mit ihrem alten Herrn in Vitte zu Besuch. Sie haben bei Hanno Fisch gekauft und haben ihn gefragt, ob er mit ihnen rausfahren könnte zum Angeln. Das hat er natürlich gemacht, war auch gut bezahlt. Irina hat sich zwar nicht fürs Angeln interessiert, aber sie hatte Spaß daran, mit einem echten Fischer zu flirten. So geht es halt zwischen Urlaubern und Einheimischen gelegentlich. Und manchmal springt da so ein Funke über. Normalerweise erlischt der Funke, wenn die Herbststürme einsetzen, und dann ist irgendwann alles vergessen. Aber bei Irina war das anders. Die junge Frau hat Hanno Flausen in den Kopf gesetzt. Sie war dann Ostern noch einmal da, ich weiß nicht, ob es Irinas Idee war oder die ihres Vaters. Sie fanden die Insel wohl irgendwie toll. Soll ja vorkommen. Und da hat Irina Hanno endgültig den Kopf verdreht. Die beiden sind zusammen spazieren gegangen. Nie zuvor ist Hanno auf Hiddensee spazieren gegangen, jedenfalls nicht mit mir. Irina hat gesagt, dass sie im Sommer wiederkommen wolle. Und dann würde ihr Leben endlich richtig anfangen. Hanno hat sich in den Kopf gesetzt, dass er derjenige sei, mit dem zusammen sie dann leben wolle. Mit einer Neunzehnjährigen aus Russland! Als Fischer in fünfter Generation. Als alter Hiddenseer. Ich konnte es nicht fassen. Irgendwann kam ein großes Paket bei uns an. Es muss wohl ein Rucksack drin gewesen sein, den Hanno bei uns lagern sollte. Sie würde dann irgendwann vorbeikommen und in ihr neues Leben starten. Und Hanno wollte mitstarten. Ich habe es erst zwei Tage vorher erfahren. Er hat mir eröffnet, dass er die Insel für immer verlassen wolle. Es sei die große Liebe. Wie konnte er glauben, dass daraus wirklich etwas wird? Ich kann es bis heute nicht begreifen. Ich habe geheult und getobt und ihm erklärt, was er hier alles aufgibt. Er war wie verhext. Ich habe Irina gehasst und gleichzeitig gewusst, dass sie nicht die Hauptverantwortliche war. Sie wollte nur spielen. Sie wollte sich ausprobieren. Ein frühreifes Mädchen mit einem strengen und eigenartig ängstlichen Vater. Sie sehnte sich nach Freiheit. Und vor allem brauchte sie Hanno für ihren Plan.«

Babette hielt inne und starrte auf den Boden. Bislang hatte sie vor ihnen gestanden. Jetzt setzte sie sich auch hin und lehnte sich an einen Baum. Die Tasche lag neben ihr, ihre Hand hielt die schwarz glänzende Pistole umschlossen. Tom spürte Claras feuchte Hand in seiner. Er hatte das Gefühl, dass es gut war, wenn Babette weitererzählte. Sie schien ihre Geschichte, die sie jahrzehntelang mit sich herumgetragen hatte, unbedingt loswerden zu wollen. Und vielleicht war in dieser warmen Tropennacht auf der menschenleeren Insel Bock die einzige Gelegenheit, ihre Geschichte genau so zu erzählen, wie sie sie erzählen wollte.

»Sollte Irina nicht von ihrem Vater weggebracht werden?«, fragte er vorsichtig.

Babette blickte auf. »Ja, er wollte seine Tochter aus ihrem Leben herausreißen. Er war von Angst zerfressen. Ein Machtmensch. Ein dummer Mensch. Aber Irina hatte einen zweiten Plan. Sie wollte ihrem Vater zuvorkommen und sich für immer seiner Kontrolle entziehen. Wollte zu einem anderen Treffpunkt gehen und sich von Hanno nach Dänemark bringen lassen, um von dort in die USA zu reisen, wo sie bei einem Cousin unterkommen wollte. Hanno war nur ein Helfer, aber unverzichtbar. Und weil er wichtig für sie war, hat sie ihm Hoffnungen auf sonst etwas gemacht. Er hat es nicht verstehen wollen.«

Wieder machte sie eine Pause. Sie hob die Hand mit der Armeepistole und betrachtete sie, als wäre sie ein rätselhaftes Fundstück. »Ich habe Hanno das Messer auf die Brust gesetzt und ihn gezwungen mir zu sagen, wo sie sich aufhält. Nicht, dass ihr das wörtlich nehmt. Ich habe ihm nichts getan. Das hätte ich damals nicht gekonnt. Ich habe gesagt, ich wollte einen Deal mit ihm machen. So etwas verstehen Männer. So etwas machen sie gern. Einen Deal. Einmal will ich mit Irina reden, habe ich gesagt. Nur ein einziges Mal. Dann könne er tun und lassen, was er wolle. Er hat mir den Treffpunkt genannt und ich bin hingegangen, am Abend ihrer Flucht. Ich wollte wirklich mit ihr reden. Sie kam gerade vom Schwimmen in der Ostsee. Ihre Haut schimmerte im Abendrot. Sie hatte keine Bedenken, sich mir in ihrer ganzen Schönheit zu zeigen. Sie ließ mich ihre Überlegenheit spüren. Die junge Frau, die meinen Mann ausnutzte und mit ihm spielte. Sie verachtete mich. Von Hanno wollte sie nichts, aber sie brauchte ihn für diese verdammte Überfahrt. Und sie glaubte, dass es zu ihrem Plan gehörte, mich zu demütigen. Sie saß auf einer Düne, trocknete sich die Füße ab und machte sich über mich lustig. Und da habe ich sie mit einem Stein erschlagen. Es war ein Punkt, an dem ich nicht mehr anders konnte. An dem ich einfach genug eingesteckt hatte.«

Während sie sprach, hatte sie die Pistole auf ihre Umhängetasche gelegt, so, als befürchte sie, dass sie etwas Unbedachtes tun könne, wenn sie den Tiefpunkt ihrer Geschichte erreichte. Eine Weile betrachtete sie die Pistole, dann hob sie den Kopf und schüttelte sich. »Ich habe sie getötet und mit meinen eigenen Händen zwischen den Dünen vergraben, als wäre sie ein Hund. Es war schrecklich. Das Schrecklichste aber war, dass ich es als Erleichterung empfand. Ich bin erst nach Hause gegangen, als Hanno schon weg war, um sich mit ihr zu treffen. Er kam gegen Morgen wieder. Fragte mich, was passiert sei. Ich habe ihm nicht geantwortet. Ich habe einfach weitergemacht. Das war schlimm. Eine ganz schlimme Zeit. Die Polizei suchte die ganze Insel ab und fand nichts. Nicht einmal den Rucksack, den auch ich an dem Abend nicht gefunden hatte. Er blieb verschwunden. Wir beide, Hanno und ich, haben lange nicht darüber gesprochen, wir haben eigentlich fast gar nicht mehr gesprochen. Ich hatte das Gefühl, dass meine Tat sinnlos war, weil ich dadurch auch unser Leben zerstört habe. Als Irinas Überreste entdeckt wurden, zwei Jahre später, war ich mir beinahe sicher, dass sie irgendwie alles rausfinden würden. Ich hatte zu diesem Zeitpunkt keine Angst davor. Die Ermittlungen wurden schlampig geführt und es passierte gar nichts. Also mussten wir irgendwie weiterleben. Wir schleppten uns jahrelang dahin. Und irgendwann wurde Hanno krank. Das veränderte einiges. Er war plötzlich sehr schwach, er konnte nicht mehr rausfahren auf den Bodden, er brauchte mich. Ich übernahm seine Arbeit und brachte ihn nach Stralsund ins Krankenhaus. Strahlentherapie, Chemotherapie, es war die Hölle für ihn. Er war zu schwach, um mit der Fähre zu fahren. Also kaufte ich ein neues Boot.«

Sie sah Tom an. »Nicht zum Fischen habe ich das Boot gekauft, sondern um Hanno morgens nach Stralsund zu fahren und nachmittags wieder zurückzubringen. Auf den breiten Bänken im Heck kann man gut liegen. Und das war der einzige Weg, wie er diese Zeit überstehen konnte. Ich habe alles getan, um ihn zu heilen. Ohne mich hätte er diese Krankheit nicht überlebt. Wir haben es geschafft, wieder so etwas wie Harmonie zu finden. Es ging Hanno jeden Tag etwas besser. Er wollte auf der Insel bleiben, zusammen mit mir. Habe ich gedacht. Aber dann seid ihr beide, Milan und du, hier aufgetaucht und habt in diesen alten Wunden gebohrt. Einen Tag später kam die Polizistin. Eine Frau, die genauer hinsah als die früheren Ermittler. Hanno fühlte sich bedroht. Ich habe gemerkt, dass in ihm etwas zusammenbricht. Mit der Krankheit hat er seine innere Stabilität verloren. Er galt zwar als geheilt, aber er war nur noch ein seelisches Kartenhaus. Er sprach davon, sterben zu wollen. Aber vorher wollte er noch zur Polizei gehen und die Wahrheit sagen. Ich war entsetzt. Wofür, habe ich gesagt, haben wir das alles durchgestanden? Um jetzt unser gemeinsames Leben zu zerstören? Diese paar Quadratmeter Leben, die wir noch haben? Wir können auf dieser Insel noch einige friedliche Jahre verbringen, habe ich gesagt. Keine glücklichen Jahre – das geht in unserem Leben nicht mehr. Aber friedliche Jahre. Ich habe gespürt, dass er das nicht wollte oder nicht konnte. Er würde irgendwann einknicken. Er würde mich verlassen, er würde mit irgendjemand reden. Und wenn du auf Hiddensee mit irgendjemand redest, dann heißt das, dass du mit der ganzen Insel redest. Die Insel ist ein Körper mit tausend Ohren. Ich musste etwas tun. Ich bin rausgefahren und habe mit ihm gemacht, was man auch mit einem Dorsch macht. Habe ihm einen Schlag auf den Kopf gegeben und ins Wasser gestoßen.« Sie schob die Unterlippe vor. Tom spürte, dass er angefangen hatte zu zittern. Es war nicht die Luft, die war noch immer unverschämt mild, die Luft einer tropischen Nacht. Vielleicht lag es an dem Gedanken, der ihn mit Babettes letzten Worten getroffen hatte und nicht mehr losließ: Dass er und Milan alles wieder aufgewühlt hatten. Trugen sie deshalb eine Mitschuld an Hannos Tod? Er tastete nach dem festen Stoff seines Hemdes. Ein Hemd, das Hanno Grau gehört hatte. Seine Frau und Mörderin hatte ihm dieses Hemd in die Hand gedrückt.

Babette blickte stumm vor sich hin. Dann nahm sie die Pistole in die Hand, steckte sie in die Tasche und erhob sich müde. Tom fühlte sich nicht in der Lage, sich zu bewegen. Clara schien es ähnlich zu gehen. »Was werden Sie jetzt tun?«, fragte sie.

Babette schloss die Augen und sog die Luft ein. »Gebt mir noch einen Tag. Darum bitte ich euch. Einen Tag, nicht mehr.« Dann wandte sie sich ab. Sie hörten ihre leiser werdenden Schritte auf dem Holzsteg. Wenig später verklang das gurgelnde Geräusch des Motors in der Ferne.

Sie saßen schweigend am Rand dieser kleinen Insel, mitten in der Nacht. Es konnte keinen einsameren Ort geben, aber Tom hatte das Gefühl, dass er überhaupt nicht einsam war. Clara saß neben ihm und sie beide lebten. Das war das Wichtigste. All die Gestalten und Ereignisse, denen er in den letzten Tagen begegnet war, umschwirrten ihn wie aufdringliche Insekten. Er tastete nach Clara und strich mit der Hand über ihren Rücken. »Es war gefährlich, was du da eben gemacht hast. Aber auch irgendwie fantastisch. Ich kann das noch gar nicht begreifen.«
Sie wandte sich ihm zu. Das Weiß in ihren Augen schimmerte. »Ich konnte nicht anders. Es war mir unmöglich, in dieses Boot zu steigen.«
»Du hättest dich auch irgendwie rausreden können.«
»Aber ich wollte unbedingt wissen, ob das stimmt, was ich dachte. Zuerst war ich mir sicher, dass es ein schlimmer Fehler war. Dass sie uns beide umbringen würde.«
»Es war jedenfalls klug von dir, vorher mit Pia zu telefonieren. Das hat uns möglicherweise gerettet.«
Clara lachte leise. »Wenn ich dir jetzt sage, dass ich leider doch nicht so klug war und an der Stelle nur geblufft habe – bist du mir dann böse?«
»Ist das dein Ernst?« Seine Stimme bebte. Er versuchte, ruhig zu bleiben, aber es gelang ihm nicht. »Es war wirklich leichtsinnig von dir. Du hättest dir irgendeine Ausrede einfallen lassen können. Du hast uns in Lebensgefahr gebracht!«
Er hatte seine Hand zurückgezogen und sah sie grimmig an.

Von ihrem Gesicht waren nicht mehr als ihre Nasenspitze und die Konturen des Mittelscheitels zu erkennen. Und das Weiße in ihren Augen.
»Dann weißt du jetzt, wie ich mich schon öfter gefühlt habe, wenn du mal wieder unterwegs warst und ich fürchten musste, dass es vielleicht nicht gut ausgeht.«
Er schloss die Augen. Ja, das wusste er. Und sie hatten schon öfter darüber geredet. Aber jetzt, in diesem Moment, traf es ihn mehr als jemals zuvor. »Ja, du hast recht«, murmelte er. »Und es ist für mich beschämend, dass du die Sache in kürzester Zeit aufgeklärt hast, nachdem ich tagelang über diese Insel gestolpert bin und Milan mich mit seinen fantastischen Erzählungen verwirrt hat.«
»Darüber musst du dir keine Gedanken machen. Wenn du dich nicht so sehr in die Geschichte reingehängt hättest, dann hätte ich gar nichts erreichen können. Ich habe letztendlich nur den Sack zugemacht.«
»Das ist eine sehr freundliche Untertreibung.« Sie mussten beide lachen. Tom sog die Nachtluft ein. Sie hatte etwas Beruhigendes, diese Luft, die nach Schilf und Schlamm, aber auch nach Gras und Kiefernharz roch, die mit dem Aroma der Natur zum Bersten angefüllt war. Ein Teil der Wolken hatte sich verzogen, hier und da waren ein paar Sterne zu erkennen. Die Wipfel der Birken ragten in den Himmel wie die Schatten großer Hände. »Ich hoffe nur, dass Babette sich nichts antut.«
Clara nickte. »Ich hatte furchtbare Angst, als sie mit der Pistole in der Hand vor uns stand. Und zugleich hatte ich Mitleid mit ihr. Sie ist doch eigentlich eine starke und auch sym-

pathische Frau, die immer das Beste wollte, aber am Ende das Gegenteil erreicht hat.«

Sie stand auf und reichte Tom die Hand. »Komm mit, ich will dir was zeigen.«

»Sollten wir nicht die Polizei benachrichtigen? Die könnten uns ja vielleicht auch von der Insel holen. Oder willst du etwa mitten in der Nacht zurück nach Hiddensee schwimmen?«

Clara legte ihre Hand um seine Hüfte und schmiegte sich an ihn. »Weder noch. Ich habe im Augenblick gar keine Lust, diese einsame Insel zu verlassen. Eigentlich dürfen wir ja gar nicht hier sein. Betreten für Menschen verboten. Ich glaube, heute macht diese Insel für uns eine einzigartige Ausnahme. Und das möchte ich noch etwas auskosten.«

Sie setzte sich in Bewegung und zog Tom mit sich fort. »Es gibt da ja auch noch ein paar Fragen, auf die ich keine Antwort habe«, sagte er, während er ihr über den Wall zwischen Schilf und Waldrand folgte.

»Zum Beispiel?«

»Wenn Irina von Babette getötet wurde – wer war dann um Himmels willen die Frau, die ich im Hafen von Vitte gesehen habe? Und wer ist diese Maria?«

Clara blieb unvermittelt stehen, sodass er beinahe gegen sie lief. »Das … weißt du nicht? Ich dachte, du hast mit Pia gesprochen.«

»Ja, aber es war wenig Zeit. Sie meinte, das könne man nicht so einfach zwischen Tür und Angel erklären.«

»Ah, da hat sie sich also drum gedrückt.«

»Ich würde es jetzt wirklich gern wissen.«

Clara schüttelte den Kopf. »Nicht hier. Ich erkläre es dir, wenn wir angekommen sind.«

»Angekommen? Wo denn?«

Sie antwortete nicht, sondern ging zügig voraus, bis sich im Dunkel des Waldes eine Lücke abzeichnete. Da gingen sie hinein. Es kam Tom vor, als würden sie von einem schwarzen Loch eingesogen. Schritt für Schritt tasteten sie sich voran, ohne ein Wort zu sprechen. Der Weg war uneben und von Pflanzen überwuchert. Es lag Totholz herum, ein umgestürzter Baumstamm versperrte den Weg. Nach einer Weile glaubte Tom zu erkennen, dass sich das Schwarz vor ihnen etwas aufhellte. Noch ein paar Schritte ging es weiter, dann standen sie plötzlich am Ostseeufer. Hier gab es keinen Schilfgürtel, das Wasser reichte bis nahe an den Waldsaum, der die Bucht in einem weiten Halbkreis umschloss. Ein leises, fast zartes Brandungsgeräusch erfüllte den Raum, der Seewind war jetzt wieder deutlicher zu spüren, er strich erfrischend kühl über die Haut. Weiter draußen, wo die Wellen sich brachen, schimmerten schmale Schaumstreifen. Dazwischen gab es Zonen, die vollständig dunkel blieben, vermutlich Sandbänke, die ein wenig aus dem Wasser ragten. Und erst nach einer ganzen Weile bemerkte Tom die Konturen von Vögeln, die in dem riesigen Flachwasserbereich ausharrten. Es mussten Hunderte sein, vielleicht auch Tausende. Hin und wieder konnte man etwas gurren und quaken hören, und manchmal flog einer der Vögel auf, um sich ein paar Meter weiter wieder niederzulassen. »Das Windwatt«, flüsterte Clara, »nicht Land, nicht Meer, irgendetwas dazwischen. Und überall diese Wasservögel. Ich war lange nicht mehr an solch einem Ort, auf eine magische Weise friedlich und von Leben erfüllt. Hier habe ich den Nachmittag verbracht. Ich habe mich in die Sonne gelegt und am Strand meine Sachen getrocknet.«

Sie genossen die Szenerie. Irgendwann griff Clara nach Toms Hand. »Was hältst du davon, wenn wir warten, bis es hell wird, bevor wir irgendjemand anrufen?«

»Du meinst, wir sollten einfach hierbleiben? So wie Robinson Crusoe?«

»Da vorn, am Waldrand, könnten wir uns ins Gras legen. Es ist alles trocken.«

Tom drehte sich zu ihr um und schlang seine Arme um ihre Schultern. »Ja, vielleicht ist das eine gute Idee. Dann kannst du mir auch endlich erklären, wer diese Maria ist.«

Sie gingen ein Stück am Ufer entlang, bis sie eine Düne fanden, die mit hohem Gras bewachsen war. Da ließen sie sich nieder und Clara erzählte Tom, wie sie nach ihrer Ankunft auf Hiddensee spazieren gegangen und auf dem Rückweg Maria begegnet war. Und wie sie Marias Fahrradsturz verursacht und sie zu Pia gebracht hatte. Wie sie dort erfahren hatte, welchen Plan Milan verfolgte, um seinen alten Freund Tom davon zu überzeugen, dass Irina noch lebte.

Als Tom das hörte, sprang er doch wieder auf. »Dieser Saukerl! Wie konnte er das machen?!«

Clara fasste ihn am Arm und zog ihn wieder runter.

»Psst, wir sind hier nur zu Besuch«, flüsterte sie. »Die Vögel können nichts dafür, dass Milan dich verarscht hat.«
Es fiel Tom schwer, sich zu beruhigen. »Wie kann denn das überhaupt sein? Ich habe Irina doch gesehen, am Hafen von Vitte.«
»Es war nicht Irina. Es war Maria.«
»Aber sie glich aufs Haar den Bildern auf Milans Laptop.«
»Das war auch Maria.«
»Das kann nicht sein. Diese Bilderreihe geht ganz eindeutig von einem Bild aus, das Irina im Alter von achtzehn oder neunzehn Jahren zeigt. Dann ändert sich das Gesicht in kleinen Schritten. Jedes Mal wird sie ein Jahr älter und am Ende stellen die Bilder genau die Frau dar, die ich gesehen habe.«
»Stimmt – mit einem kleinen Unterschied. Die Software hat einen Übergang von der jungen Irina zur 37-jährigen Maria errechnet. Ist doch toll, was heute alles möglich ist. Aus einem Mensch wird ein anderer.«
»Er hat mich betrogen! Eine Lüge nach der anderen. Eine einzige Inszenierung, ein Theaterstück! So etwas macht man doch nicht mit einem Freund, oder?«
Clara wartete, bis Toms Empörung in ratloses Schweigen mündete. »Ich kann gut verstehen, dass du dich aufregst. Wer möchte schon betrogen werden, zumal von einem Menschen, der einem nahesteht. Ich weiß, wie das ist.« Sie sagte das mit einer eigenartigen Betonung. Tom spürte einen Stich in der Brust. Plötzlich stand ein sonderbares Schweigen zwischen ihnen. Aber dann rauschte wieder die Wut durch seine Adern. »Wenn ich ihn jetzt

vor mir hätte – ich wüsste wirklich nicht, was ich dann tun würde.«

Clara versetzte ihm einen Stoß gegen die Schulter. Sie musste lachen. »Siehst du, es ist gut, dass wir jetzt hier sind und du keinen Schaden anrichten kannst. Anderseits hast du ja erzählt, dass du Milan damals, als es ihm so schlecht ging, im Stich gelassen hast. Und das hat ihn wohl sehr verletzt. Seine ganze Aktion war so etwas wie eine späte Rache. Ich finde das nicht gut. Und ich weiß auch nicht, ob man so etwas gegeneinander aufrechnen kann, aber vielleicht solltest du daran denken, bevor du ihn verprügelst oder sonst etwas Unsinniges machst.«

Er sah sie mit schief gelegtem Kopf an und glaubte, über ihr und über den Baumwipfeln am östlichen Himmel einen feinen Grauschimmer wahrzunehmen. Konnte das schon die Dämmerung sein? »Du hast mal wieder furchtbar recht«, sagte er. »Und diese Maria – warum hat sie dieses Spiel mitgemacht?«

»Glaub mir, sie hat darunter gelitten. Sie brauchte Geld und ihr ist erst zuletzt klar geworden, auf was sie sich da eigentlich eingelassen hat. Sie war erschüttert und sie glaubt, dass man Milan eigentlich in Behandlung schicken müsste.«

Tom blickte finster vor sich hin. »Selbstverständlich muss man das.«

»Maria meint, er hat diese ganze Inszenierung wie ein Theaterstück begriffen. Sie hat erzählt, wie er sich da reingesteigert hat. Ich glaube, ich kann mir das ungefähr vorstellen. Er ist von dieser einen Idee besessen und verdreht dann die

Wirklichkeit, als wäre sie eine Theaterbühne. Und die Menschen manipuliert er, als wären sie Figuren, die nur auf dem Papier existieren.«

Er schüttelte den Kopf. »Bin ich wirklich so dumm, dass ich auf so etwas hereinfallen muss?«

Clara lachte hell auf. »Ob du dumm bist, solltest du vielleicht am besten selbst beurteilen«, sagte sie spitz. »Aber ich fand dich bislang nicht so richtig dumm.«

Er spürte plötzlich ihre Lippen auf seinen. Sie bewegte ihren Mund bis zu seinem Ohr und sprach ganz leise. »Ich finde es aus verschiedenen Gründen gut, dass wir hier auf dieser einsamen Insel gelandet sind.«

Tom schob sie sanft von sich weg. »Das ist … Ich wollte eigentlich noch über etwas ganz anderes sprechen«, sagte er.

»Wegen der Küche und den Handwerkern?«

»Nein, das meine ich nicht …«

»Das ist auch gar kein Problem. Also, es ist doch ein Problem, aber deins. Ich habe alles ausgeräumt und du wirst den Rest erledigen.«

»Und was machst du?«

»Muss ein Wandgemälde in Schwerin bearbeiten. Das Wetter ist gut. Sie haben den Termin vorgezogen. Wir können nicht arbeiten, wenn es regnet.«

»Okay. Das ist in Ordnung. Was ich eigentlich sagen wollte, …«

Clara seufzte, aber er ließ sich nicht abhalten. »Als du im letzten Jahr in den USA warst, da …«

»Ich kann mir vorstellen, wovon du sprechen willst. Aber vielleicht will ich jetzt gerade nicht darüber sprechen.«

»Nicht? Ach so. Du weißt doch gar nicht, ...«
Sie verzog den Mund. »Hat es mit Sylke und dir zu tun?«
»Woher weißt du ...?«
Sie bohrte ihren Zeigefinger gegen sein Brustbein. »Ich will es eigentlich gar nicht so genau wissen. Amerika, das war eine sonderbare Zeit, da ist viel passiert. Es ist wohl auch möglich, dass ich da drüben in Philadelphia mal jemanden kennengelernt habe, vielleicht nach einer Party.«
Tom sah sie entgeistert an. »Ach so, du meinst, du hättest ...«
»Jetzt guck nicht so«, rief sie, »es war eine lange Zeit. Ich könnte mir vorstellen, dass wir dieses Kapitel einfach abhaken. Was meinst du?«
Er hob die Schultern. Immer neue Überraschungen und Wendungen. Er wusste nicht, wie er damit so schnell klarkommen sollte. Clara hatte sich das längst alles zurechtgelegt. »Es wäre mir wichtig zu wissen, dass du und Sylke ... dass das vorbei ist.«
Er nickte. »Absolut. Das ist vorbei.«
»Und darauf kann ich mich verlassen?«
»Kannst du.«
Sie lächelte. Der Kuss an diesem Ort zu diesem Zeitpunkt war etwas Besonderes. Es war ein unwirklicher und doch intensiver und wahrhaftiger Kuss. Das erste, golden angehauchte Licht zeigte sich über den Baumwipfeln. Aber davon bekamen Tom und Clara nicht viel mit.

TAG 7

Er war gerade damit fertig geworden, die offenen Kabelkanäle in der Küche zu verschließen. Zwei Tage harter Arbeit lagen hinter ihm. Es hatte einige Komplikationen gegeben. Die beiden Elektriker hatten einen Fehler gemacht. Wenn man das Licht einschaltete, hatte der Kühlschrank plötzlich keinen Strom mehr. Und wenn man es ausschaltete, sprang der Kühlschrank wieder an. Einer der beiden Elektrikerbrüder rückte an und Tom führte ihm den sonderbaren Zusammenhang vor. »Das hat was Magisches«, sagte der Elektriker unbekümmert. »Als ob das Licht von der Decke in den Kühlschrank wandern würde. Aber man sieht es erst, wenn man die Tür öffnet. Wirklich sehr magisch.« Er brauchte eine halbe Stunde, um den Fehler zu beheben. Tom war sich nicht sicher, ob es für den jungen Handwerksbetrieb eine gute Perspektive gab.

Und dann, gegen Ende seines zweiten Arbeitstages, stand plötzlich Milan im Zimmer.

»Die Haustür war offen«, sagte er.

»Ich weiß«, antwortete Tom. Dann sprachen sie erstmal nichts mehr. Milan setzte sich auf den einzigen freien Stuhl im Wohnzimmer, in dessen Mitte sich nach wie vor ein Sta-

pel aus Möbeln und Kartons erhob. Nach einer Weile stand er wieder auf und kam zu Tom, der im Spülbecken seine Arbeitsgeräte reinigte.
»Du bist verständlicherweise sauer auf mich.«
»Verständlicherweise bin ich sauer auf dich«, echote Tom zurück. Seine Worte hallten kalt und unpersönlich von den Wänden der leergeräumten Küche wider.
»Es war einfach notwendig. Ich war wie besessen. An dem Tag im Hafen, als du zurückgekehrt bist und Clara verschwunden war, da habe ich plötzlich begriffen, was ich angerichtet habe. Dass das alles kein Spiel war, kein Theater. Dass es hier auch um Menschen geht, um Leben und Tod. Ich habe mich geschämt und bin abgehauen.«
»Es war eine Zumutung«, sagte Tom. »Und ich war mir in den letzten Tagen manchmal sicher, dass ich nie wieder ein Wort mit dir reden würde.«
»Aber jetzt tust du es doch.«
Tom legte die Spachtel auf ein Tuch, dass er auf einer Arbeitsplatte ausgebreitet hatte. Er seufzte und schaffte es nicht, Milan anzusehen. »Ich hatte auch Zeit zum Nachdenken. Und Clara hat mich nochmal daran erinnert, dass ich auch nicht immer fair war. Dass ich mich nicht wie ein guter Freund verhalten habe.«
Milan nickte, unverkennbar beeindruckt – aber nicht von Tom. »Die kluge Clara. Wo steckt sie eigentlich? Ich würd sie gern mal kennenlernen.«
»Wandgemälde in Schwerin. Ein Mehrfamilienhaus. Ich glaube, es sind mehr als hundert Quadratmeter.«

»Die ganz große Bühne.«
»Da bist du neidisch, was?«
Milan schüttelte grimmig den Kopf und holte eine Schachtel Zigaretten aus der Tasche.
»Du rauchst?«, fragte Tom. »Es wäre schön, wenn du vors Haus gehst.«
»Ich hab wieder angefangen. Ich halte diese Leere nicht aus. Ich halte den Gedanken nicht aus, dass Irina tatsächlich tot ist.«
Er zündete sich eine Zigarette an, öffnete die Terrassentür und ging in den winzigen Garten. Tom folgte ihm. Es war ein weiterer heißer Tag. Ein leichter Abendwind strich um die Häuser. »Ich gehe gleich nochmal kurz zum Schwimmen an die Ostsee. Willst du mitkommen?«
Milan schüttelte den Kopf. »Ist nicht mein Ding. Was ist aus der Frau geworden, die den Mord gestanden hat? Hab im Radio gehört, dass es die Frau von diesem Fischer Grau gewesen sein soll.«
»Babette ist verschwunden. Es war nicht so einfach, Sylke davon zu überzeugen, dass sie nach ihr suchen und Hendrik in Ruhe lassen.«
»Sie haben Hendrik also ernsthaft verdächtigt? Das ist doch absurd.«
»Ist es das? Ich habe ihn in jedem Gespräch mit Sylke verteidigt, aber zuletzt sind mir wirklich Zweifel gekommen. Sie haben Farbspuren an dem alten Holzkahn des Fischers gefunden. Sie stammten von dem Boot, mit dem Hendrik zur Tatzeit über den Bodden gefahren ist.«

»Ach, das habe ich gar nicht mitbekommen.«
»Gestern hat sich dann herausgestellt, dass Hanno Grau und der Besitzer des anderen Bootes regelmäßig zusammen Stellnetze gesetzt haben. Dabei sind die Boote gelegentlich gegeneinandergestoßen.«
Milan lachte. »Ha ha, der arme Hendrik. Aber ehrlich gesagt, ich hab da kein Mitleid. Er hat sich benommen wie der letzte Arsch.« Er blies den Rauch in den Abendhimmel. Vom Wald her war das herbe Krächzen einer Elster zu hören. »Es ist alles bitter. Sehr bitter.«
»Stoff für ein Theaterstück oder was?«
Milan schüttelte den Kopf. »Auf keinen Fall. Ich muss das nicht aufschreiben. Das würde mich wahnsinnig machen. Ich habe überhaupt keine Ideen mehr im Augenblick. Wie gesagt: Alles leer. Vielleicht sollte ich mal was anderes machen, etwas, wo ich Sachen in die Hand nehmen kann. Etwas, bei dem ich sehe, was ich tue. Irgendwas bauen. Was Produktives halt. «
Tom musste plötzlich lachen. Milan sah ihn mürrisch an. »Was ist daran so lustig?«
»Ich hab da einen Vorschlag.« Er wies nach hinten auf das Haus. »Ich wollte morgen für zwei Tage zu Clara nach Schwerin fahren. Wie wäre es, wenn du in der Zeit unser Wohnzimmer und unsere Küche streichst? Die Farbe steht schon bereit. Es wäre der perfekte Einstieg in dein neues Leben.«
Die Sonne stand tief, irgendwo hinter den Dächern der Nachbarhäuser. Milan schüttelte den Kopf und blickte in den blauen Himmel. »Nein, das ist nichts für mich. Brauche was anderes.«

Ein roter Kleinwagen kam um die Straßenecke und rollte bis vor das Haus. Sylke stieg aus. Mit festen Schritten umrundete sie ihr Auto. Erst als sie bemerkte, dass neben Tom auch Milan auf der Terrasse stand, zögerte sie. Etwas langsamer setzte sie ihren Weg fort und durchquerte mit säuerlichem Gesichtsausdruck den winzigen Garten. Tom hatte kein gutes Gefühl, aber er tat das gleiche wie Sylke: Haltung bewahren. »Hallo, hoher Besuch aus Stralsund.«
Sylke umarmte ihn kurz und nickte Milan zu. Die beiden blickten sich an wie zwei Raubtiere, die noch nicht einschätzen konnten, welches von beiden die besseren Reißzähne hatte. Die Kriminalkommissarin fand als erste Worte. »Interessant, dass Sie auch hier sind.«
»Ganz meinerseits.«
Sylke wandte sich an Tom. »Ich wollte dir nur sagen, dass die Kollegen aus Dänemark heute Morgen Babette Grau festgenommen haben. Sie war seit gestern in einem Hafen auf einer kleinen dänischen Insel. Nach der Fahndungsmeldung hat jemand das Boot erkannt. Sie hat keinen Widerstand geleistet.«
»Habt ihr schon mit ihr gesprochen?«
Sie nickte. »Sie hat alles gestanden, genauso, wie du es gesagt hast. Herzlichen Glückwunsch und vielen Dank noch Mal.«
»Wir verdanken das vor allem Clara.«
Sylke zog eine Schnute. Das Lob kam ihr nicht leicht über die Lippen. »Sicher. Das war von ihr … großartig.«
Ruckartig wandte sie sich Milan zu. »Ich habe mich ja mehrmals sehr über Sie geärgert. Diese Facebook-Einträge waren das Allerletzte. Sie haben unsere Ermittlungen mit Ih-

ren Interventionen nicht gerade gefördert.«

»Immerhin habe ich die Ermittlungen überhaupt in Gang gesetzt.«

Sylke schaute knapp an ihm vorbei. »Ich will jetzt nicht streiten. Hartnäckigkeit schätze ich im Allgemeinen sehr. Immer weiter bohren, wenn man das Gefühl hat, es könnte doch noch etwas zu finden sein, obwohl eigentlich alles dagegenspricht. Dafür meinen Respekt.«

Milan neigte kaum merklich seinen Kopf, eine Locke fiel ihm ins Gesicht. Man konnte sich an den Fingern einer Hand abzählen, dass diese beiden Menschen keine Freunde mehr werden würden. Sylke schien es wichtig zu sein, die Anerkennung für Milan streng zu dosieren. »Sie haben hier wirklich alle verrückt gemacht. Vor allem natürlich Tom. Und am Ende war ich tatsächlich beinahe so weit, zum Fall der verschwundenen Helene Münter Ermittlungen aufzunehmen. Das Geständnis von Babette Grau hat jetzt alles zurechtgerückt. Der Fall ist abgeschlossen.«

In Milans Gesicht erschien ein schmallippiges Lächeln. Er warf seine Zigarettenkippe in einen leeren Blumentopf. »Der alte Kramarov hatte tatsächlich vor, seine Tochter verschwinden zu lassen. In diesem Punkt lag ich absolut richtig. Dass er diesen unfähigen Gernot Gartenschlauch damit beauftragt hat, war natürlich dumm.«

»Es ist egal, wen er beauftragt hat. Babette wäre wohl auch jedem anderen zuvorgekommen.«

»Haben Sie mal darüber nachgedacht, dass ihr Geständnis auch falsch sein könnte?«

Sylke sah ihn überrascht an.
»Warum sollte die Frau so etwas tun?«
»Sie hat ihren Mann umgebracht und ihr Leben zerstört. Das ist klar. Aber was wäre, wenn sie den Mord an Irina nur erfunden hat, weil es das ist, was sie immer tun wollte? Es gibt ihr eine Befriedigung, wenn es schwarz auf weiß in den Akten steht. Für das Strafmaß wird es keinen großen Unterschied machen.«
»Das ist doch Unfug. Warum sollte Babette denn dann ihren Mann umgebracht haben?«
»Weil er fest davon überzeugt war, dass sie Irina getötet hat. Und er wollte das nicht länger für sich behalten.«
Mit vorgeschobenen Lippen betrachtete Sylke Milan, der sich eine zweite Zigarette angezündet hatte und den Rauch in den Himmel entließ. Ihre Worte klangen fest und hart.
»Das Geständnis von Babette Grau ist absolut glaubwürdig und plausibel.«
»Aber mehr als dieses Geständnis haben Sie nicht in der Hand.«
»Das brauche ich auch nicht. Und wo sollte Irina geblieben sein?«
Milan hob die Hände zu einer fragenden Geste und Sylke wandte sich mit einem Ruck von ihm ab. »Die Sache ist abgeschlossen.« Sie warf Tom einen betrübten Blick zu. »Jedenfalls für mich.« Ein flüchtiger Gruß, dann eilte sie über den vertrockneten Rasen zu ihrem Auto und stieg ein, ohne sich noch einmal umzusehen. Tom hatte den Wortwechsel ungläubig verfolgt. Er fixierte

Milan, der mit unbewegter Miene dem roten Kleinwagen hinterherblickte. »Du hältst es also noch immer für möglich, dass Irina lebt?«
»Warum nicht? Ich kann sie mir tot einfach nicht vorstellen. Es geht nicht. Sie ist in meinem Kopf ...« Er zeigte auf seine Brust. »... und vor allem in meinem Herzen so wahnsinnig lebendig. Ich werde weiterhin alles für möglich halten.«
In seinen Augen war wieder dieser sonderbare Glanz, der Tom schon bei ihrer ersten Begegnung am Hafen von Kloster aufgefallen war. Er schloss kurz die Augen, um sich darüber klar zu werden, was er jetzt tun musste. »Es ist genug«, sagte er leise. »Es ist wirklich genug. Bevor ich jetzt ernsthaft wütend werde, solltest du besser verschwinden.«
Er wandte sich ab und ging ins Haus.

Unser Autor

Burkhard Wetekam wurde 1968 am Rande des Ruhrgebiets geboren. Bereits als Jugendlicher hat er angefangen, Geschichten zu schreiben und journalistische Beiträge zu veröffentlichen. Nach dem Studium der Germanistik, Philosophie und Musik arbeitete er unter anderem für den Deutschlandfunk, die Wochenzeitung DIE ZEIT und die Hannoversche Allgemeine Zeitung.
Ein besonderer Reiz liegt für Wetekam darin, Geschichten zu erzählen, in denen Story und Schauplätze eng verwoben

sind. Auch die Ostseekrimis nutzen die Landschaften nich- nur als Kulisse, sie greifen die Themen der Region auf und stellen gesellschaftliche Konflikte in den Mittelpunkt einer spannungsvollen Handlung.

Wetekam arbeitet auch als Hörspiel- und Theaterautor, 2019 wurde das Schauspiel EINE ART BRUDER uraufgeführt. Er erhielt mehrere Stipendien, etwa vom Literarischen Colloquium Berlin und dem Land Niedersachsen, sowie Auszeichnungen, unter anderem den Förderpreis beim Literaturpreis Ruhrgebiet sowie zuletzt den KURT 2021.

Der Autor lebt mit seiner Familie in Hannover und bewegt sich, so oft das möglich ist, an und auf der Ostsee. LETZTE AUSFAHRT HIDDENSEE ist der fünfte Krimi mit dem Ermittler Tom Brauer, der Kommissarin Sylke Bartel sowie Toms Freundin Clara Lehnhoff. Alle Krimis sind im Hinstorff Verlag erschienen.

Burkhard Wetekam bei Hinstorff

... und am Dornbusch fällt ein Schuss

ISBN: 978-3-356-02178-3
12,99 €
EPUB: 978-3-356-02200-1
9,99 €

Schwarzes Gold am Bodden

ISBN: 978-3-356-01883-7
12,99 €
EPUB: 978-3-356-02050-2
9,99 €

Haifische im Strelasund

ISBN: 978-3-356-02257-5

12,99 €

EPUB: 978-3-356-02280-3

9,99 €

Greifswalder Gespenster

ISBN: 978-3-356-02398-5

15,00 €

EPUB: 978-3-356-23403-6

12,00 €

Liebe Leserin, lieber Leser, wir freuen uns über Ihre Bewertung im Internet!

Die Deutsche Nationalbibliothek verzeichnet diese Publikation in der Deutschen Nationalbibliografie; detaillierte bibliografische Daten sind im Internet über http://dnb.de abrufbar.

1. Auflage 2024
Herstellung: Hinstorff Verlag GmbH
Lektorat: Andrea Struck
Layout & Gestaltung: Madeleine Hartwig
Coverbild: Madeleine Hartwig, KI generiert mit Midjourney
Druck: GGP Media GmbH
Printed in Germany
ISBN 978-3-356-02528-6